籾山《もみやま》仁三郎《にさぶろう》〈梓月《しげつ》〉伝

実業と文芸

広瀬徹

幻戯書房

籾山仁三郎〈梓月〉伝

——実業と文芸——

撮影年不詳

昭和五年頃（五十二歳）

目次

Dedicated to K

叙

籾山仁三郎《にさぶろう》、俳号梓月《しげつ》は現在、文芸評論家あるいは装幀美術に関心のある美術評論家に、俳人、出版人として言及されることはあるが、その機会は稀である。これまで籾山は、永井荷風の陰に佇む人物として位置づけられるのがほとんどであった。永井荷風より丸二年先に生まれた籾山（明治十一年一月十日生）は、荷風より丸一年先に逝く（昭和三十三年四月二十八日歿）。荷風の終生の友であり、時にパトロンとして傍らにいた人物である。荷風は明治以降の文芸史において〝文豪〟という評価が定着しているから、その陰に隠れてしまうのも無理はないといえる。しかしその籾山を、複眼的に捉えていくのが本書の趣意である。

小島政二郎は『鷗外荷風万太郎』の「永井荷風」の項で籾山について触れ、「洗練された生粋の下町の若旦那、模範的な紳士」で「教養も深かったし、殊に梓月と号して俳句をよくした」と印象を書き残している。また現在入手可能な荷風関連書籍の中で、籾山を比較的丁寧に紹介しているのは、相磯凌霜著『荷風余話』である。籾山の手になる荷風宛尺牘《せきとく》（書簡）の名文を転載しつつ、相磯は次のように籾山を紹介する。

梓月氏は江戸時代から連綿と続いた由緒ある大家に教養豊かに育った若旦那、あたかも荷風先生の名作「雨瀟瀟」の中の彩牋堂の御主人に、その片鱗をのぞかせるような御方。

荷風先生とは氏も育ちもよく似た打って付けの遊び友達、（後略）

籾山の第一印象は相磯の記述する通りであろうが、「大家の若旦那」というイメージは本人にとっては不本意であろう。

籾山は江戸から続く飛脚問屋の三男坊として生まれたが、実家は継がず、海産物問屋に婿入りする。しかし、その海産物問屋も継がず、出版業を生業とする実業をスタートさせる。籾山にとってはまず生業が重要であり、文芸は余技と位置づけられている。経済に対する関心も強かったのだが、これまで採りあげられる機会は無かった。本書は、〈生業と余技〉という観点から籾山の遺業を捉え直す試みである。

俳人籾山梓月は近代俳句界の一角を占めている人物である。大正・昭和期の俳句・俳壇評論家として定評のあった伊藤鷗二は、籾山の文芸領域での活動を評価した評論「籾山梓月論」を遺している。その中で、正岡子規、高浜虚子に並ぶ「明治」が生んだ優れた俳家として、籾山には「一見他奇なき平凡な古調でありながら含蓄の深きこそ蕉風の真諦と感ぜられる」句風がある、と伊藤は述べている。本書では籾山の遺した句集、俳諧論考の変遷も辿っていく。

籾山に関心を寄せ続け、最終的にその生涯を小説として描こうとしたのは、故加藤郁乎氏（平成二十四年五月十六日没）である。加藤氏の著作『俳林随筆　市井風流』には、籾山梓月に関する一文「籾山梓月――その一筋の道」が含まれており、この佳品が筆者を刺激し、明治大正昭和三代を生き抜いた籾山梓月を探り始めるきっかけとなった。

加藤氏の籾山梓月に関連する著作は、以下の通りである。

「籾山梓月――その一筋の道」『俳林随筆　市井風流』岩波書店　二〇〇四年十二月

「月並を仰ぐ」「江戸庵拾遺」『坐職の読むや』みすず書房　二〇〇六年二月

「荷風が兄事した男　籾山梓月」『俳の山なみ　粋で洒脱な風流人帖』角川学芸出版　二〇〇九年七月

「籾山梓月――荷風が兄事した俳人」『俳人荷風』岩波現代文庫　二〇一二年七月

加藤氏最晩年の試みが、未完に終わった小説「籾山梓月」（『加藤郁乎作品撰Ⅱ』に所収　書肆アルス二〇一五年十二月）であったが、籾山への想いは、残念ながら結実せずに終わった。

右記『坐職の読むや』の刊行と同じ頃、東京両国の江戸東京博物館で宝井其《たからいき》角《かく》三百年忌を機とする集まりがあり、そこに加藤氏が講師として登場され、面晤の機会を得た。その後拙稿（本書でも触れる内田誠に関する論考）を加藤氏にお送りし、籾山梓月に関し資料収集をしていることを書き添えたところ、思いがけずもお便りを拝受する僥倖に恵まれ、励ましのお言葉もかけていただいた。逝去された後になってしまったが、本書が加藤氏の想いの一端でも結実できていれば幸いである。

以下本稿で籾山仁三郎（梓月）の名を叙述する際には、「籾山」の姓を充てることとする。また、当時の出版物では主に「籾山」の表記が充てられていたが、本書においては「籾山」で統一する。

第一章　日本橋っ子・籾山仁三郎

第一節　飛脚問屋に生まれる

生家と名前の変遷

籾山は、江戸日本橋佐内町で飛脚問屋を営む和泉屋の三男・吉村仁三郎として明治十一年一月十日に生まれた。同世代人には、有島武郎・岩崎小弥太・大河内正敏・川喜多半泥子《はんでいし》・鏑木清方・薄田泣菫《きゅうきん》・滝廉太郎・寺田寅彦・正宗白鳥・吉田茂・吉野作造などがいる。

飛脚で直ぐに思い浮かぶのは、ふんどしひとつで棒に挟んだ書状を運ぶ町飛脚の姿であろうが、飛脚問屋は江戸期に大名・大店を顧客として大きく発展し、江戸末期には六店の大規模な問屋群を形成するまでに至った。籾山の本籍は東京市日本橋区浪花町（現：日本橋人形町二丁目）。実父は「江戸の町人」（籾山筆「自伝」中の語）和泉屋九代目吉村甚兵衛。明治期になって創設された「内国通運」（後の日本通運）の頭取となる。母は泉州堺の京桝氏の出。江戸飛脚問屋六家仲間の中でも旧家である和泉屋は両替商も営んだ。

吉村家の三男であることから本来は甚三郎と名付けられるところなのだが、叔父に「吉村甚三郎」という者がすでにあり、混同を避けることから「仁」の字を採った。仁三郎の読み方については、各種事典・辞典では概ね「じんさぶろう」あるいは「じんざぶろう」となっているが、籾山自身は「にさぶろう」と名乗った。「ジン」あるいは「ジ、ザ、ブ」と濁音が三つ並ぶ言葉の響きを嫌ったのでは、と筆者は推量している。

籾山には他にも、名に対する拘りがあった。永井荷風の父久一郎（禾原）が「籾」の字を偏と旁に分けて名づけた「米刃堂」、築地の籾山別邸の母屋後ろに居を構えたので「庭後」、新富町に居を移してからは「梓月」と変遷し、茶道では宗仁《そうにん》を名乗った。当初俳号として使った「江戸庵」については、江戸趣味からの名付けでは全くなく、姻戚関係にあった定飛脚問屋の名が江戸屋（西村仁三郎家）であったのが所以であることを、自著『江戸庵句集』の跋文で強調している。

また「梓月」の由来についても拘りがあり、機会あるごとに触れている。「梓」の字が梓行（版木からの出版）上梓（出版）梓本（版本）など、出版とつながりの深い文字として使われるように、梓は木版印刷の版木に向く良材であり、弓を作るのにも用いられた（梓弓）。アズサはミズメ、キササゲとも呼称され、高木の落葉樹である。高さ二〇m、樹径六〇cmにも成る。

日本橋っ子

先述のように、籾山は『江戸庵句集』の跋において、江戸庵の「江戸」は、姻戚筋の江戸屋という店から名付けたものである、と敢えて断り書きしている。皐月の鯉のように腸《はらわた》が無い江戸っ子とはわけが違う、日本橋で生まれ育った生粋の商人《あきんど》の係累である、という自負心があった。

また日本橋は文芸・芸能の中心地であり、俳諧に限っても江戸期から幾多の俳人が生活していた場所である。日本橋小田原町の魚問屋の主人であった杉山杉風《さんぷう》、日本橋茅場町に居を移した宝井其角、日本橋越後屋の両替店手代を勤めた志太野坡《しだやば》、日本橋本石町に夜半亭を構えた早野巴人《はじん》などである。

籾山は、薄っぺらな江戸趣味を嫌い、江戸っ子と呼ばれるのも嫌悪していた。東京という狭い地域の中で、日本橋っ子、銀座っ子、浅草っ子、芝っ子など己の育った地域を自慢に張り合う、偏狭な都会っ子振りは、他の地域の人々からみれば馬鹿々々しく思えることかもしれないが、それぞれの土地の歴史・風俗に根ざした意気地が存在するのである。

江戸期から続く小売店が軒を連ねる日本橋に、明治期に入ると百貨店「三越」が開店し、消費の拠点としても繁盛する街となった。銀座の隆盛は大正期に入ってからである。芥川龍之介の両親は、煉瓦街が特徴的であった銀座のことを「煉瓦」と呼んでいた。

籾山は幼少期、日本橋界隈の元大工町・呉服町（現：八重洲一丁目／日本橋一・二丁目）に居住した。佐内町（現：日本橋一丁目）にあった、忙しく賑わいのある和泉屋の店舗とは別に住居を構える必要があったのであろう。いずれにしても現在の外堀通り、永代通り、昭和通り、八重洲通り、という四つの通りで囲まれた四角形が、籾山が幼少期暮らした土地ということになる。吉村家は籾山が慶応義塾を卒業するまでの間に日本橋を離れ、牛込砂土原町に転居するが、職住分離に沿ったものである。日本橋呉服町の住居跡地は銀行となる。両替商和泉屋の後に銀行が入るのは、明治期商業・金融の発展を示す事例である。

明治期の日本橋の様相は、白石孝氏による日本橋三部作、『日本橋街並み商業史』（一九九九年刊）『日本橋街並み繁昌史』（二〇〇三年刊）『読んで歩いて日本橋　街と人のドラマ』（二〇〇九年刊）によって描かれている（いずれも慶應義塾大学出版会から刊行）。白石氏の知見を参考に、明治期日本橋の商業機能をまとめると以下のようになる。

小売　呉服小売（白木屋・三越）／飲食／特定商品の製造・小売（小間物・化粧品・手拭・団扇など）
問屋　繊維／薬／酒／飛脚／海産物／魚市場
金融　私立銀行／株屋／株式市場
知識　出版社／書店
遊興　芸能お稽古場／寄席／花柳界

籾山はこれら商業機能が集積する街〝日本橋〟で幼児期、少年期を過ごした。現在の東京駅八重洲口から、東方向にいくつかの町を抜け、蛎殻町までの区域である。日本橋は、後発の銀座とも異なり、伝統と新奇とが混淆しつつ自立した街並みを形成していた。籾山はその街中を遊歩していたのだ。日本橋内部での差異ある商業の特性・機能が、それぞれの町の個性をかたちづくる基礎にあった。商いの種類が異なれば、町の雰囲気もそれに見合ったものとなる。籾山の〝日本橋〟は、籾山から一年遅れで生まれた長谷川時雨《しぐれ》の馬喰町《ばくろちょう》〝日本橋〟とは異なるのである。

籾山については、出版事業活動を開始し永井荷風との交遊を深めた場所である築地がしばしば言及されるが、根っこのところで魂につながる土地として日本橋を忘れてはならない。

飛脚問屋・和泉屋と明治以降の通運業

籾山には兄が二人あった。長男は吉村甚兵衛、先代の名を継ぎ、明治元年の生まれ。次男は吉村佐平、明治三年の生まれである。二人の兄が家業を継ぎ、籾山は次兄と八歳違いとなる。子供は籾山を含む三兄弟の他、姉二人と弟三人であった。末子男子の良は明治二十年生れで、後年士族上川井家の養子となり、生業の傍ら俳句を嗜み梓月の出版業も手助けすることになる。

また長男甚兵衛の妻は千葉の醤油問屋茂木家の長女、次男佐平の妻は東京の金物屋木屋の長女である。佐平は晩婚、十六歳違いの妻を娶った（佐平については、永井荷風の項で後述）。

江戸期の飛脚問屋は、通信・物流を担うだけではなく為替問屋として現金、為替、約束手形などの輸送を行う金融機能も果たしていた。飛脚問屋は、情報（コト）・物資（モノ）・財貨（カネ）を運ぶ結節点となっていたのである。中でも江戸幕府から定飛脚問屋として公許を与えられ、さらに幕末を超え明治期まで江戸で営業活動を続けていた大手は、和泉屋、嶋屋、京屋の三軒である。江戸期のその主要顧客は、大手問屋、大名であり、従業員数も数百人規模で、全国にネットワークを展開していた。明治政府が諸藩の物産流通を再編統合する目的で設立した「通商会社」に金融支援する「為替会社」に対し、明治二年和泉屋吉村甚兵衛は最高出資金額三十万両を出資している。為替問屋として有数の地位を占めていたことがわかる。

飛脚問屋の郵便機能は、明治四年までに前島密《ひそか》によって国営化への道筋が敷かれ、また金融機能も私立銀行制度の導入によって分離されることになっていった。

明治政府は、残る物流機能を飛脚問屋五店の統合によって新制度へ転換した。和泉屋（吉村家）京屋（村井家）江戸屋（西村家）山田屋（山田家）嶋屋（嶋谷家）の五店であり、明治五年六月陸運元会社が設立された。籾山の父・九代目吉村甚兵衛が頭取に就任する。その後明治八年三月内国通運会社と改称、明治二十六年七月、株式会社組織となる。組織改変後も、九代目吉村甚兵衛は明治十四年八月まで頭取職を継続した（明治十九年十一月没）。

運送業界は、その後の合同・合併を経て、昭和三年三月国際通運株式会社が設立された。昭和十二年十月に小運送統制の国策によって解散され、日本通運が設立されるまで、国際通運は存続した。籾山の義父半三郎は、明治七年の段階で既に陸運元会社に出資していたことが確認されている。明治二十一年から二十五年まで協議委員、その年に内国通運の社長に就任。本業は海産物問屋であったが、出資によって通運事業に関与し、吉村家との関係も深くなっていったのである。明治二十六年内国通運の株式会社化とともに、吉村は佐久間精一に社長を譲り、籾山の実兄である和泉屋の当主十代目吉村甚兵衛と共に取締役となった。

十代目甚兵衛は、既に明治二十一年から内国通運会社の協議員として経営参画していた。明治三十年十代目甚兵衛は、遂に内国通運社長に就任する。また籾山の実兄吉村佐平も明治三十二年から内国通運および国際通運において、設立以来清算時まで三十年もの間、取締役に在任した。

参考：本項については由井常彦氏の『安田善次郎　果報は練って待て』（ミネルヴァ書房　二〇一〇年九月）および巻島隆氏の『江戸の飛脚　人と馬による情報通信史』（教育評論社　二〇一五年二月）「近世における飛脚関係の金石史料――常夜灯、道標、墓誌を中心に――」（郵政博物館　研究紀要　第八号　二〇一七年三月）を参照した。また国際通運が清算された際に刊行された『国際通運株式会社史』（昭和十三年十二月）も有効な資料で、江戸期以来の通運事業の変遷を辿ることができる。

和泉屋は日本橋佐内町（現在の昭和通りと永代通りが交差する江戸橋一丁目交差点西側あたり）に店舗を構えていた。日本橋川に近く、利根川水運と接続する廻船問屋の機能も果していた。和泉屋の店構えをそっくり踏襲した内国通運会社の店舗図が、日本通運の社史（一九六二年刊）に載っているが、相当な規模であったことがわかる。籾山は、江戸期からの商業の中心地日本橋という人の出入りの多い、賑わいをもった商いの環境で幼少期を過したのである。そして飛脚問屋の老舗から、近代的な物流会社である国際通運への変革を、実父・実兄と義父の活動する姿を通して、実感していたであろう。しかしながら籾山の関心は、実体経済を担う物流機能ではなく、別の金融機能、特に株式取引を通じた企業経営、資産形成に移っていった。のちに慶應義塾理財科に進学する籾山は、株式売買を主題にした卒業論文を修めることとなる。

第二節　俳諧との縁

文芸への先導役・南新二

飛脚問屋は商売柄、人の出入りが激しく、中には文芸・芸道で身を立てる人々もあった。そのひとりが南新二である。

南新二の作品については、籾山の編集した『軽妙集』(籾山書店　明治四十年)が国会図書館のデータベースに収載され、インターネットから検索・閲読できる(今から百十年以上前の書籍を撮影したものなので、甚だ読みにくいが)。筑摩書房『明治文学全集　第二十六巻』「根岸派文学集」に『軽妙集』から三編が抄出されているので、それによっても作風を理解することはできる。同書では江戸後期の黄表紙戯作を範とする作品と評価されている。

上記『軽妙集』に籾山は「南新二小傳」として丁寧な略歴を付している。それによると南新二は筆名で、南新堀(日本橋川の下流、現在の新川あたり)に住んでいたので採ったとのこと。姓は谷村、幼名は陽之介、のち春育、要助と称し、また三育と改めた。俳号は布川。谷村家は代々茶道で幕府に仕える数寄屋坊主であった。又照庵が煎茶茶道での名である。

南新二は天保六年(一八三五年)に生れ、明治二十九年(一八九六年)に亡くなる。幕末には幕軍の兵として従軍した。根っからの薩長嫌いであったろう。維新後は骨董屋などの商いに従事したが、明治三年頃籾山の実父吉村甚兵衛と知り合い、通運会社に谷村要助として職を得る。吉村家には親しく出入りして「茶道文事の趣味を伝え」二代にわたって親交を深めた。南は新聞掲載の小説を盛んに執筆し、評価を高めていった。籾山とは晩年十年ほどのつき合いになるであろうが、南からは強い影響を得ていたに違いない。南が亡くなり十年経ったところで、忘れてはならない作家として著作集を編纂したのである。籾山が俳諧の道に踏み入ったのも、また俳諧、茶道など多趣味となったのも南の訓育があったからであろう。半可通、俗物を嫌うダンディズムの精神も、南から籾山に受け継がれることとなる。南は籾山にとって、人生最初に出会った文芸への先導役である。

旧派と新派との間で

後述する耕餘義塾卒業後の明治二十五年十四歳の時、籾山は其角堂八世田辺機一の門下にあった南新二（又照庵布川）に就いて初めて俳諧を学んだ。俳号は漢文の師であった松岡利紀が名付けて湟東とした。堀の東・日本橋に住んでいたからである。

明治二十六年南の勧めにより、八世其角堂機一（安政三年生～昭和八年没）の門に入り、翌年寶窓機文の俳号をもらう。機一は籾山より二十歳以上年長であった。明治二十八年頃から、籾山は江戸庵を名乗り始めた。その頃詠んだ句に「ほとゝぎす曉闇のあらしかな」があった、と後年『江戸庵句集』の跋文で触れている。典型的な旧派の俳句である。

其角堂機一は老鼠堂永機の門弟で、月並俳諧、点取俳諧を業とする職業俳諧師である。永機は、今紀文と呼ばれた津藤細木香以をパトロンとした。正岡子規は『獺祭書屋俳話』中の一文において、機一の著作『発句作法指南』を肯定的に評価しつつも、月並俳諧批判につながる論難を行っている。

籾山は、まずその機一の門下となったのである。

俳諧は当時、町中に暮らす人々にとっての稽古事、習い事であり、また趣味の一分野であった。俳諧師範の看板を掲げ、遊技としての点取俳諧を業とする職業俳諧師は、その多くが江戸座の流れを汲む業俳であるが、明治中期に彼らは、俳諧教導職として雇用されている。遊芸としての俳諧が、国語教育の中に取り込まれていく過程は興味深いが、研究者の数は少ない。

籾山は暫くして旧派に飽き足らず機一門を離れる。明治三十一年秋大谷繞石《ぎょうせき》を介して高浜虚子を知り、同年冬正岡子規に従い、日本派に入会する。これによって機一の怒りを買い、籾山は破門される。このことについて籾山は、師に対して行き届かず、不快な思いをさせた、と後年『江戸庵句集』の跋文で詫びている。

大谷繞石は明治八年島根県生まれ。小泉八雲の教えを受け、第三高等学校（京都）に入学するが、学制改革により第二高等学校（仙台）へ転校。仙台では高浜虚子、河東碧梧桐と知り合い、後正岡子規と出会って日本派に入る。籾山の英文への関心、第二高等学校への入学については大谷からの影響があったのであろう。

籾山は、会を追うごとに出席者が増え盛会となり、緊張感溢れてゆく日本派の句会に馴染めず、旧派の宗匠が趣向を詠じる風流な俳諧にも未練をもっていた。すなわち、この初期に、江戸座と日本派の双方に触れたことで、二方向の間で如何に均衡を保つか、という課題に直面した。作句において初めての恩師である其角堂機一との関係を捨て去ることができない、という旧派・新派の間での心的葛藤は、自著『江戸庵句集』の跋文に示されているように、月並俳諧を批判し俳句革新を主張する日本派との距離感が絶えず意識されている。

籾山の正岡子規に対する評価も客観的である。

「世間は子規が革新の一面をのみ認めて保守の半面を認め申さず為めに居士自身もみづから作りたる勢に捲かれつゝ本意なくもおのづから行き過ぎたるやの観なきにあらず思はれ申候。」

明治期において、籾山に俳諧への導き手となった入門書は、明治三十年から三十八年にかけ博文館から刊行された『俳諧文庫　第一～二十編』であったであろう。江戸期以降の俳人、俳諧を網羅的に収載した叢書である。全体の編纂は老鼠堂永機と大野洒竹《しゃちく》が担い、其角堂機一・岡野知十・巌谷小波《さざなみ》・雪中庵雀志《せっちゅうあんじゃくし》・角田竹冷《つのだちくれい》等が校訂している。旧派永機と新派秋声会洒竹との共同編纂であった。また明治三十三年十二月籾山が慶應義塾在学中、博文館系列の文武堂から『俳家成美《せいび》全集』も刊行されているが、この序文にも永機と洒竹が序文を寄せている。夏目成美は浅草蔵前の札差井筒屋八郎右衛門、遊俳を貫く町人であり、飛脚問屋の俳人・大江丸（後述）とも交遊があった。

籾山は、旧派・新派を経験し、俳書編集の過程で遊俳の秋声会俳人とも交流したことにより、三会派の流れを経験した。そのおかげで子規の日本派俳句をも相対的に位置づけることができ、古句を再評価すべきと思い至ったのであろう。

第三節　藤沢・耕餘義塾での文芸教育

籾山の享けた初等教育は未詳であるが、中等教育については明治二十二年から二十四年にかけて藤沢羽鳥村の耕餘義塾に二年半就学していたことが判っている。昌平坂学問所に学んだ小笠原東陽（文政十三年生～明治二十年没）が、羽鳥（現：神奈川県藤沢市羽鳥）に設立した耕餘塾がその前身である。当時神奈川地域で有数の中等教育機関であった。漢学、英語、数学、理科、西欧史、法制など幅広い教育科目を備えていた。後、慶應義塾に倣い耕餘義塾と改称した。

寄宿制であり、籾山の暮らす遠隔地日本橋からでも入学することが可能であった。籾山は『三田文学』大正四年十月号に「品濃の小景」という文章で藤沢までの車窓風景を綴っている。日本橋とは全く違う風景に触れ、感慨も深かったのであろう。

籾山の指導教員は、美濃国石津郡高須藩（現岐阜県海津市）出身の松岡利紀（弘化元年生～明治四十四年没）であった。松岡は籾山が日本橋に住んでいた頃からの漢文の先生であり、松岡の紹介で耕餘義塾に入塾した。松岡は、通称を嘉之助、諱《いみな》が利紀、字《あざな》は士綱、拙鳩と号した。松岡は昌平坂学問所、名古屋の明倫館などで学び、明倫館では永井荷風の岳父鷲津毅堂《きどう》からも指導を受けた。幕末には平田篤胤《あつたね》門下となる。明治維新後は官職、神職として奉職し、明治十二年、鎌倉宮の宮司となる。明治十四年には右大臣岩倉具視及び有栖川親王あて「神道事務局祭神の儀」の建言書も提出した。

明治二十一年九月に引退、羽鳥村に移住し耕餘義塾の塾長に招かれ就任する。国語、漢文、作文を主たる教育科目としたが、教育だけではなく、卒業生、父兄、後援者らによる維持員制度を設け、教育施設の充実と教育内容の改善を図った。校名を耕余義塾と改めるなど経営の近代化に努めたが、県立中学校設立にともない明治三十三年閉校となった。

耕餘義塾は、籾山だけではなく、後の宰相吉田茂、中島信行（後衆議院議長）、中島久万吉（後商工大臣）、鈴木三郎助（味の素創設者）などを輩出している。特に籾山は、吉田とともに、大正二年五月、松岡から享けた学恩に報いるため、羽鳥の共同墓地に顕彰碑を建立した。三十五歳になっても籾山は、耕餘義塾に対し強い思いを持ち続けていたのである。籾山の基礎的教養と学識に向かう勁い意志は、この耕餘義塾時代に形成され、十三歳頃、既に和歌を詠み、和文も作っている。

参考：『藤沢市史ブックレット四　小笠原東陽と耕餘塾』（藤沢市文書館　二〇一三年三月）

第四節　三田・慶應義塾での経済教育

慶應義塾理財科

明治二十四年耕餘義塾卒業後、籾山は商業科目を重視する早稲田専門学校予科、杉浦重剛が創立した東京英語学校を前身とする日本中学校、そして仙台の第二高等学校に学んだ。いずれの学校も短期の就学であった。自ら望む学業成果を各校では十分に得られなかったであろう。

そして揚々明治二十九年一月慶應義塾理財科に入塾する。入塾後、どのような教育を受けたのであろうか。故西川俊作氏は『慶應義塾百年史』を基礎資料として、一八九〇年から一九二〇年までの理財科のカリキュラム・教授陣の変遷、学生動向を分析している。その論考「理財科の三十年」は、籾山の教育環境を考察する際の貴重な資料となる。当時の理財科主任教師はハーバード大学を卒業した米国人ギャレット・ドロッパーズ（Garret Droppers）で、明治二十三年一月理財科創設時から九年間主任を務めた。後任はドロッパーズと同じハーバード大学卒業のエノック・ヴィッカース（Enoch Howard Vickers）であった。したがって入学時から三年生まではドロッパーズの下で学び、卒業論文はヴィッカースから指導を受けたことになる。

当時のカリキュラムは、一年生から三年生まで次のようになっていた。

第一学年　経済学原理　近世経済史　簿記　商業地理　民法　英作文・日本作文
第二学年　財政論　貿易史　簿記　民法・商法　英作文・日本作文　独語・仏語
第三学年　経済学諸派概論　会社法　国際私法　国際公法　統計学　行政学　英作文・日本作文　独語・仏語

籾山は、経済学を中心に幅広い分野の授業を履修できた。後年自著として発刊した『株式売買』は、この理財科で仕上げた論文が基になっている。授業は基本的に英語で行なわれ、経済学の教科書はジョン・スチュアート・ミルの Principles of Political Economy（『経済学原理』）の原著英語版を使用した。籾山は、耕餘義塾での基礎教育をベースに、この慶應理財科の教育によって英語能力に強い自信を持ったのである。

明治三十一年慶應義塾塾頭として、福澤諭吉に代わり鎌田栄吉が就任した。籾山は鎌田の薫陶を受け、後年鎌田の句集を編纂することになる。

同期生・岡本癖三酔

籾山の慶應義塾在学時の文芸活動は、作句である。明治三十三年慶應義塾に「三田俳句会」が創設され、籾山は理財科で同期の岡本癖三酔（本名：廉太郎）らとともにその主宰者のひとりとなった。

癖三酔（明治十一年九月生〜昭和十七年一月没）の父は小田原藩士岡本貞烋で、前橋に生まれた。二歳の時から東京に移り住み、幼稚舎入学から理財科卒業まで慶應育ちである。久保田万太郎、大場白水郎などの俳句の指南役でもあったが、特に俳画を得意とし、俳画論も展開して、俳句雑誌の表紙・挿絵に数多く作品が遺されている。俳句は後に自由律の句となり、独特の作風をもっている。

名前に「酔」の文字が使われているので誤解されたようだが、全くの下戸であった。後半生は重い精神疾患に悩み、娘の自殺という不幸も重なった。

著書は二著『癖三酔句集』『自画賛句帖』のみであるが、雑誌への寄稿を多数遺している。一冊目は癖三酔二十八歳の時に出版した『癖三酔句集』（俳書堂　明治四十年六月）。高浜虚子と中野三允の序があり、生前に自家句集を出版することの是非を問うているが、両者とも句集の出版は積極的に行うべきと述べている。癖三酔自身は自らの句を「句亡骸」としており、句稿の扱いをすべて俳書堂主人（籾山）に任せていた。六百句以上の句が収載されているが、すべて定型句である。癖三酔の本領とされる自由律俳句は、この後作句される。

大場白水郎によれば、籾山は「（癖三酔の）造語や、奇抜な表現、無味乾燥な作風は気に入らなかった」と言い、また癖三酔の初期の俳画の「俗気を特に嫌って」いた。同じ慶應義塾俳句会の発起人同志ではあっても、籾山は癖三酔の流儀を受け容れてはいなかった。

癖三酔は、慶應義塾「三田俳句会」の指導を籾山と一緒に行っていた。当時の学生会員として、大場白水郎、久保田万太郎、籾山の実弟吉村椿花（上川井梨葉）などが加入している。久保田万太郎は、籾山が「古俳諧の味」を、癖三酔が「現実把握の方法」を語ってくれた、と回想している。また白水郎の回想によれば、癖三酔を晩年の子規に紹介したのは籾山であるが、癖三酔が子規に直接指導を受けることができたかどうかはわからない、とされる。

癖三酔の『自画賛句帖』（大正七年　百部限定）は、俳画を添えた私家版の句集である。俳誌も主宰し、『アラレ』（明治三十五年創刊　のち『霰』と改題）と『新緑』（大正六年創刊　のち『ましろ』と改題）を遺す。

籾山にとって受け容れがたい癖三酔の自由律俳句は以下のような作品である。


睡蓮すつかり暗くなり灯り／軒に青桐が棒立ちで冬中／ほほづき一ッ真赤な弱い男／町が淋しくなり電信のはりがねの凧／路ばたの草の青み自動車倒れさうにゆられ

癖三酔の雑誌への寄稿および俳画提供は、『俳諧雑誌』と『春泥』が主となる。特に『春泥』への寄稿が多いのは、編集者のひとりが癖三酔の盟友大場白水郎であり、白水郎自身俳画に興味があったことによる。

前橋生れの縁で、群馬県立土屋文明記念文学館では癖三酔の資料が丹念に収集され、癖三酔展が二〇〇五年五月・六月開催された。同文学館の紀要『風』（第九号　二〇〇五年）に寄稿された唐澤龍三氏の論考「岡本癖三酔の世界」は貴重な研究成果である。

第二章　日本橋から築地へ

第一節　海産物問屋・籾山家へ入婿

義父・半三郎

飛脚問屋・和泉屋の息子・吉村仁三郎（当時二十五歳）は、明治三十六年三月海産物問屋・三浦屋を営む籾山家へ養子に入る。婿養子縁組である。三浦屋は日本橋区小舟《こぶな》町二丁目五番地に所在、仁三郎の嫁となる相手は四女せん、明治十八年四月十四日生まれの十八歳であった。

三浦屋の当主は先代籾山半左衛門を継いだ半三郎（嘉永元年生）。自身も籾山家に養子として入り、明治十三年七月家督相続で半三郎を襲名していた。三浦屋十三代目当主である。「三半」の名で通る豪商だ。半三郎は男子に永らく恵まれず、生まれる子供は女ばかり、明治二十年八月になりやっと長男竹三が生まれた。しかし店を任せるにはまだ幼く、店を支える人材を探したのであろう。和泉屋の方には、文芸好きの三男坊仁三郎が独身でいた。三浦屋の家業に関係しなくてもよければ、という条件を和泉屋は出していたかもしれないが、「和泉屋の仁三郎さんは慶應義塾を出て経済のことにも明るいし、しかも三男坊だから婿に迎えるにふさわしい」と、三浦屋「三半」は籾山に惚れ込み、養子縁組が叶ったのであろう。和泉屋のある佐内町と三浦屋の小舟町とは、距離にして五百メートル、歩いて十分以内の目と鼻の先、両家の内情も日頃から分かり合える距離である。

和泉屋から養子で入り、明治四十三年四月『株式売買』を執筆・刊行した婿・仁三郎は、三浦屋半三郎にとって頼りになる経営の担い手として期待されたに違いない。銀行経営、株式市場・株取引への参入など金融資本を拡充する施策について、籾山は半三郎に助言していたであろう。籾山には「生来静寂閑雅を好み、其性さかなやたるに適せず」という言があるが、籾山を〝商売や経営から離れ閑寂の中に生きる文人〟として言葉そのままに受け取ることはできない。伊籐鷗二も「籾山梓月論」（昭和二十六年四月）の中で「（籾山は）商家に銖両（筆者注：わずかな金銭）をせゝる性格でなく、この点養父に快く思はれなかつた」と記述しているが、文芸好きの婿養子は商家に馴染まない、という枠組みは一般に受け容れやすい。しかしながら籾山は、海産物鰹節問屋の企業としての低い成長力をも鑑み、株式投資によって企業資産を拡大する方策を三浦屋「三半」に進言していたのではなかろうか。

江戸期から関東大震災時まで、日本橋には魚市場があり、その周辺に海産物問屋が軒を連ねていた。籾山家は、海産物の卸仲買を生業とする三浦屋を代々日本橋小舟町二丁目で営み、その一角で繁盛していた。明治期、日本橋小舟町一帯には財を成した有力商店がならんだが、浅草の浅草寺参道に吊り下げられた大提灯に「小舟町」と現在も大きく墨書されているのは、江戸期小舟町の海産物問屋の町人が浅草寺に寄進し、その財力を示威したものである。

半三郎は、旧派俳諧宗匠である穂積永機《ほづみえいき》が他界した際、向島百花園に永機を偲ぶ句碑を建立した。永機の句「朧夜やたれをあるしの墨沱川」を表に、裏面寄進者の筆頭に「小舟町 籾山半三郎」の名が刻んである。半三郎自身、俳諧に親しんでおり、その点でも籾山と話は合ったであろう。

経営形態の変革

明治期に入り私立銀行が数多く設立され、日本橋界隈では五十一社になるほどであった。籾山半三郎が明治三十年に創立した日本通商銀行は鰹節問屋の機関銀行として機能した（大正二年中井銀行に合併）。また籾山家は地主として、小舟町以外の日本橋地域で土地所有を拡大していた。隣町小舟町三丁目には、既に安田善次郎が開設した安田銀行の前身の両替商、安田商店が慶応二年開店している。小舟町のこれらの銀行は、付近に立地する数多くの小売商を顧客とし、好立地での商いを行っていた。

海産物問屋が扱う鰹節は、昆布と並ぶ縁起物であり、江戸期から希少性が高い贈答品と位置づけられ、問屋においても収益性の高い商品であった。しかし明治期に入ると日常の大量消費商品として市場に普及し始める。それに従い三浦屋も販売政策を変革し、経営戦略の革新を必要とされる状況になっていた。

三浦屋に婿養子として入籍した籾山は、本業である海産物問屋機能の変革と、銀行経営・不動産運用という経営課題を解決していく担い手として期待されていたである。

籾山の義父半三郎は嘉永元年（一八四八年）四月生まれ、先代範平の養子となり明治十三年七月家督を相続、前名竹藏を改めた。半三郎は経営手腕に優れ、人脈形成も巧みで、数社の役員も勤めた。内国通運株式会社に取締役として入り、明治二十五年四月には社長に就任する。吉村家と和泉屋とが、経営上の人的交流においても深いつながりがあることが理解できる。その他にも弁天倉庫取締役や日本恒信社監査役などを歴任した。半三郎は、江戸期の海産物仲買という流通業によって蓄積した資本を、明治近代化以降、いかに継続して維持していくか、という経営課題に取り組むことが必要と考え、他企業にも役員として積極的に経営参加していたのである。明治三十一年時点で籾山半三郎は、会社役員名簿の内、六社に名を連ねていた。

参考：鈴木恒夫、小早川洋一「明治期におけるネットワーク型企業家グループの研究――『日本全国諸会社役員録』（明治三十一・四十年）の分析――」（『学習院大学　経済論集』第四十三巻第二号　二〇〇六年七月）を参考にしたが、下記の二つの資料から、籾山半三郎が紡績会社の株式を保有していたことが明らかになっている。

①鈴木恒夫・小早川洋一・和田一夫「明治三十一年時における綿糸紡績会社の株主名簿の分析」（学習院大学『経済論集』第四十一巻第二号　二〇〇四年七月）。鐘淵紡績の株式保有数において籾山半三郎は第四位の株主。因みに最大の株主は三井高保。

②山口和雄編『日本産業金融史研究　紡績金融篇』（東京大学出版会　一九七〇年三月）。一定の株式を保有する株式仲買人として籾山半三郎がリストに入っている。日清紡績、鐘淵紡績、日本絹紡織の株式を多数所有。

半三郎は株式保有について、婿養子の仁三郎と相談し、仁三郎からの助言を求めていたであろうし、紡績会社株式所有のブームが一段落し、鉄道会社が投資対象になった時にも仁三郎は義父に提言していたのであろう。和泉屋と三浦屋、いずれも株式投資など金融による経営拡充の可能性を探りながら、明治大正期を永らえる企業である。

半三郎は国際交易にも関心をもち、南洋貿易を行う貿易商社として明治二十三年十月に設立された恒信社の発起人となった。恒信社は日本恒信社の母体で、主体は横尾東作という人物。横尾は、それ以前に田口卯吉とともに南洋進出計画も図ったが、その計画からは退いていた。横尾は自ら恒信社社長となり、南洋進出のため風帆船の「懐遠丸」（七十二トン）を購入した。横尾の歿後、明治三十七年恒信社は改組して「株式会社日本恒信社」となり、嗣子の横尾愛作によって引き続き経営された。その後、大正六年十二月、恒信社は南洋貿易株式会社に吸収合併された。

参考：丹野勲「明治期日本の南洋群島進出と日本人移民の推進者と先駆者——横尾東作と森小弁——」

文芸に対する関心の高かった籾山は、一方で海産物問屋三浦屋の経営形態を変革し、株式所有を基軸として近代的な展開を図ろうとしていた。経済活動に対する強い関心を、絶えずもっていたのである。

また籾山は雑誌『文明』第二号・第四号（大正五年）に銀本位制に関する〝論文〟「洋銀事略」を二回にわたって連載し、永井荷風もこの記事に興味を示していた。明治初期における貨幣制度の導入をめぐる動きと金本位制導入にいたる過程、その中で銀本位制に対する評価の変遷を籾山は分析している。

第二節　築地籾山別邸での暮らし

庭後庵

籾山の妻せんは、結婚以前から築地二丁目二十五番地に所在する籾山別邸に住んでおり、籾山は入婿することによって、築地での生活を始めた。籾山にとって忘れがたい別邸である。

籾山の家族は築地を本拠として、日本橋との間を行き来していたのである。籾山別邸は、当時の陸軍省の航空写真にも撮影されており、築地本願寺斜め前のワン・ブロックをすべて占めていたことがわかる。敷地凡そ三千坪、籾山別邸周辺、本願寺の先には江戸期松平定信の建造した大名庭園「浴恩園《よくおんえん》」があった。明治期そこに日本橋から魚市場が移転し築地市場となる。築地に生まれた上田敏の小説『うづまき』は明治期の築地を知る手立てのひとつである。

籾山は、明治四十二年秋から築地別邸内母屋の後に位置する「庭後庵」に居を定め、筆名を「庭後」とする。

庭後庵では俳書堂・籾山書店として出版活動が開始され、また句会・茶会も行われるようになるなど、籾山の生業と余技・趣味が展開される舞台となった。籾山の自著『遅日』の中の随筆も、別邸の風景に題材を取っている。『遅日』中の一編「町中の庭」は、「椎」「瓦韋《のきしのぶ》」「柏樹」「百日紅《さるすべり》」

「蟻」「棕梠の花」「蚊」「池」の小文で構成され、盛んな植生とその中で生きる多種の生物の様子が記述されている。

籾山によれば、夏目漱石も雑誌『ホトトギス』の寄稿者による朗読会、句会で籾山別邸を訪れた経験がある。永井荷風は、大正四年五月俗曲師匠の家の近く築地一丁目に転居してくる。その後一旦大正六年九月から木挽町九丁目に移動するが、大正七年十二月からは築地二丁目三十番地に再転居する。五番地違いだけの庭後庵を荷風は度々訪れることができた。庭後庵には、古俳書・漢詩文集・江戸雑書などの蔵書があり、荷風に度々貸与していた。

築地小劇場

籾山別邸が位置した築地二丁目の土地に大正十三年六月、築地小劇場が建設されるが、籾山自身この劇場との契約関係に関わったことはないと思われる。築地小劇場主宰者小山内薫の『大川端』『鶯』を大正初期に出版していた籾山書店であるから、橋渡しはしたかもしれないが、当事者は、この時籾山家の当主であった籾山半三郎（籾山の義弟に当り先代を継いだ十四代目。俳号は柑子）である。半三郎は、昭和になり築地小劇場創立三周年を迎えた頃、地代滞納を理由に土地返却の訴訟を起こす。この土地問題は昭和七年に和解が成立し、築地小劇場側が土地所有権を買収することになった。

参考：青木笙子『「仕事クラブ」の女優たち』河出書房新社　二〇一六年六月

その後戦前戦後にかけて、この築地二丁目の土地は、所有関係がかなり複雑になったと推測される。戦後に所有権を有したのは、金融業森脇文庫を創業し数々の金融事件に関わった森脇将光である。森脇と築地小劇場との間で係争となったが、昭和三十二年四月東京地方裁判所で和解となり、築地小劇場の土地使用が認められた。築地小劇場再建の寄付活動も行われ、寄付者のひとりとして「丹羽五郎」という名前がリストに入っている。「丹羽五郎」は籾山の翻案童話創作時の筆名（第四章第一節）であるから、名前を秘して寄付していたのだ。先述のように、著書を刊行した小山内への想いも籾山にはあったであろう。

参考：株式会社築地小劇場『築地小劇場復興再建運動　土地系争解決のお知らせ』昭和三十二年四月十六日

また昭和二年には江戸から続く料亭「八百善《やおぜん》」がこの土地に移転してきた。関東大震災で浅草の店が全焼し、築地移転となったのである。昭和十八年三月の空襲で再び全焼するが、昭和二十七年永田町に移転するまでこの築地二丁目二十五番地に店舗を構えていた。八百善は、文政九年（一八二七年）玉菊百回忌が催されるなど、浅草鳥越で店を張っていた料亭老舗である。大正三年、永井荷風と八重との結婚披露宴もここ八百善で行われた。

第三節　籾山の親族と転居

妻・せん

築地籾山別邸で籾山は出版社籾山書店を起業するが、籾山本家との折り合いもあり、大正八年八月には、十年間住んだ築地を後にし、隣町新富町七丁目にあった五代目尾上菊五郎の旧宅へ移転、「梓月庵」と名付け、筆名も「梓月」とした。

しかし新富町の住まいのすぐ傍には石鹼工場があり、そこから放たれる異臭に耐えられず、大正十年十月には赤坂仲の町へ移転、そこを「松泉亭」と名付けた。せんは病気がちの人で、転居後五ヶ月経った大正十一年三月二十七日還らぬ人となる。籾山はせんの転地療養を心掛けてはいたのだが、三十八歳という若さで妻を他界させてしまう。没後発刊された『梓雪句集』末尾の年表から、せんと家族の生涯を辿ることができる。梓雪はせんの俳号。

明治十八年四月十四日　父・籾山半三郎（十三代目）母・とみ（高津氏）の第四女として生まれる。
明治二十三年　京橋区築地二丁目二十五番地に移住。
明治三十六年三月　吉村仁三郎と婿養子縁組　仁三郎は籾山姓を名乗る（仁三郎二十五歳　せん十八歳）。
明治三十七年一月十一日　長男・泰一誕生（俳号：梓山）。
明治三十八年三月二十二日　次男・虎之助誕生（俳号：梓風）。
明治四十二年秋　籾山家別邸内の庭後庵に住む。
明治四十三年から大正七年にかけ、せんの父母歿す。
（大正七年からはせんの転地療養のため、また病気がちの梓山のため全国各地に旅行を始める。）

大正七年　箱根旅行時に句作を初め、俳号を梓雪あるいは宗仙とする。
大正八年八月八日　京橋区新富町七丁目にあった五代目尾上菊五郎旧宅に移住、梓月庵と名付ける。
大正十年四月　波多野古渓の別荘に遊ぶ　叔父茂木六兵衛に招かれ神奈川浅間山に遊ぶ。
大正十年五月　小石川植物園に家族揃って遊ぶことができるほどに体調快復。
大正十年十月　新富町の自宅に隣接する石鹼工場からの排液と泡に耐えられず、赤坂区仲の町二十九番地に転居　松泉亭と名付ける。
大正十一年三月二十七日午後二時四十五分　せん歿す（享年三十八歳）。
大正十二年十月二十四日　京都寂光院本堂の傍らに五輪塔を建て遺骨を納める。
昭和二年三月二十七日　『梓雪句集』刊行（俳書堂號友善堂刊）。子の泰一・虎之助が序文を寄稿（友善堂は籾山の実弟上川井良が興した出版社）。

せんは夫に倣い大正七年箱根旅行の時に初めて俳句を作り、その後四年間は俳句を趣味としていた。息子ふたりも句作に励み、泰一は梓山、次男虎之助は梓風と号している。

遺稿句集『梓雪句集』には、梓山、梓風連名の序があり、母への想いが込められている。籾山も、築地籾山別邸から新富町梓月庵への移転事情、赤坂松泉亭での梓雪病中の様子、辞世の句を詠むまでの経緯などを、美麗な和文に認《したた》めている。

明治期からの女性俳句を紹介されている仙田洋子氏の選にしたがい、梓雪の句をいくつか引く。

「季重なり」の句が多いことが特徴であるが、眼前風景を素直に詠みこんでいる。

山は夏青青として暮れにけり
晴れながらなほ薄霧や女郎花
羊歯の葉の面光りて山の月
龍宮のうへ漕ぐ船や春の海
　梓月庵に住みけるころよめる句
土庇や吹かれてたまるこぼれ萩
うすものにくさかげろふのとまるなり

参考：仙田洋子「寂しさをあるじとして　籾山梓雪」（『鑑賞女性俳句の世界　第一巻　女性俳句の出発』角川学芸出版　二〇〇八年一月）

梓雪が亡くなって半年後大正十一年九月鎌倉に転居し、そこを「悟本庵」と名付ける。その居宅は鎌倉寿福寺境内に所在した（神奈川県鎌倉町扇ヶ谷今小路一六五番地）。以後は終生そこを住まいとし、籾山終焉の地となった。関東大震災、東京大空襲に被災せず、籾山の勤務地である東京の会社へもここから通勤した。籾山が、震災、空襲の災禍に遭わなかったことは、句作の環境を常に安定させた要因である。

寿福寺は北条政子が開基し、栄西が開山したと伝えられる。鎌倉三十三観音霊場第二十四番であり、境内は昭和四十一年三月に国の史跡に指定された。植栽も特徴的で、天然記念物の柏槇《びゃくしん》が四株ある。

長男・泰一

籾山の息子二人はいずれも病弱であった。長男泰一は兵役免除され、次男虎之助は昭和十二年病没する（享年三十二歳）。

籾山泰一（一九〇四年一月十一日生〜二〇〇〇年三月三日没）は、父梓月よりも長命であり、生年の月日が父と同じ一月十一日であった。本名は「たいいち」だが従兄に鳥類学者籾山徳太郎がおり、英文イニシャルがT.M.で同じになるので、「やすいち」と読ませることになった、と言われている。慶應大学予科を病気のため中退した後、植物分類学を専攻する。中井猛之進《たけのしん》（のち小石川植物園園長）の下、七年間植物学を学び、その後樹木学の権威猪熊泰三の下で研究を続けた。昭和十六年からは資源科学研究所の植物部門に所属する。戦後は東京都立大学で牧野富太郎の標本整理を行う。横浜植物会の創設メンバーでもある。著作には、日本に存在するバラの品種を詳説した『ばら花譜』（共著　平凡社　一九八三年四月）、シリーズ研究誌『鎌倉の文化財』において鎌倉の植物を丹念に調査してまとめた「鎌倉市域の植物」などがあるが、泰一の論文を網羅した『籾山泰一先生論文集――卒寿記念――』（神奈川県植物誌調査会　一九九四年十一月）によって泰一の研究領域と研究実績を包括的に知ることができる。

籾山家は家族揃って小石川植物園に出かける機会も多く、泰一は影響を受けた。父梓月の植物に対する高い関心を継承した長男といえる。十五歳の時に会った森鷗外と、鷗外住居である観潮楼の花園も思い出として記憶に残っていたであろう。

また幼少期から永井荷風と会う機会もあった。泰一は荷風全集の月報に、青年期に荷風と偶然出会った思い出を書き留め、荷風が築地に移ってきた頃、一緒に銀座を散策したこと、両親とともに荷風の堀切菖蒲園散策を共にしたことを回想している（荷風全集第四巻月報21　岩波書店　昭和三十九年）。荷風にとっても印象に残る青年であったであろう。

泰一の息女二人は、籾山の遺品を神奈川近代文学館に寄贈した。

上川井梨葉

籾山には、前章で記述した実兄二人の他に、三人の実弟があった。明治十一年十一月生まれの録、十三年十二月生まれの行七、そして二十年一月生まれの良である。録は籾山と同じく耕餘義塾を卒業後、機械・船舶・武器・軍需品を輸入する貿易商社高田商会の創設者・高田慎蔵《しんぞう》の娘喜代に入夫する。俳号は呂哉。行七については京都市立染職学校を卒業したことだけが人事興信録に記載されているが、その他については不詳。

籾山の末弟・良、俳号・梨葉は、明治二十年一月十五日生まれ、籾山とは九歳違いで昭和二十一年七月五日没。若年時、士族上川井家の養子となる。籾山と同じく慶應義塾理財科出身で、在校時は三田俳句会（一時休会したが明治四十一年活動再開）の会員（当時の俳号は椿花）となり、主導的な役割を担った。同じ会員であった久保田万太郎（明治二十二年生）や大場白水郎（明治二十三年生）とも親しく交友した。卒業後は会社勤務の傍ら、兄の出版事業を手伝っている。大正期に三年間だけ出版事業を行った友善堂は梨葉が中心となり、兄梓月の〝なかじきり〟となる俳諧関係の諸書を編集した（後述）。

また前期『俳諧雑誌』の編集を行いつつ、句会「笥頭会」も主宰した。後期『俳諧雑誌』の編集・刊行は梨葉が中心となり、難しい俳誌の刊行を支えた。『俳諧雑誌』が『春泥』に継承された後、梨葉は独自に俳誌『愛吟』を創刊する（昭和五年二月）。

句集は二点ある。『梨葉句集』（俳書堂　昭和五年二月）および『梨葉第二句集』（俳書堂　昭和十三年七月）である。

『梨葉句集』の巻頭に掲げられた肖像写真で見ると、団十郎、海老蔵系の顔立ちで、兄梓月と同じく美男子である。

伊籐鷗二の「俳壇思出話」（『愚かなるは愉し』所収　昭和三十年十一月初出）によれば、梨葉は上川井家に養われ、新小川町の広大な邸に住み「一ッ木御前」または「江戸川の殿様」という渾名で呼ばれていた。士族の家に養子に入ったことで、大正・昭和の時代でも、その恩恵を受けることができた。

昭和十二年梨葉は娘・和紅を亡くす。自身も貧血に悩み病気がちであり、戦後間もなく昭和二十一年七月亡くなった。籾山は、妻せん、次男虎之助に続き、実弟にも先立たれた。その悲しみは如何ばかりであったか。

義弟・竹蔵

籾山半三郎の実子であり、梓月にとっては義弟となる籾山竹蔵（竹三とも）は、明治二十年八月生まれ昭和十六年十月没。大正七年四月父半三郎の死去により、九月家督相続し、十四代目半三郎を名乗る。俳諧に興味をもち、俳号は柑子《かんし》、句集に『柑子句集』（俳書堂　明治四十一年十二月）、代表句に「藍壺に寝せある布や明易き」がある。インド仏教に強い関心をもち、早稲田大学仏教青年会代表であった教授武田豊四郎とも親交があった。仏教関係の著作には、『仏教読本』（観音会　大正十五年）『モダン仏教概論』（三宝会　昭和十一年）があり、籾山髻華《けいか》を筆名とする。髻《けい》は「もとり・たぶさ」を意味する語。俳諧雑誌（第二期）一号に梓月著「籾山柑子小伝」が掲載されている。

籾山家は養父半三郎死去の翌年、築地籾山別邸から新富町に移転する。この時期から半三郎が主体となって行ってきた、商店経営と株式投資とを基軸とする会社運営に変化が起こり、築地の土地（築地二丁目十五番地）も不動産運用の対象となってきたのであろう。大正十三年一月築地小劇場の用地として南西部分約百坪を借地として貸すこととなる。また料亭八百善もこの土地に移転してくるなど、築地籾山別邸ワンブロックが分割され借地として運用されることとなった。築地小劇場の土地については、前記の通り戦後にかけて係争の対象となっていく。

籾山竹蔵の長男に徳太郎（明治二十八年生〜昭和三十七年没）があり、籾山が編集した雑誌『文明』（第二十二号　大正七年一月）に、エッセイ「白鳥」を寄稿している。籾山徳太郎は、独学で鳥類の分布や分類の研究を行った人物で、「白鳥」は白い鳥の発生・分布を考究した考証随筆である。

第三章　生業〈出版社経営〉

第一節　俳書堂の出版活動

虚子の社告文

正岡子規を盟主とし、明治三十年に松山で創刊された日本派の機関誌『ほととぎす』は、翌年東京に拠点を移すに伴い、高弟・高浜虚子に継承され、明治三十四年誌名を『ホトトギス』に改称する。子規は明治三十五年九月十九日亡くなるが、虚子は子規生前から東京九段の自宅に出版社ほとぎす発行所を創設し、俳書を中心とした著作を刊行していた。全二十四編のシリーズ『俳諧叢書』はその代表作であり、明治三十二年一月刊の子規著『俳諧大要』が最初の一編。以下『俳人蕪村』『俳諧三佳書』『太祇全集』『几董全集』『召波・樗良句集』『元禄俳家家集』が出版され、これらすべて子規の編集となる。続く『春夏秋冬』全四編は、河東碧梧桐《かわひがしへきごとう》と虚子の編集である。この後子規の『俳句問答』（前・後編二冊）『俳句界四年間』と連なる。

ここまでが子規中心の出版であるが、この後は、河東碧梧桐、内藤鳴雪《めいせつ》、松根東洋城《まつねとうようじょう》の著作七編を刊行し『俳諧叢書』は終了となる。これを契機に、虚子は明治三十五年前後に出版社名をほととぎす発行所から俳書堂に変更している。明治三十五年から明治三十六年にかけて、虚子は以下の著作を出版するが、方向定まらず拡散する。

正岡子規著・高浜虚子編『獺祭書屋俳句帖抄　上巻』／中村楽天著『徒歩旅行』／子規序・高浜清編『袖珍俳句季寄せ』／高浜虚子・坂本四方太編『写生文集』／三宅邦吉著『註釈奥の細道』

虚子は小説執筆への意欲が強く、『ホトトギス』をその拠点としようと考えていた。他の作家からの寄稿も募り、従来の〝俳誌〟にはないユニークな編集方針を打ち出す。明治三十八年一月には漱石の「吾輩は猫である」の連載も開始され、好評を得る。

明治三十八年九月、『ホトトギス』（八巻十三号）誌上に、以下のような社告文を虚子は掲載する。

今回俳書堂を拡張して続々俳書出版を断行せんが為め左記の通り変更仕候。
一、俳書堂を東京市京橋区築地二丁目二十五番地に移転し俳書出版の業を営む。
一、ホト、ギスは東京市麹町区富士見町四丁目八番地に俳書堂雑誌部を置き発行発売の事務を取扱ふ。

一、俳書堂の営業は籾山仁三郎之に任ず。
一、俳書堂雑誌部は従前の通り高浜之に当る。
即ち俳書堂の書籍出版事業は小生の手を離れて籾山君の手に移り申候。是れ書籍出版業を拡張せん為には専心之に従ふものを要し候が為めに候。籾山君と許りにては知らぬ人も多かるべけれど江戸庵としては俳人中の古顔として先刻御承知の事と存候。質実にして勤勉なる同氏が今後主人公として経営せんとする俳書堂は必ず括目して見るべきものありと存候。尚小生は固より深き関係を有し、他のホト、ギスに縁故ある諸氏は従前よりも一層深く俳書堂の為に好意を尽し呉れらるゝ筈なれば読者に於ても御愛顧の程新俳書堂主人に代りて願上候。

俳書堂とホトトギス発行所とをはっきりと切り分けて、それぞれの機能を明確にした虚子の宣言となっている。

俳書堂店主となる

明治三十六年三月籾山家に婿養子として入った籾山は、早速翌々年から俳書堂店主として、子規の著作を刊行開始する。養子として入籍する際、籾山自身が文芸活動を継続することについては、籾山家の親類縁者から反対意見が出たことは、容易に想像できることであるが、義父籾山半三郎は、海産物問屋という生業を間接的に支える株式投資など資産形成に関与することを条件に、出版社開設を許していたのではなかろうか。明治三十八年俳書堂は正式に籾山の所有となるが、これは籾山の出版社経営に対する積極的な意思と、既に五年間出版事業を経験し小説家として再出発しようとする虚子の思いとがうまく合致したのであろう。この年明治三十八年、籾山は出版界にデビューする。籾山二十七歳の年であり、日露戦争開戦の年である。

明治三十八年十二月二十七日付虚子による籾山宛の書簡は、虚子の著作『馬の糞』を俳書堂から出版するに当たっての事務的手続きに関する事項を述べているが、最後に「貴兄の明治十一年生れには驚いた。僕と同年か些くとも一つ位上だと思ってゐた。」と付記されている。虚子は明治七年生れで籾山より四歳年上である。籾山の身についた、商家の旦那風の落ち着いた物腰に、虚子は圧倒されたのであろう。後年永井荷風が籾山と初対面の時に感じた印象と通じるところがある。

出版者俳書堂の初期、発行者として籾山仁三郎の住所は、日本橋区小舟町二丁目にあり、販売者として俳書堂の住所は京橋区築地二丁目である。生業の店がある日本橋と、居宅と出版業の拠点となる築地とを分けて記載しているところに、籾山の気遣いが感じられる。

虚子俳書堂から籾山俳書堂へ転換して最初の出版は、『子規遺稿集』である。この遺稿集は全部で六冊、以下のような構成となっている。

第一編　竹の里歌　明治三十七年十一月　発行者：高浜清　発行所：俳書堂（麹町区富士見町）

第二編　子規小品文集　明治三十八年十一月　発行者：籾山仁三郎（日本橋区小舟町）発行所：俳書堂（京橋区築地）

第三編　子規小説集　明治三十九年九月
第四編　子規書簡集　上　明治四十年四月（第三編、第四編上の発行者・発行所は第二編と同）
第四編　子規書簡集　下　明治四十年六月　発行者：籾山仁三郎（日本橋区小舟町）発行所：俳書堂　籾山書店（京橋区築地）（※「籾山書店」という社名が初めて登場）
第五編　子規句集　明治四十二年六月（発行者・発行所は第四編書簡集下と同）

その他、子規への恩義を感じていた籾山が、俳諧に関する子規の著作のエッセンスをまとめて、一冊の書として編纂したのが『俳諧大要』である。「俳諧大要」「俳人蕪村」「俳句問答」「四年間」の四編が含まれている。子規を総合的に評価する場合の必読書として、欠かせない論考である。俳書堂版『俳諧大要』は明治四十年四月、同内容による籾山書店版は大正二年七月に刊行されている。その後、籾山の実弟上川井梨葉が創設した友善堂からも昭和二年六月に再刊されている。この友善堂版には、含まれる四編それぞれの版歴が添付されていて丁寧である。虚子と籾山の編集による、この〝子規俳論提要〟は、出版社アルスや改造社から発刊された子規全集とは異なる編集方針をとっておりロングセラーとなった。

明治三十八年以降四十年にかけて、俳書堂から刊行された書籍の著者は以下の通りであり、籾山自身の編集・出版方針が全面的には反映されてはいない。

俳書：内藤鳴雪、高浜虚子、河東碧梧桐、岡本癖三酔《へきさんすい》、高田蝶衣《ちょうい》、田山耕村、小池晩人、籾山

竹三、大須賀《おおすが》乙字《おつじ》、中谷無涯《なかやむがい》
小説・随筆：阪本四方太《しほうだ》、高浜虚子、伊籐佐千夫、鈴木三重吉

小説作家はすべて、高浜虚子との縁で出版する機会を得た人物である。

『俳句の研究』

明治四十年七月になると、『ほととぎす』に掲載された日本派の俳人の評論を籾山が編集し、『俳句の研究』と題したアンソロジーが出版される。正岡子規のみならず高浜虚子、内藤鳴雪、河東碧梧桐など子規の後継者が、論評・解説を加えるという構成をとっており、俳論・古俳句の解釈を含む俳句入門書にもなっている。籾山の俳諧に対する考察を表明する〝助走〟として、この編書を位置づけることができる。句界へのお目見えと言ってもよい。

『俳句の研究』初版には冒頭、籾山による「凡例」が掲げられている。大要次のような構成である。

(一) 明治三十一年十月『ホトトギス』が松山から東京に遷されてから、明治三十八年七月に至るまで、同誌に掲載された俳句に関する諸編を結集し編集した書であり、既に単刊書として刊行され発表されたものは除いてある。

(二) 明治三十八年以後の『ホトトギス』には俳句に関する評論が掲載されず、近き将来にわたっても掲載する事が「稀なるべきを推想し」得るので、俳書堂として一先ずこれまでの諸編をまとめて編纂出版するのに最適の時期と判断した。

（三）本書に収載された諸編は、皆俳句に関する研究成果であるので『俳句の研究』という書名にした。

（四）全体を次のように構成・編集した。第一編は俳句総論（俳句・俳人の総論的研究、俳句のつくり方）、第二編は一句の研究（俳句の解釈・選評）、第三編は一家の研究（一家の俳風の研究、古俳家の考証）、第四編は俳論（俳論・俳話の収集、句作上の苦心談）、第五編は俳評（俳書・俳論に関する批評）。

（五）目次に各編が起草された時日を記載したのは、明治俳句界の推移との関連を見る際に便利だからである。

（六）近刊書で沼波瓊音著『俳句研究』（東亜堂書房　明治四十年五月）があるが、『俳句の研究』は沼波の著書が出版される前から予告を公表しており、東亜堂の主人とも面談し、書名については問題なしとの回答（一諾）を得ている（用意周到、籾山の性格が垣間見える）。

この『俳句の研究』は、俳句を志す人々にとっては的確な内容であったのであろう、その後数次にわたり再刊されている。明治四十二年十月の第三版で内容は増補され、六編の追補には子規による炭太祇と三浦樗良の句解説（明治三十三年初稿）の再録が含まれた。

明治四十年俳書堂から出版されるこの『俳句の研究』を緒《いとぐち》として、虚子の影響力から離れつつ、明治四十一年、籾山自身の編著作が「俳書堂文庫」として三冊出版される。『連句入門』（一月）『連句作例』（六月）『俳人名簿』（八月）である。三十歳になったこの時点で、連句の再評価と全国の俳人ネットワーク形成という、ふたつの目標をもった出版を企図したのである。籾山の連句に関する評価については後述するが、俳人の名簿をつくり読者に紹介していく必要を、籾山は感じていた。『俳人名簿』は明治四十三年一月第二版が出版される。第一版では全国で一一九一名、第二版では三七二四名を網羅している。このような人的データベースに関心を寄せる籾山は、後年大正九年『俳諧雑誌』の新年号でも、「俳諧百家自伝」と称して俳人の自己紹介のページを設けたり、各地俳句界の現況を紹介する欄にページを割いた。

籾山は後年『古俳句講義』（昭和二年一月）の中で、自らを井筒屋庄兵衛に擬して、明治期新派の俳諧運動を助けた功績に触れている。井筒屋庄兵衛は松永貞徳の門人、京都で書肆を披き、貞門派、談林派俳人の著作、および『冬の日』をはじめとする蕉門派の俳書のほとんどを十七世紀中に刊行した。俳諧書出版を専門とする、江戸期に特異な書肆であった。籾山が井筒屋を範型として意識していたことは、彼の俳書出版に対する意気込みを示すものである。

参考：井筒屋庄兵衛については、雲英末雄「俳諧書肆の誕生」（『文学』一九八一年十一月号）に詳しい。

『蝶衣句集』『玉珂冥々句集』

明治四十年、四十一年、個人句集としては内藤鳴雪、義弟である籾山柑子の句集が刊行されるが、もう一人の俳人、高田蝶衣の句集を世に出したことは注目に値する。明治十九年一月、淡路島生まれの高田は、通っていた中学の教頭であった大谷繞石によって俳句の道に導かれ、東京に出て虚子の指導を受けた。病気がちで早稲田大学を中退し、明治三十九年初夏故郷に帰り中学校教諭となる。

その後神戸湊川神社の主典として職を得たが、病気悪化し昭和五年九月、淡路で亡くなる。

籾山も大谷繞石によって日本派へ誘われたので、何かしらの縁を高田に感じていたであろう。高田は東京在住の一時期、俳書堂で働き編集作業を手伝っていた、と籾山は回顧談として伊藤鷗二に語っている。籾山は、『蝶衣句集〈島舟〉』を明治四十一年秋刊行する。表紙には岡本癖三酔による魚の絵を配し、題句には大谷繞石と松根東洋城が寄稿、早稲田俳句会の創始者であり俳誌『アラレ』の主宰者中野三允が長文の〝個人句集擁護論〟を序文として寄せている。弱冠二十二歳の俳人、初の句集としては、至極贅沢な編集である。

『蝶衣句集』と同年に、俳書堂文庫の一冊として刊行された『玉珂冥々句集』は、「玉珂句集」と「冥々句集」の二部構成になっている。玉珂の生没年は不詳だが、句集の中にある一文「三千彦宗匠はしがきありたしと評せし」を捉え、化政期の俳人鈴木道彦の周辺に居た人物と、籾山は推定する。明治に入り四十年を経過しても、化政期の俳諧は手の届くところにあった。鈴木道彦（宝暦七年〜文政二年）は、江戸日本橋に春秋庵を営んで俳壇の一大勢力を形成した加舎白雄《かやしらお》（元文三年〜寛政三年）の弟子で、白雄の春秋庵は継承できなかったが、政治手腕により俳壇の中で大立者となった人物である。籾山は、上野の勧業協会での俳書堂出版の俳書展示を終えた後、上野の古書店「琳瑯閣」で珍本である玉珂の句集を見つけた。蝶衣と義弟・柑子に九百句ある中から良句百九十句を選定させ、一本の書とした、と序文に記している。

また「冥々句集」は、蝶衣が既に読んでいた句集であるが、世にあまり知られていない良書であると感じ、「玉珂句集」と併せて一冊とした。原著には、子規と交流のあった郡山出身の永井破笛が解説を加えている。永井は郡山に日本派の結社「群峰吟社」を創設した人物で、郡山の豪商永井家の出である。冥々もまた寛保元年（一六六五年）郡山の商家に生れ、文政七年（一八二四年）まで生きる。玉珂、冥々ともに化政期の俳人であった。同じ時期に江戸と郡山に生きた二人の俳人による句集、という趣向は、籾山にとっても興味深いものであったろう。

参考：塩谷郁夫「子規と漱石の百年――東北、郡山に於ける近代の受容――」

『玉珂冥々句集』は最終的に、高田蝶衣が編集して完本となった。籾山は蝶衣を高く評価し、俳人としてまた出版人としての期待も大きかったのではないだろうか。蝶衣が病弱でなかったら東京の活躍もあり得たであろう。昭和十六年高木蒼梧の編集により『蝶衣俳句全集』（文川堂書房）が刊行された際、籾山は跋文を寄せている。

第二節　籾山書店の創設と多領域の出版活動

籾山書店刊行物

高浜虚子から譲渡された俳書堂書籍部によって出版事業を開始した籾山であったが、俳書だけではなく、より広いジャンルの出版を行う意思をもっていた。事業規模の拡大と事業領域の拡張を目指し、籾山自身による計画によって明治四十年独自の籾山書店を築地籾山別邸内に創設した。

明治四十年に発行者を小舟町の籾山仁三郎とし、発行所を築地の籾山書店として刊行した書籍は次の通りであり、すべて俳諧とは関係の無い書である。

堀江帰一著『海外金融市場』
堀江帰一著『本邦通商条約論』
国際経済・金融の専門家で慶應義塾の教員である堀江の著書。堀江は籾山より二歳年長で、籾山と同時期に慶應義塾理財科に在籍、明治三十二年からの海外留学を経た後、理財科教授主任となり経済学部の基礎をつくった人物。理財科卒業後は一時期三井銀行に勤務し、その後時事新報に職を得て経済欄の記事も寄稿していた。改造社版・堀江帰一全集全十巻（昭和三年〜四年）は、財政・金融・国際経済・社会問題と幅広い分野をカバーする。籾山にとって尊敬する先輩であり、また経済に関する学識も堀江から恵まれた。堀江の趣味は、相撲、歌舞伎、料理で、籾山の趣味と重なるところもある。

参考：高橋誠一郎『新編　随筆慶應義塾』（慶應義塾大学出版会　二〇〇九年九月）に収められた一編「故堀江帰一博士をしのぶ」は、堀江の生き方を活写している。

前田定之介著『英文書簡実例』
エドウキン・セリグマン著、石川義昌訳『経済原論　上巻』（原著は一九〇五年）
Edwin Robert Anderson Seligman（1861〜1939）はコロンビア大学教授。
デビッド・パーリー著『くらげ』前・後編
原著はThe Scarlet Empire by David M. Parry, March 1906で、原著出版の翌年に和訳が出版されている。はしがきに「敢て之を邦文に翻したる一貧乏譯者」としてあり、訳者は恐らく籾山本人ではなかったか。また「富者の福音として、謹んで本書を三井、岩崎両男爵に献呈す。あるひは日本社会党の『購読せぬ同盟』に遭ふも憚らず」という付言がある。

原題は〝緋色の帝国〟で、海底にある社会主義帝国の滅亡、絶望社会を描いたDystopia Novelである。邦題『くらげ』は、古事記冒頭、天地開闢にまつわる造化五神誕生時の混沌とした世界が、クラゲ［久羅下］に擬して表現されているので、そこからの発想であろうか。筆者のデビッド・パーリーは米国の実業家、財界人であり、まさに二束の草鞋を履いたディレッタントであった。籾山が敢えてこの翻訳書を出版するのには、社会主義の普及に対する不安感があったのであろう。

これらの出版は、籾山自身の関心事が文芸だけではなく、国際経済論、マクロ経済学、経済倫理など広汎な領域にわたっていたことを示している。また慶應義塾理財科中心に編集・刊行された『三田学会雑誌』は、明治四十二年二月創刊以降、籾山書店をその売捌所として販売されていく。その他「商業簿記」の教科書などの売捌所にもなっている。江戸期に隆盛した商家に誕生し、養家も海産物問屋という、籾山の出自とは一見異なる国際経済関連の出版を行ったのは、籾山が当時、経済の転換期にあったことを強く認識していた証左であろう。俳諧という文芸とは縁遠い経済学の領域に対しても籾山は注目していたのである。

『株式売買』

明治十一年五月日本橋兜町に東京株式取引所が設立された。取引所創立に出資した株主は、明治維新の功労者、三井系の金融業者、渋沢家を中心とする事業家、横浜での生糸の輸出取引をベースに洋銀取引で蓄財した仲買人（横浜組）、米穀取引の仲買人、という五つのセクターであった。株式そのものの取引は株式仲買人が担い、仲買人に与えられる資格は個人に付与された。したがって取引所周辺には株式仲買を商売とする個人商店七十数件が軒を連ねた。株式仲買人には通信手段が無かったので、丁稚・小僧を雇い情報伝達を行った。兜町では働く人間の数が急激に増えたことで、食べ物屋の屋台も増えていった。籾山の生家・和泉屋が所在した佐内町と兜町とは三百メートルの距離にあるので、籾山は兜町の賑わいを肌で触れ、「シマ」の「株屋」の生き様を直に目にしていた。

明治四十三年四月籾山は三十二歳で『株式売買』を刊行する。冒頭に「此の書をヴヰッカアス先生へ」という献辞を掲げ、指導教官であったEnoch Howard Vickersに対する謝意を表明している。日本の未成熟な株式市場を整序だった制度にする、という時宜を得たテーマであり、籾山の使命感も感じられる。この手引書は版を重ね、大正五年一月で十二版となった。一版当たりの印刷部数は、現在ほど多くは無いであろうが、この時代のロングセラーと言ってよい。

全十九章、二四〇頁にわたり、株式取引を詳述した解説書である。各編のタイトルは、序論――売買取引――違約処分――取引所及び仲買人――非投機的売買及び投機的売買、となっており、付録に株式語彙を載せている。株式取引の実践的なガイドブックであり、仲買人の初心者にとっても便利で最適な書である。版を重ねるのも頷ける。後述する籾山を敬慕する人々、大場白水郎や坂倉得旨も兜町の仲買人の時期があったので、この手引書を読んでいたに違いない。

なおこの著作は『株式相場全集第十四巻　株式売買』として、春陽堂から昭和五年六月に再刊されるが、昭和に入っても籾山は、株式売買の専門家・解説者として認識されていたのである。

第三節　籾山書店の変遷――築地から銀座・丸の内へ――

目標設定と事業計画

明治四十年は、籾山が籾山書店として出版業を開始する年である。明治三十八年俳書堂のブランドを譲渡されてから二年後のことである。俳諧を主とする俳書堂、文芸を含めそれ以外を扱う籾山書店という二社を併行して走らせることのメリットを早速生かそうとする、籾山の意図がうかがえる。〈何故出版を事業として行うのか〉という目標設定と〈目標達成のためどのような活動が必要か〉という事業計画、という段階的な思考を可能にする経営資質が、籾山には備わっていたように思える。後年の出版活動をも視野に入れ、籾山の出版事業を整理してみると、以下のようになる。

目標①：俳句実作と古句研究→俳書堂・友善堂からの出版
目標②：俳人ネットワーク→雑誌メディア『俳諧雑誌』の活用
目標③：籾山書店の差異化→新人作家の掘り起こしと「胡蝶本」の出版
目標④：籾山家生業への関与→経済書の出版
目標⑤：永井荷風との交遊→雑誌『文明』の編集・販売

ここまであらかじめ整序して出版活動を行っていたわけではないだろうが、結果・実績を後から評価すると、このような整理も可能である。籾山の文芸領域での実績をまず視野に入れ、作品の批評・鑑賞を中心にアプローチする文芸評論の立場からは、こんな無粋な分析は許容できないかもしれない。しかしながら、籾山には商人の資質が備わり、理財科出身として経済に関する基礎知識を有していたことも忘れてはならない。籾山の全体像を把握しようとすれば、関わった出版事業全体を俯瞰した評価も必要となろう。

出版活動は以下のような変遷を辿る。

①明治四十年代　明治四十年七月『俳句の研究』四十一年六月『連句入門』四十一年八月『俳人名簿』四十一年十二月『連句作例』
②大正初期　胡蝶本の刊行
③大正五年　自身の句集刊行、および復刊した古句集に「校訂余言」を付言
④大正六年　『俳諧雑誌』と『文明』を同時進行で編集・刊行
⑤大正から昭和（籾山は五十歳代へ）　友善堂から俳書数編のみを出版する〝なかじきり〟
⑥昭和期　他の俳人の句集編纂、俳誌への寄稿

籾山家にとっての生業である海産物問屋の経営と資産運用に対する支援を継続することにより、義父籾山半三郎へ義理立てしつつ、籾山にとっての「生業」である出版業と「余技」である文芸創作との両立という、「二足の草鞋」を履くことを継続するのである。

三十年の歴史（一〜三期）

籾山書店三十年の歴史は、次のように拠点を移しながら事業展開する道筋である。明治四十年初頭、籾山書店として独自の出版活動を開始する。その一年半前の明治三十八年八月二十六日には俳書堂の書籍分野の営業権すべてを譲り受けていたので、この出版社は昭和十年代まで実質三十年強の歴史を辿ったことになる。編集・出版機能と販売機能の両方をひとつの会社の中で担う経営態勢を、昭和期まで続けた出版社である。その活動は四期に分けられるが、まず次の三期を挙げる。

（1）籾山家三浦屋のあった小舟町を発行人の住所とし、発行所を築地とした時期（明治四十年〜明治四十四年四月）

（2）発行人・発行所ともに築地とした時期（明治四十四年五月〜大正元年八月）

この築地時代の画期的な出来事は、明治四十三年五月永井荷風を主宰者とする『三田文学』の創刊である。籾山書店はその売捌所、販売店となった。このことは籾山にとっても有利に働き、『三田文学』に寄稿する機会に恵まれた。大正二年二月に刊行する自身の短編集『遅日』に含まれる各編は、すべて『三田文学』にまず寄稿した作品である。また俳諧に関する考証随筆「文暁法師」「去来と卯七」も発表し、久米秀治、澤木四方吉、水上瀧太郎の追悼文を寄稿できるような立場にもなった。

（3）銀座三丁目に移動した時期（大正元年九月〜大正三年九月）

籾山書店は築地を離れ、大正元年十一月から所在地は銀座三丁目となる。現在の銀座松屋前教文館横の筋を入ったところに、独立した社屋を構える。籾山書店の出版点数が増え、販売実績も上昇してくると、築地の籾山家別邸では手狭であり、出版事情に関する情報も入りにくくなってきたのであろう。また海産物問屋籾山家側からの出版社主籾山に対する批判もあったに違いない。

当時文芸書を出版する競合出版社は、日本橋通一丁目の大倉書店、日本橋本町三丁目の博文館、金港堂、南伝馬町（現在の京橋）の春陽堂であった。現在の中央通り沿いにこの四社が存在し、籾山書店は日本橋方面から見ると一番南に位置していた。

当時の籾山書店の社屋を、永井荷風が撮影し、随筆集『冬の蠅』に掲載している。『冬の蠅』は、荷風を発行者（偏奇館蔵板）とし、丸善株式会社を発売所として、昭和十年四月販売された。この『冬の蠅』には、それまで荷風の著作刊行物の中には収載されていなかったエッセイも含まれている。「鷗外先生」（明治四十二年九月『中央公論』掲載）と「谷崎潤一郎氏の作品」（明治四十四年十一月『三田文学』掲載）の二編が、「墨の糟序」と題された序文の後に続く。籾山書店の写真は、「谷崎潤一郎氏の作品」の末尾の対抗ページに掲載されている。森鷗外、谷崎潤一郎という、籾山書店刊行「胡蝶本」に収載される作家二名の随筆に続く写真であり、荷風の配慮による配置であろう。この籾山書店の写真は、玄関口を含め二階建ての建物全景であり、写真下には「明治四十四五年頃三田文学發賣所」というキャプションが添えられている（次頁参照）。この丸善版『冬の蠅』には、他にも十八葉の写真が入っているが、戦後刊行の中央公論社版、岩波書店版『荷風全集』にはない。

大正元年十二月十四日、籾山は森鷗外、永井荷風および石田新太郎と築地で会食する。石田は永

明治四十四五年頃三田文學發賣所

らく慶應義塾出版局の代表者を続けた人物である。慶應義塾という教育機関自らが出版機能を担う「出版局」を創設し、既存の出版社には「売捌所」として販売機能のみ担わせる、という福澤諭吉の方針に則って運営されていた。慶應義塾理財科中心に編集・刊行されていた『三田学会雑誌』の創刊以来、その発売を籾山書店が担っていたが、明治四十五年からは北文館という出版社に移っていた。籾山としては、書籍の売捌所の一角に食い込みたい、という意欲が会食にはあったに違いない。その場での会話は、前年から荷風が慶應義塾教授に就任していたのでその話題が中心であったろう。翌年大正二年から籾山書店が慶應義塾出版局刊行書籍の売捌所としての営業を開始し、経済関係の書籍だけではなく、法律・政治関係の書籍も扱うようになり、扱い点数は、同文館、東京堂書店を抑え、大正年間で三十点ほどである。籾山の営業力が発揮されている。ベルグソン『笑の研究』（林哲士訳大正三年四月）や『慶應義塾講演集』（東京編・大阪編　大正二年）も売捌き取扱い品目に入っている。尚大正三年には籾山書店から、慶應義塾監事であり『三田文学』の発刊を主唱した石田新太郎の著書『新時代の青年』も刊行された。

参考：籾山書店刊行書の奥付に大阪支店の記載がある（東区南久太郎町）。和泉屋の大阪出張所の社屋を借りていたのかもしれないが不詳。

胡蝶本と装幀者・橋口五葉

装幀者としての橋口五葉（明治十四年十二月鹿児島生）は、夏目漱石の書籍デザインを手掛けたことから名を挙げた。作家漱石と装幀者五葉との関係は、五葉の長兄・貢が、漱石の熊本第五高等学校英語教員時代の教え子であった縁で、五葉を漱石に紹介したことから始まる。浮世絵版画の伝統と同時代西洋美術の双方から影響を受けていた五葉の画業の幅広さについて、漱石も高く評価していた。

明治三十八年から四十年にかけて出版された『吾輩ハ猫デアル』（上中下）の奥付には発行者として大倉書店と服部書店が併記されている。明治三十九年五月に刊行された夏目漱石『漾虚集』も、発行者はこの二社の併記であり、中村不折の挿絵を織り込んだ橋口五葉の装幀による美本である。服部書店の住所は銀座二丁目。籾山は、隣のブロックにあった服部書店の社主服部國太郎から、胡蝶本の装幀者として起用する橋口五葉の情報を得ることは容易であったろう。

一方春陽堂は明治四十年前後から、漱石に対し出版を促す積極的なアプローチを仕掛けていた。明治三十九年から明治四十五年までに五葉の装幀で刊行された漱石作品は、上記二作品以外『鶉籠』『虞美人草』『草合』『三四郎』『それから』『漱石近什四編』『門』『切り抜き帖より』『彼岸過迄』のすべてが春陽堂から出版されている。大正二年に入ると『行人』は五葉装幀で大倉書店からの刊行となる。少し後になるが、永井荷風の『江戸藝術論』も大正九年春陽堂から刊行される。

参考：夏目漱石と春陽堂との関係については、春陽堂サイト内の服部徹也氏による連載「初版道／川島幸希さんインタビュー　【前編】【後編】」が参考になる。（二〇二三年二月八日閲覧）

籾山が漱石およびその作品を評価しなかったことは、雑誌『文明』第十六号・第十七号の記事中に表明されている（第七章第三節）。その漱石作品が五葉の装幀により美本となって販売されることに違和感をもっていたのではなかろうか。また漱石本の主要出版社である春陽堂にも対抗意識をもっていたであろう。

春陽堂から刊行された五葉装幀の漱石本と重なるように、籾山書店からは、表紙に蝶をあしらった五葉による胡蝶本シリーズの刊行が始まる。統一したデザインによる胡蝶本は二十三冊にのぼり、評判を呼んだ。最初の作品は明治四十四年一月の刊行泉鏡花『三味線堀』であり、最初の八冊は築地で刊行されるが、大正元年からは銀座・籾山書店での発刊である。大正二年五月まで足掛け二年半のプロジェクトであった。また五葉は、大正二年一月から半年間『三田文学』の表紙デザイン担当としても起用されている。

胡蝶本：築地での刊行（明治四十四年一月〜明治四十五年七月）
泉鏡花『三味線堀』・永井荷風『すみだ川』・正宗白鳥『微光』・永井荷風『牡丹の客』・永井荷風『紅茶の後』・谷崎潤一郎『刺青』・久保田万太郎『浅草』・シュニッツレル著森鷗外訳『みれん』

胡蝶本：銀座での刊行（大正元年七月〜大正二年五月）
水上滝太郎『処女作』・森林太郎『我一幕物』・長田幹彦『澪』・永井荷風『新橋夜話』・岡田八千代『絵の具箱』・谷崎潤一郎『悪魔』・久保田万太郎『雪』・水上滝太郎『その春の頃』・平出修『畜生道』・小山内薫『大川端』・森林太郎『青年』・森林太郎『新一幕物』・松本泰『天鵞絨』・小山内薫『鷽《うそ》』・吉井勇『恋愛小品』

大正五年籾山は、出版社主として文芸に関する基本的な考え方を次節のように表明するが、それを先取りして実際に出版を手掛けたことになる。

胡蝶本に、籾山の短編集『遅日』を含めている場合も見受けられるが、『遅日』の装幀・挿絵は実弟上川井梨葉が行っているので、橋口五葉担当の上記二十三冊・胡蝶本とは別とすべきである。

参考：岩切信一郎『橋口五葉の装釘本』（沖積舎　一九八〇年十二月）／小林純子『橋口五葉　装飾への情熱』（東京美術　二〇一五年二月）

マニフェスト「文藝の話：米刃堂一夕話」

大正五年発刊のこの小冊子は、籾山の文芸に対する基本的態度が主唱されているマニフェストで、自然主義よりも浪漫主義の作家を中心に出版事業を展開する、という明確な主張が表明されている。

俳書堂を高浜虚子から任されて十年、胡蝶本の出版も一段落したこの時期に、無料で希望者に配布するパンフレットの形式をとっている。推奨する作家をはっきりと明言するところは、出版社主として異例であり、鷗外、荷風を双璧とし、新進の作家では水上瀧太郎、松本泰、久保田万太郎の三人を推奨し、自然主義作家では藤村のみ認める、という極めて自己主張の強い内容である。全編四十四頁に亘る、文芸評論となっている。末尾には、俳書堂と籾山書店の出版書リストが、教科書、俳書、小説の順で付く。

「米刃堂」は、永井荷風の父久一郎（禾原）が「籾」の字を縦に二つに割り、「鋭い殻をかぶったままのモミ」の意をこめて籾山に授けた屋号である。禾原により既に私家版として頒布されていた著書五編（來青閣集／観光私記／雪炎百日吟稿／淞水驪歌／西遊詩）は、籾山書店から「來青閣藏版詩文書」として改めて刊行された。すべて漢詩集である。籾山の禾原に対するオマージュであろう。

三十年の歴史（四期）

（4）丸ノ内・三菱二十一号館での事業活動時期（大正三年十月～昭和十二年六月）

三菱合資会社の建造により大正三年六月に竣工した三菱二十一号館は東洋一のテナント・ビルと言われ、賃貸オフィスビルとして有数の建物。その一階・二階に籾山書店は店舗を構える。出版と販売というふたつの機能を一社内部でこなしていくには、ツーフロアーが必要だったのであろう（住所：麹町区有楽町一丁目一番地　現在の千代田区丸の内三－三新東京ビル）。三菱地所の社史には当時のビル内部の写真が掲載されている。

銀座での胡蝶本の出版がひと区切り着いた後、籾山は拠点を丸の内に移し、文芸書の刊行を活発に行っていこうとした。移転後最初の荷風作品の出版は『夏すがた』（大正四年一月十日刊）で、記録によれば発売部数は千部。これが発売禁止処分となった。官憲との折衝は、当然ながら籾山がすべて行った。

この『夏すがた』の奥付の後に『荷風傑作鈔』（大正四年五月）の広告が付いているが、これ以降積極的な広告・販促活動を行い、大正四年の出版点数は十四点に及んだ。その中には、俳句を試みようとする初心者向けの『俳句のすすめ』（読者からの要望で送る非売品として大正四年九月刊行）も含まれており、籾山の中で俳諧に対する関心は持続している。

大正五年五月創刊した雑誌『文明』は、永井荷風の採算度外視という出版方針でスタートしたが、紙代の高騰など経営を圧迫する要因が続出し、結局籾山の出版社経営の考え方とは相容れず、大正七年九月三十号をもって休刊となった。荷風の寄稿も第二十一号をもって最後となる（第六章第二節で後述）。大正七年籾山は四十歳を越えた時期であり、出版活動にひと区切りをつけようしたのではなかろうか。籾山なりの「なかじきり」である。

同年、『藻花集』と『断腸亭雑槀』を刊行している。『藻花集』は久保田万太郎と大場白水郎が編集し、岡本癖三酔が俳画を添えた句集であり、籾山を始め上川井梨葉、野村喜舟、三宅孤軒、鈴木燕郎、長谷川春草、金森匏瓜等の俳句集。『断腸亭雑槀』は、出版書において籾山が荷風との交誼を示す最後の機会となった。「庭後隠士」と名入れした籾山の序文「断腸亭記」は、和文体の名文として荷風も高く評価していた。

上記二著の出版後は出版点数が減少し、文芸書では堀口大学の詩集四冊が目立つくらいである。

籾山自身の句集は、昭和十二年大場白水郎の勧めにより、坂倉得旨（槇金一）が主宰する春泥社から出版される『冬うぐひす』まで待つこととなる。

文芸書ではないが、大正九年から十四年にかけて、彩壺会という組織の編集による陶磁器関係の書目が数冊、籾山書店から発売されている。彩壺会は、大河内正敏等の実業家グループによって結成された、陶磁器の研究会である。彩壺会の主要メンバーであった島連太郎は、三秀舎という印刷会社を立ち上げた人物であり、『陶磁器の鑑賞に就て』（大正十四年四月）という書の編集も担った。彩壺会の事務所が、籾山書店と同じ麴町区有楽町一丁目に所在したことも両社の関係を近しいものにしたのであろう。

参考：大正期の籾山書店における作家との関係を、印税支払の領収書から探る、というユニークな調査を行ったのは、浅岡邦雄氏である。著書『〈著者〉の出版史　権利と報酬めぐる近代』（森話社　二〇〇九年十二月）に再録された「籾山書店と作家の印税領収書および契約書」には、出版ビジネスにおける作家と出版社とのリアルな関係が提示されている。併せて鎌倉での籾山の写真一葉が挿入され、籾山の略歴もまとめられている。

岩本和三郎への影響

籾山の出版・造本に向かう姿勢は、多くの出版人に影響を与え刺激ともなった。

時代は昭和に入るが、岩本和三郎もその一人である。岩本は、斎藤昌三とともに書物展望社を立ち上げたが、斎藤が廃品を利用した装幀本〝ゲテ本〟を刊行するなど、考え方に大きなズレがあったので、袂を分かち自ら双雅房を立ち上げた。書物展望社在籍時「文体社」代表として発刊した『随筆雑誌　文体』（昭和八年七月発刊）、双雅房となってからの『随筆と書物の雑誌　讀書感興』（昭和十二年一月発刊）という、随筆を中心とする二誌を編集・刊行しながら、岩本は随筆・小説の単刊本を数多く出版した。久保田万太郎、鏑木清方、眞船豊、丹羽文雄、木村荘八などの執筆者を擁して美装の文芸書を刊行し、同時に高価限定本の出版をもう一つの柱として、特徴ある書籍群を世に出した。岩本は戦時下疎開先へ向かう途中、心臓麻痺で急逝する。

籾山は俳諧を文芸書出版の出発点とし、俳書堂から籾山書店へと規模・領域を拡張したが、岩本の場合は随筆を核とした出版事業を起点とした。戦間期出版産業がブームとなり、随筆書の出版も増加した。第一次世界大戦により日本が好景気となり、人々に経済的・心理的な余裕が生まれ、随筆書の読書人口が増加したことが背景にある。

参考：岩本に関する記述は、今村秀太郎『双雅房本ほか』（古通豆本47　日本古書通信社　昭和五十五年五月）に詳しいが、岩佐東一郎『書痴半代記』（東京文献センター　昭和四十三年十月）にも言及がある。

亀山巖の籾山書店訪問

名古屋で中日新聞の役員から名古屋タイムズの社長を歴任した亀山巖（明治四十年二月生、平成元年五月没）は、名古屋文化を紹介した名古屋豆本一四四冊を企画・編集・刊行した人物であるが、自ら奇書を著し、著作は名古屋豆本への寄稿を含め十数冊に及ぶ。そのほとんどは坂本篤が店主をしていた有光書房から刊行された。亀山は関東大震災の後、一時期東京に暮らし、大正末には築地新富町でタイル店を営む叔父の家に居候をしていた。籾山は大正十年既に新富町から赤坂に転居していたので、そこで顔を合わせることはなかった。

亀山は、永井荷風に強い関心をもっていた。荷風の父系は三河の出で、母は名古屋の藩校明倫堂の教官であった大沼幽林の血筋をひいた鷲津毅堂の娘。荷風は血統からみても本籍からみても愛知県人である、と亀山は考えていたのである。亀山は、丸ノ内の籾山書店を訪れたことがある。新富町から丸ノ内までは徒歩でも可能な距離である。訪問記が、亀山の著書『偏奇《へんき》館《かん》閨《ねや》中《の》写影《うつしえ》』（有光書房　昭和四十五年七月）にあるので引用する。当時の籾山書店の様子を活写した文は、管見の限り他に無い。

大正末期、丸の内仲通りにあった籾山書店――いうまでもなく荷風の友人で、庭後のちに梓月といった人の本屋を訪ねたことがある。書棚には鷗外の「沙羅の木」や、荷風の訳詞集で赤いクロースが美しい「珊瑚集」が並び、床台には雑誌「花月」「文明」などが並んでいた。しかし、それらには手も触れないで、堀口大学の詩集「月光とピエロ」「水の面に書きて」を買って、さっさと帰ってきた。いま考えてみると、意識をして荷風を避けようとした傾向がないでもない。

（筆者注：この後亀山は、荷風や竹久夢二の「毒を回避」しようとした思いを美しく表現している。また亀山については小沢信男が『昨日少年録――その1　亀山巌』（エディトリアルデザイン研究所　一九九九七年八月）を著し、丁寧な評伝となっている。）

三年間だけの友善堂

籾山の実弟・上川井梨葉は、俳書堂の分店として京橋区尾張町二丁目（現在の銀座六丁目喫煙具専門店・菊水のあるビル　菊水は明治三十六年創業）に、大正十五年から昭和二年にかけての三年間だけ、俳書堂號友善堂として出版活動を行っている。俳書堂の兄弟出版社として友善堂を構えたもので、独立させ選別した書を刊行したのは、俳諧に関し籾山が篤く尊敬してきた俳人による俳書を再認識し、特に古句を尊重する態度を再確認したかったのであろう。妻せんが死去したのを機に、籾山自身、俳諧に携わってきた道筋を振り返り、明治期から続けた旺盛な出版活動にひと区切りをつけたい、という意思も感じられる。

まず梓月『連句入門：附・連句作例』の復刊である。『連句入門』の元版は関東大震災で焼失していたのだが、この再刊で『連句作例』と合併して復刻される。『連句作例』は、明治四十一年五月、単独の単刊本として出版されていたが、連句を学ぼうとする初心者には実例があった方がわかりやすいので再録した。

俳書堂から出版されていた俳書を、友善堂が再刊した書は、次の通りである。

①正岡子規関連では『俳諧大要』『子規句集』『子規句集講義』。

特に『俳諧大要』（昭和二年六月）は、七百ページを超える大部の書。「俳諧大要」「俳人蕪村」「俳句問答」「四年間」から構成され、子規の俳論の全容が理解できる書となっている。「四年間」は、明治二十九年から三十二年までの俳句界の動向を描出し、巻末に内藤鳴雪、五百木瓢亭、河東碧梧桐、高浜虚子という四人の俳人を評価する。俳書堂から初版が世に出、友善堂からの刊行で九版となるロングセラーである。

②『俳諧古典集』去来抄・花屋日記／新花摘／芭蕉書簡集を三巻本とする。それぞれに籾山の「校訂餘言」（第五章第三節で後述）が添えられている。

③『故人春夏秋冬』古俳句を大須賀乙字が編纂した、六百ページを超える大著。

④『古俳句講義』第一巻「新年之部」（六十一句）第二巻「春之部」（二百五十六句）については後述。

友善堂から刊行された、俳書以外の小説・句集は次の通りである。

『大坂の宿』水上瀧太郎著（装幀：小村雪岱）大正十五年九月

『道芝：句集』久保田万太郎著（芥川龍之介の序文）昭和二年五月

『梓雪句集』籾山梓雪著、籾山泰一編　昭和二年三月

『お遍路さん：俳諧行脚』斎藤知白など四名の共著　昭和二年四月（二〇〇七年慧文社から復刻再刊。高浜虚子の序文有り）慧文社のホームページでの紹介文は以下の通り。

大正の末年、四国八十八カ所巡りに旅立った正岡子規門下の四人組がいた！　一行のリーダー格の斎藤知白、「大正の一茶」と称された伊東牛歩、早稲田俳句会の創設者である中野三允、スケッチを担当した宮坂千代三という個性豊かな一行は、二ヶ月弱で八十八ヶ所を行脚した。

紀行散文と所々に織り込まれた俳句、当時の風情を今に伝える挿画でたどる大正お遍路さんの旅情。道中の風物、ハプニング、人との出会い…。お遍路文学の古典とも言うべき名作を、今日の技術で復元した魅力的な八十八枚の挿画と共に復刊！

斎藤は鉱山経営を生業とする実業家、明治四年生、昭和八年没。俳句は秋声会の俳人に指導を受け、後子規門に入り日本派に属した。伊東牛歩は僧侶。中野三允は早稲田大学在学時「早稲田俳句会」を創設し、卒業後は東京帝大の薬局で薬学を学び、家業の薬屋を継ぎながら俳誌『アラレ』を主宰した。これまた生業を持っている。籾山とは同年代の明治十二年生れ、『俳諧雑誌』『春泥』にも寄稿が多く、また初期の俳書堂による刊行物にも序文を寄せることがあった。中野と籾山との縁により、この『お遍路さん』も友善堂からの出版が可能となったのであろう。

第四章　余裕の余技と多彩な趣味

第一節　童話作家・丹羽五郎

三つの筆名

俳人としての評価が定着していた籾山であるが、明治四十四年三冊の児童向け「お伽噺」を刊行している。この三冊は「イソップ童話」および「不思議の国のアリス」英語版からの翻案である。

籾山仁三郎著　丹羽後之助撰『イソップ唱歌』籾山書店　明治四十四年二月
目次：影／握飯／斧の柄／重荷／金の卵／イソップ訓解

本文七ページの教訓話の小冊子、学校唱歌の旋律にあわせてそれぞれの話を歌えるように楽譜も載せている。

丹羽五郎編『子供の夢：長編お伽噺』籾山書店　明治四十四年四月

丹羽五郎名の序文「僕の好きな叔父さん」を収載。芳村椿花（籾山の実弟・上川井良の筆名）が表紙・扉・文中の挿画と装幀を担当。
うさぎ山人編『お正月お伽噺』スミヤ書店　明治四十四年十二月
前記『子供の夢』の続編。うさぎ山人は籾山の筆名。椿花山人（籾山の実弟・上川井良の筆名）が挿画を担当。「不思議な初夢」「洋服姿の白うさぎ」の副題が付されている。スミヤ書店の代表は、鹿鹽亀吉となっているが、雑誌『文明』にも寄稿している鹿鹽秋菊の本名である。市内代理店として籾山書店が記載されている。

籾山仁三郎、丹羽後之助、丹羽五郎、うさぎ山人は勿論同一人物で、籾山のことである。築地籾山別邸の庭の後に籾山の庭後庵があったので、語呂合わせのお遊びである。かつて童話研究者の間で、丹羽五郎が誰であるか、いろいろな推測がされていたが、「丹羽」が「籾山」であることが近年理解されつつある。

『子供の夢：長編お伽噺』については、原著である洋書『Alice's Adventures in Wonderland』『Through the Looking–Glass：and What Alice Found There』を動物好きの自分の子供に見せながら、あらすじを何日かかけて解説していくと、子供が非常に強く関心をもったので翻案してみようと思い立ったと、籾山は序文で述べている。原作二作をつなぎ合わせつつも基本的構成は変えずに、作中の人物や登場する動物あるいは風俗習慣は、日本の子どもに理解しやすいよう原作に変更を加えてあり、主人公アリスは「綾子さん」となっている。
日本語に翻案した目次は、次の通りである。

洋服姿の白兎／涙の池／上陸／窓一杯の大きな手／莨を吹かす芋蟲／鳩の巣を覗く轆轤首《ろくろくび》／化物屋敷の臺處／金目の黒猫／年が年中午後三時／ハートの女王／ハートの王様／妹の夢と姉の夢

前述の通り、耕餘塾在学時から英語を習得しており、またその英語力は相当の水準に達していたことが家族の言にのこっている。明治三十八年までに二子を授かった籾山が、我が子への想いに乗せて子に与える書として編纂した。両書に挿入された挿絵は、籾山の実弟上川井良の手になるものである。

イギリスにおいて、原著『Alice's Adventures in Wonderland』の初版は一八六五年、『Through the Looking-Glass : and What Alice Found There』の初版は一八七一年に刊行されているので、籾山は輸入された洋書を丸善の日本橋店頭で見つけて買い求めるか、あるいは注文して取り寄せたのであろう。丸善は、慶應義塾を卒業し福澤諭吉とも親しかった早矢仕有的《はやしゆうてき》が創業した輸入商社である。籾山と丸善とは、地元日本橋と出身校慶應義塾とで縁があった。丸善の日本橋店は、明治四十三年に日本初の赤煉瓦造りの鉄骨建築として竣工しているので、その洋書売場に籾山は出入りしていたであろうし、それ以前の丸善は一階のみで奥に帳場格子がある造りであったが、そこでも籾山は新奇な洋書を探していたであろう。

『アリス』翻訳の先駆

『子供の夢』は、国会図書館の書誌データベースで、丹羽五郎の人名で検索できる。全頁がデジタル化されているので、インターネットで閲覧可能である。

かつて筆者は、籾山に関し拙稿二編を以下の二誌に寄稿したことがある。

「籾山仁三郎論〈序〉」『南山大学　アカデミア　文学・語学編』（第九十一号　二〇一二年一月）

「籾山仁三郎という人」福澤諭吉協会『福澤手帖』（第百九十一号　二〇二一年十二月）

その中で籾山による『子供の夢』を、日本における『不思議の国のアリス』翻案の嚆矢であると記してしまったが、これは誤りである。『子供の夢』刊行以前、直後に『アリス』翻訳・翻案本は次のように刊行されている。

長谷川天渓「鏡世界」雑誌『少年世界』博文館　明治三十二年四月〜十二月連載

丸山英観『愛ちゃんの夢物語』内外出版協会　明治四十三年二月（全訳・原著の挿絵入り）

永代静雄『アリス物語』紅葉堂書店　大正元年十二月

この誤りについては、日本ルイス・キャロル協会会員大西小生氏より、ご指摘いただいた。ここに深謝申し上げる。

籾山がこれらの著作に触れていた可能性は十分あるが、原著英語版を口頭で翻訳しながら子供たちに読み聞かせていたのではないか、と筆者は推量する。

参考：『子供の夢』については、児童文学の研究者による以下の論考も参照できる。
小原俊一『日本における Charles Lutwidge Dodgson 関係文献目録』一九九一年五月
川戸道昭「丹羽五郎編『子供の夢』」『翻訳と歴史』第五号、二〇〇一年三月
木下信一「丹羽五郎の唱歌・西条八十の落語」日本ルイス・キャロル協会年報、二〇〇九年
千森幹子編『不思議の国のアリス～明治・大正・昭和初期邦訳本復刻集成　第一巻』（エディション・シナプシス　二〇〇九年二月）

「悪譯」の指摘

後年になるが、永井荷風とともに発刊した雑誌『文明』第十六号（大正六年七月発行）に、籾山は「悪譯」というタイトルの小文を載せる。ドイツの経済学者ヴェルナー・ゾンバルト（Werner Sombart、一八六三年一月生～一九四一年五月没）の著書 Der Bourgeois（一九一三年刊）の翻訳が出版された際、日本語訳者は『資本主義精髄』とタイトルを付けた。これは原著が英訳された時の英語タイトルであり、英訳標題をそのまま使った誤訳で、なおかつ原題をそれらしく見せるため Quintessens des Kapitalismus と出鱈目なドイツ語を入れている、と籾山は糾弾する。原著は大正二年に発刊されているので、その頃からマックス・ヴェーバーの後継者と言われていたゾンバルトのブルジョア階級に関するこの著作に、籾山は関心をもっていたのであろう。籾山の優れた語学力に裏打ちされた的確な指摘であり、日本語訳には厳しい見方をしている。

参考：因みに原著には、Zur Geistesgeschichte des modernen Wirtschaftsmenschen と副題が付いており、

現在では『ブルジョワ――近代経済人の精神史』と訳されている（金森誠也訳　講談社学術文庫版）。

第二節　散文集『遅日』の評価

『遅日』の構成

『遅日《ちじつ》』は、俳句・連句以外の散文作品として、籾山が刊行した唯一の単刊本である。雑誌『三田文学』に明治四十四年、四十五年に発表した作品の集成となっている。実弟である上川井良が装幀を担当し、大正二年二月刊行される。巻頭に「わが二人の子の母に」という献辞があり、妻せん（俳号：梓雪）への想いを表明している。『連句入門』『株式売買』というロングセラー二著を刊行した後の、新しいジャンルの出版である。雑誌『文明』に掲載された『遅日』の広告には、「小説は優麗の極致、小品は典雅の真髄」とある。尚「遅日」とは、日暮れが遅い春の日のこと。

全体は、随筆と短編小説および随筆と小説の中間型から構成されている。「未完稿」と付記された「町中の庭」は小品文十作から成る。最初の八作「椎」「瓦韋《がい》（注：のきしのぶ）」「柏樹《かしわ》」「百日紅」「蟻」「棕梠の花」「蚊」「池」は、築地の「籾山別邸」にあった「庭後庵」での暮らしを回想した小品で、東京にも存在した植栽の繁茂する庭の描写、植物随筆である。タイトルとなっている植物の連なりは、連句を意識した構成を調えているのではないだろうか。また永井荷風が度々訪れていた籾山別邸、そして庭後庵に連なる庭の風景は、荷風が自身の庭、その植生を見つめなおす契機ともなっていたであろう。

「垣間見《かいまみ》」は自宅から女優の家、妾宅、待合を覗き見し築地の風俗を点描した小品。

「老女経《ろうにょきょう》」は商家に仕える老女の回想により江戸文化への郷愁と明治文化に対する批評を綴った小品。以上二作品は小説と随筆の中間型である。

「霞」酒呑童子を主人公とした謡曲「大江山」を想起させる短編。

「かすてら」腸チフスの快復期にある病人の食欲、本能を描いた短編。

「耳食《ききかじり》」親の命令で大学法科に入学したが文科の講義ばかりを聴講している学生が、国際法の講義でロシアの法学者を批判した言葉が耳に残り夢でその学者を訪ねる、という短編。

「渡邊」株屋を父にもつ法学士が、出席した従兄の結婚式の模様を描きつつ、結婚に関する批評、明治文化に対する批判を織り込んだ、随筆と小説の中間形態。

「十日目」籾山の趣味である相撲見物を素材にした相撲随筆。

「変遷」西洋文化の侵食と江戸文化の衰退との間で逡巡する暮らしについての随筆。

「東京の春」旧時代の江戸の春を想いながら情趣を失った明治文化を批判する随筆。

『遅日』は以上の構成になっている。「霞」「かすてら」「耳食」「渡邊」という四作品には西欧文学の影響も感じられ、随筆と小説の中間形態という散文の多様なジャンルを編み出していく創作技法も意識していると思われる。

因みに森鷗外の小説「普請中」には参事官「渡邊」が登場するが、鷗外のこの作品は『三田文学』明治四十三年六月号に掲載されている。

同時代の評価

『遅日』の各作品については、永井荷風をはじめ『三田文学』同人からは好評を得たが、一般の文芸評論家からは、以下のような批評が寄せられた。

「渡邊」について

雑誌『劇と詩』（明治四十五年四月号）無署名の批評：「会場に対する物足りない寂しみの心持は出てゐたがもう少し渡邊なり博士なり、又は新郎新婦なりの性格を見せてもらひ度かツた。」

雑誌『ホトトギス』（明治四十五年四月号）での島田青峰の批評：「小説と名乗らない方が好くはないでせうか。」

「耳食」について

新聞『やまと新聞』（大正元年八月十七日）生方敏郎「文壇筆の雫」：「筆ばかり悪達者で愚にもつかぬものだ。」

雑誌『早稲田文学』（大正元年九月号）加能作次郎「八月の文壇」：「何だか譯の分らぬ小説である。こんな作を読むと自分は妙に反感が起つて来る。誠実な素直な感情でなくて無理に痛快がつて獨りよがりを言つて居るのは気障で堪らぬ。（中略）同じくこんな人物を描いても、作者の心持が純で公平であるならば自然に其態度気分が作の上に現はれて決して読者に反感を起さすことはないのであらう。（中略）芸術制作の態度はどこまでも非個性的でありたい。」

「かすてら」について

雑誌『近代思想』（大正元年十月号）署名「寒」：「お終ひの『人間といふ奴は随分カステラとでも討死する事の出来るものです』といふ一行の文句が云ひたさに、無慮二十二頁の文章がつらねてある。」

これらの批評を眺めてみると、すべて批判的な論調である。ここまで言われると、もう小説なんぞ書いてやるもんか、と自暴自棄になってしまうであろう。自然主義文学が隆盛した時代の中では、仕方のないことであろうが、英語を得意とし英文学に親しんでいた籾山は、欧米の小説の創作技法を参考にし、独自の創作世界を創りあげようとしていたようにも思えるのである。

この後籾山は、俳諧を唯一の余技とする。

第三節　多彩な趣味

「余技」と「嗜好」

籾山が高浜虚子から引き継ぎ主宰した雑誌『俳諧雑誌』、その大正九年一月号に、当時活躍した俳人たちに行ったアンケート結果が掲載されているが、その中で籾山は自らの「余技」「嗜好」について、十三項目にわたって以下のように答えている。

餘伎、俳諧即ち餘伎か。

嗜好、人の嗜好の一班を聞くを得ば、ほゞその人の人となりを識ることを得べし。依りていさゝか予が好悪の一端を白状せんに左の如し。但おさしあひの程はおゆるしを乞ふ。

一　煎茶と南畫とはなつかしと思はず。郤《すき》て抹茶と禅僧の墨跡とを愛す。

二　江戸趣味に対しては同情なし。

三　奈良の寺々をおがむに、仏僧は推古朝よりも天平時代好もしく、工芸美術は大体藤原期のもの結構なり。

四　茶道の変遷を按ずるに、斯の道も宗中公（筆者注：遠州流八世小堀宗中、慶応三年没）に至りては既に大に月並に堕ちたるものゝ如し而してその堕落の源は遠く遠州公（筆者注：遠州流始祖小堀遠州、正保四年没）に遡らざるべからず。後世茶道の月並は公のデリケエトなる好尚を学びそこねたるに因れり。恰も俳句の俗調が早く既に、芭蕉晩年の軽みに胚胎せるに似たるものあり。

五　西洋の音楽を了解せず、全然耳を持たぬものなり。本邦在来の三味線音楽に対して、今は既に興味なく、また何等の希望をも繋かず。

六　芝居、踊りのおもしろみはわからず。壮士芝居は一層わからぬものなり。

七　二十五座（著者注：二十五曲ある里神楽）おもしろし。小噺、川柳おもしろし。

八　能は好めど、しかと見てゐねば、忽ち妙所を見逃すものなり、されば自然見るのに骨が折れ、あとにて疲勢を感ずるゆゑ、近頃はとんと見物せず所謂見下手と云ふものなるべし。

九　義太夫の三味線は音色もの悲しくて、聞いてゐること、どうしても出来ず。義太夫節といふものは、おほぎやうにて滑稽なり。

十　碁は下手すぎて人様と打つこと覚束なけれども、手合を拝見するのは大好きなり。

十一　二三年来子供に催されて本場所毎に相撲見物を欠かさず、野球、おもしろげなれどあまり見物せず。

十二　鳥、植物、軍艦等の事につき多少聞きかじるところあるは一門の若き人々の研究を見聞きする賜なり。

十三　競馬、相場、美術品の売立等すべて輸羸《ゆえい》（筆者注：勝ち負け）を争ふこと、嫌ひにあらず。

まず俳諧を「余技」とすべきかどうか、余韻を残す回答となっている。自ら結社を組織することもなく、俳誌を主宰することもない籾山は、自らを業俳とはみていないであろうが、遊俳の徒とも言えなかったであろう。その狭間での揺らぎがある。古句と俳句、旧派と新派、という対抗軸の中で独自の俳諧を切り拓こうとした心持ちを表明している。

ここでは籾山が四十歳を越えた時点（大正八年）での趣味を列記している。おそろしく多方面に趣味をもち、それぞれの領域において的確に批評することができる包摂力には驚かされる。籾山は、生業・余技・趣味の三領域で自らの生活活動を捉え、人の趣味「嗜好」を聞けばその「人となり」も知ることができると考えている。

好みとするところは、抹茶、禅僧の墨蹟、天平時代の仏教、藤原期の工芸美術、デリケエトな好尚の茶道、里神楽、小噺、川柳、囲碁、相撲見物、鳥・植物・軍艦の情報収集、競馬・株式相場・

美術品売立など勝負事、としている。

一方好みとされないことは、煎茶、南画、江戸趣味、推古期の仏教、西洋音楽、三味線音楽、芝居、舞踊、壮士芝居、能見物、義太夫節、となっている。

籾山は茶道に深く傾倒し、抹茶茶人として宗仁《そうにん》を名乗るが、茶道関係の記録は、管見の限り見当たらない。〝近代数寄者〟と後世呼ばれるようになった茶会を好む実業家中心のグループとのつながりも、高橋箒庵以外無かったようであり、日本橋っ子であり町人の末裔である籾山の営む茶会は、近代とも数寄者とも縁遠い抹茶道の中にあったのではなかろうか。日本橋浜町に居住した茶の湯師匠川上宗順や、亀戸の相撲行司の家に生まれ川上不白の流れを汲む式守蝸牛と、籾山は親交があったのであろうか。また雑誌『文明』に中編小説「隣の嫁」を連載した伊藤佐千夫は茶道に造詣が深く、正岡子規にも茶の湯の手ほどきをしている。正岡子規の『墨汁一滴』に語られた「茶道観」が、佐千夫、籾山という交友圏の中でどのように展開されていたのか、というテーマも興味深い。

美術品売立てについては、大正六年十一月亡兄吉村甚兵衛の遺愛の美術品の一部を、実兄吉村佐平とともに美術商中村作次郎に託して売立てている。

能見物を敬遠しているが、籾山自身は観世流の謡・仕舞は稽古しており、太鼓方の観世元規と親交があった。

四十歳に至るまでにこのような多種多様な趣味を経験し、それをふまえた自己評価である。三味線音楽についても、既に邦楽各流派の師匠について稽古しているので、十分やりきった、という思いの反映でろう。邦楽は、師匠との稽古が肝心であり、素人の歌い振りを聞くことには意味を認めず敬遠していたと思われる。また邦楽に深く関わっていたため、西洋音楽に耳を傾ける機会は少なく、食わず嫌いの面もあったろう。この点は永井荷風とは異なる点である。

泰一の回想

籾山が没した時、長男泰一が父の好みについて回想している。好きな絵は、安田靫彦《ゆきひこ》の青い「朝顔」（昭和八年二月琅玕洞展）で、籾山は安田の絵のように庭の朝顔を地に這わせた。安田は、日本橋葭町の料亭「百尺《ひゃくせき》」に生まれ、小網町の小学校に通った。籾山が安田を同じ日本橋っ子として意識していたかどうかはわからないが、色に対する共通の嗜好を持っていることは感じていたであろう。籾山は書道用品として硯蓋に、桔梗の青い花の絵付けの小さな水滴を入れていた。青色は好きな色であった。安田は琳派の研究をしていたので、安田の絵に酒井抱一の青が反映していたとも言える。籾山もまた琳派の絵に対する嗜好があり、籾山を含め吉村家の兄弟の趣味には、華やかなところがあった、と泰一は言う。

籾山は朝顔だけではなく、朝に開花し夕に落下する、一日の儚い命の夏椿や、秋になると底紅の白槿、別名宗旦木槿を好んだ。

茶道には造詣深く、茶器については幕末瀬戸の名工加藤春岱の織部を使っていた。薄茶茶碗の青い織部、青におうすの緑がよく映り、菊が内と外にひとつずつ描いてあって、高台の内に春岱の銘が入っていた。籾山は上野松坂屋で開催された春岱の展覧会にも足を運んだ、と泰一は伝えている。

多様な趣味をもちながら、絵は描かず、花の投げ入れはせず、漢学の素養がないことを悔い、書道の手習いを本式にしてこなかったことを歎いていた。

勝負事は好きで、日本橋っ子の負けず嫌いの性格が出ている。相撲見物は息子を連れ、毎場所楽しんでいた。当時は常陸山が大活躍、籾山は相撲の強さだけではなく、姿もいい常陸山を贔屓していたのかもしれない。

また籾山は酒は強くなく、嗜む程度、むしろ下戸と言った方がよい。荷風著『断腸亭雑藁』の序文で籾山は、次のように述べる。


われ意気地なくして深く酒を嗜み得ず。一二杯早く陶然として酔ひ、四五を重ぬれば最早過ぎたり。然りとはいふもの丶、凡そ酒家の雅懐はわれ窃に之を解す。


酒は下戸に近い籾山ではあるが、「酒亭教坊、柳巷花街」での付き合いは、うまく熟《こな》していたであろう。下戸であるが故に多趣味であった、とも言える。永井荷風もビールは飲むが酒は強くないので、その点でも気が合う下戸の友であった。

籾山は、多彩な交友圏の中で、肌合いの合う人間と肌理細かい付き合いをする術《すべ》を心得ていたのである。

第五章　余技〈俳諧文芸〉

浅草っ子・久保田万太郎は、著書『もゝちどり』の跋で、「わたくしの俳句は、わたくしといふ小説家の、戯曲家の、新劇運動従事者の餘技でしかない」と述べている。この見解は、俳諧を文芸の立脚点とする、籾山の姿勢とは異なる。以下、籾山の俳諧文芸に向きあう道筋を辿っていく。

第一節　連句再評価『連句入門』の刊行

子規の批判と虚子の擁護

連句は江戸期において隆盛するが、明治期に入りその勢いが無くなる。連句の歴史の概略を知る手立てとして、櫻井武次郎著『連句文芸の流れ』が挙げられる。特にその著書の中、「十五　俳諧の大衆化」「十六　俳諧の終焉」という二つの章によって、明治期前半における連句衰退の背景を知ることができる。衰退の一因を成したのは正岡子規および内藤鳴雪など子規に追随する人々による旧派批判だが、子規の連句に関する所感表明は、慎重に捉えるべきであると筆者は思量する。
子規は明治二十五年年末から伊藤松宇らが集い結成した「椎の友」に加わり、運座にも参加した。明治二十六年二月松宇、子規らの発意により「椎の友」の機関誌として、俳誌『俳諧』を発刊することが決まり、これが新派による俳誌の嚆矢となった。明治二十六年十二月二十二日新聞『日本』に連載した「芭蕉雑談」の中で、子規が〝連俳非文学論〟を次のようにスローガンとして表明して以降、連句に対する一般的な関心は低くなっていく。

発句は文学なり。連俳は文学に非ず。故に論ぜざるのみ。連俳固より文学の分子を有せざるに非ずといへども文学以外の分子をも併有するなり。而して其の文学の分子のみを論ぜんには発句を以て足れりとなす。

旧派打倒というキャンペーンを計画した子規が、スローガンとして打ち出した論である。明治二十五年末から明治二十六年末までの一年間は、俳諧に関わる子規にとってひとつの転機となっている。「椎の友」同人との関係も変化しつつある時期であり、この惹句はその中で位置づけられるべきではないであろうか。その後明治二十八年四月子規は日清戦争従軍記者として中国に渡り、発症し吐血し帰国したが、二十九年一月からは直ぐに句会を再開している。
一方高浜虚子は連句を擁護し、自身が運営していた俳書堂から、古俳句の連句集を『俳諧叢書』として多く刊行していた。その中の一編『俳諧三佳書』（明治三十二年十二月刊）に子規は序文を寄せ、連句を好意的に評価している。「三佳書」とは、芭蕉『猿蓑』蕪村『續明烏』蕪村『五車反故』を指す。この序文は、『ほととぎす』（明治三十二年三月号）にも既に掲載された文である。実際子規は連句の創作を試みており、虚子との両吟も『ほととぎす』に掲載された。

此等の集にある連句を読めばいたく興に入り感に堪ふるので、終にはこれ程面白い者ならば自分も連句をやつて見たいといふ念が起つて来る。

また子規は、明治三十三年九月発行の『ホトトギス』の消息欄で、河東碧梧桐の古俳句解釈書『俳句評釈』を評価せず、古俳句への本来の回帰を目指し、その再評価をすべき、と表明している。

参考：復本一郎『子規とその時代』（三省堂　二〇一二年七月）は、明治二十五年から八年間の子規の俳諧・俳句に向かう姿勢の変遷を探っている。

籾山の関心

これら子規の連句を巡る論考、虚子との間で交わされた連句をめぐる動きについて、二十歳台の籾山の関心も高まってきていたのであろう。明治四十一年一月籾山は遂に『連句入門』を執筆、刊行する。虚子から継承した俳書堂の主人として、三十歳での出版である。これ以前籾山が目にした連句に関する著書は、佐々醒雪『連俳小史』伊藤松宇『付合作法全集』のみで、その他は子規の『俳諧大要』に載った、一般的な連句作法のあらまし、虚子、鳴雪の連句に関する評論だけであったが、慶應義塾在学時代、岡本癖三酔らと連俳歌仙を楽しんでいた籾山にとって、連句に関し俳人の間での理解が得られていないことを遺憾と感じ、自分が成すべきことはあると考えていたのだ。特に内藤鳴雪に対しては対抗意識を燃やしており、「鳴雪は子規を承継して、みづから（連句の）排斥党の頭目たるに任じゐたるの観ありき」とまで述べている。明治四十年六月籾山は築地籾山別邸にあった俳書堂に、田山耕村、萩原羅月、中野三允、岡本松濱、松根東洋城、籾山柑子、岡本癖三酔、數藤五城《すどうごじょう》の面々を糾合し、共に歌仙を巻く会を始めた。しかし会は、雑談会に陥りがちであったので、その雰囲気を糺し、それぞれのメンバーが連句に関する書を書こう、ということになったのが、籾山にとって抑々の始まりであった。籾山は俳書堂から「俳書堂文庫」を創刊する計画をもっていたので、その一巻として『連句入門』を出版する。

明治四十一年籾山は、一月に『連句入門』五月に『連句作例』と、連句に関する二著を出版する。『連句入門』は、入門とは名付けているが、冒頭連句の解釈に関する一種の〝論争〟を整理して提示しているので、連句を試みようとする初心者にはとっつきにくい面もあった。また「中二句」を〝単連句〟、従来の「歌仙」「百韻」を〝複連句〟として連句の構造を提示する方法が、これまた初心者には分かりにくかったのかもしれず、説明を補足しようと具体的な作品を例示して解説する『連句作例』を追加出版したのではないだろうか。

類書が当時無かったこともあり、『連句入門』は大正六年一月、大正十五年十月と版を重ねる。籾山は大正六年改訂増補版を、東京湾沿い大森森ケ崎ラジウム温泉の宿に逗留して執筆していたのだが、跋文にはその宿と客の様子が軽妙な筆さばきで描かれていて、随筆としても読みごたえがある。大正十五年版は、関東大震災で初版・改版の紙型を焼失してしまったため、改めて復刻したもので、実弟上川井梨葉が興した友善堂から出版される。連句に関する案内書を求める俳人も多く、「俳書中、その価貴きものゝ一として数へらるゝに至」ったので再版に踏み切ったのである。籾山は叙文で次のように述べている。

「明治中葉以後、俳句大いに興れり。連句獨り興らず。連句夫れ時に適はざるか。」「此の書は、今の人のために、今の趣に従うて、今の言葉を用ゐて、古来の連句の要領を示したり。」

この大正十五年版には、初版および大正六年版に載った序文・跋文が収載されていて、籾山の二十年間にわたる連句に関する思考を辿ることができる。

「歌仙講話」

それからまた二十五年後のことになるが、戦後目黒書店から『句作の道』と名付けられたシリーズ本が出版される。その第一巻「作法編」（大場白水郎編　昭和二十五年）に籾山は「歌仙講話」を寄稿する。百頁を超える大作である。末尾に「昭和十八年七月二十二日初稿、昭和二十五年二月二十五日訂正」と付記されているので、戦争中に『連句入門』の改訂を行っていたことがわかる。連句の構造と作法が、以下の構成で分かりやすく解説されている。明治四十一年『連句入門』初版から四十年以上の間、連句を考え続けた籾山の集大成である。

第一講　附句／連句／巻／連句の諸体
第二講　懐紙（懐紙――歌仙）／発句（発句――俳諧の発句――発句の姿――発句の作者――雑の発句）
脇句（脇句――脇句の季――客と亭主――脇起――おもての体――脇句の留字）
第三講　第三（第三――第三の案じ方――転じがたき場合――第三の留字――「かな」と「にて」――第三の季）／四句目（四句目ぶり――四句目の留め字）／五句目（月の定座――こぼれ月）／折端（折端――執筆――折端ぶり）
第四講　四季の句数（秋の句――素秋――春の句――夏と冬）／月の句（月の句――短句の月――月の扱方――月次の月――月の定座）／花の句（花――短句の花――匂の花――呼出の花）
第五講　うら（裏移り――うら十二句）／恋の句（恋の句――句数――恋らしき句――恋の句の仕立方――上品と下品）／恋と月と花（待ちかね恋――月前――花前）／名残のおもて（名残のおもての十二句――勢ひ――品格）／名残のうら（名残のうら一順――匂の花――挙句）
第六講　独吟と唱和（独吟と唱和――唱和の作順――附勝――一巻の首尾）／宗匠（宗匠――一巻の首尾）／三十六歩（芭蕉の言――去嫌――打越――字去――同字別吟――同意――同季――季戻り――宗教等――居所――山地水辺等――前進歩々の心遣――略則）
第七講　言葉と音律　俗談平話　文通　句前　参考書　三つ物　和歌連歌　俳諧　手柄　附方
俳道　夏の月三吟歌仙　附録　夏の月三吟歌仙の抄

戦中に改訂執筆された、この「作法編」は、籾山のそれまでの『連句入門』よりも分かりやすく、さらに「猿蓑」の芭蕉・去来・凡兆の三吟歌仙に関する評釈を末尾に付録として付けた、深みのある著作、と筆者は評価する。再版が望まれる。なお三吟歌仙の評釈は、雑誌『俳句研究』昭和十八年八月号に載せた論稿の再録である。

籾山は『連句入門』を執筆する際には、後述する贄川他石の俳書評釈、解釈も参照していた。また籾山を師と仰ぐ増田龍雨が、連句に関する論考を執筆する際には、籾山の『連句入門』を範とする、と述べている。龍雨は旧派の名跡を継ぐ、連句については知識豊かな人物である。他石、梓月、龍雨という三人の考察を総合的に捉えた「連句論」は試行に値するであろう。

因みに他石、龍雨の二者は、昭和三年から五年にかけて、連句解釈と連句作法に関する論考を数編、各種「俳句講座」に寄稿しているが、その集大成は、昭和七年刊行の改造社版『俳句講座 第三巻 概論作法篇』に収載された、贄川他石の「連句入門」と増田龍雨の「連句作法」である。この巻は、寺田寅彦「俳諧の本質的概論」を冒頭に掲げ、河東碧梧桐「新傾向大要」中塚一碧楼「新傾向句作法」荻原井泉水「自由律俳句作法」の三編を、贄川、増田の文章の前に配置する構成をとっている。昭和初期においても連句は、自由律俳句に伍する位置となっていた。

なお増田龍雨には、連句創作の法を平易に解説した『俳句は連句は斯うして作る』(四條書房 昭和八年七月)という著書もあり、連句普及を目指した書となっている。

籾山自身の連句作品は、雑誌『春泥』に数次にわたり連載された野村喜舟との連吟があるが、連句に対する独自の想い入れは、後述する『独吟歌仙　古反故』にストレートに表れている（第十章第二節）。独吟歌仙は、「独りで歌仙を巻く」という、俳諧における究極の表現形態である。

第二節　句集『江戸庵句集』『冬うぐひす』

八冊の句集

籾山自身が作句し、単刊本として発刊された句集は、以下の通りである。すべての書の奥付で、著者名は籾山仁三郎となっている。

『江戸庵句集』大正五年二月　米刃堂蔵版　籾山仁三郎発行　籾山書店刊　上製二百部・並製八百部印行
『鎌倉日記　伊香保日記』昭和三年六月　籾山仁三郎発行　俳書堂刊
『浅草川』昭和六年四月　籾山仁三郎発行　俳書堂刊
『冬うぐひす』昭和十二年六月　阪倉金一発行　春泥社刊
『古反故』昭和二十七年四月　石澤久二発行　不易発行所刊　非売品
『冬扇』昭和二十九年十一月　田島明賢発行　不易発行所刊
『續冬扇』昭和三十年一月　籾山仁三郎発行・刊
『續々冬扇』昭和三十四年四月　石坂孝平編　籾山梓山著作権所有　俳句同好会刊

旺盛な文芸活動を展開した大正期での『江戸庵句集』、戦前の作句における到達点である『冬うぐひす』、時事新報社役員に就任後病に襲われた期間の『鎌倉日記　伊香保日記』と『浅草川』、独吟歌仙という様式を披いた『古反故』、生涯の作句活動を振り返る『冬扇』三作、と籾山の作句は、五つの時期に展開する。本節では『江戸庵句集』と『冬うぐひす』を採り上げ、以下時期に合わせた節ごとに、籾山の作句の展開を辿っていく。

昭和三十三年十月に明治書院より刊行された『俳句講座第六巻　現代名句評釈』において、編者安住敦は、籾山を師として仰いだ増田龍雨、大場白水郎の二人を独立した章として採りあげているが、籾山を章立てすることはなかった。戦後籾山の作品が初めて現代俳句文学史の中で位置づけられたのは、『現代俳句体系　第二巻　増補』（角川書店　昭和五十六年四月）においてで、籾山の句集「冬うぐひす」が再録され、草間時彦の解説が付されている。

『江戸庵句集』

籾山が俳諧に親しむようになってから、大正初頭までに二十年が経過し、詠んだ句は四万句を超えていたが、『江戸庵句集』は、その中から二百句ほどを自選した句集である。巻頭には永井荷風の序文を、跋文には籾山が荷風に宛てた尺牘候文を措いた。跋文では、籾山の俳句観と、十五歳にして俳諧に接して以来の句歴が述べられている。大正五年、四十歳をそろそろ迎えようとする籾山の「なかじきり」を示す句集である。荷風は、籾山の句に接すると「元禄俳家の風懐に接する」ような思いを起こさせる、と述べている。荷風が序文で引用した籾山の句を次に示す。

春寒や机の下の置炬燵
膝へとる軒の夕日や草の餅
錦手の猪口の深さよ年忘
朝顔やからむものなき草の蔓
鶯や籠に足音の寒さかな
涼しさや井筒の中の忍草
初雁や千石船の滑車の音
五月雨や人語り行く夜の辻
一抹の晩霞と渡船とかな
桃林や昨日も今日も雲低し
海士の戸に色をつくすや葉雞頭
雄鳥は籠に伏せてあり葉雞頭
小手毬の盛久しき妻戸かな
枇杷の木によき小鳥來る冬日かな
馬面の使あるきや日の短か
鱸《すずき》得つなほ一網やそのあたり

籾山が跋文で述べた所感を要約すると、以下のようになる。

——江戸庵と名乗っているが、江戸趣味に執着してはいない。新しい時代には生甲斐を感じている。

——自分の俳諧は江戸座の俳諧に由来していない。

——江戸定飛脚問屋五軒仲間の一軒に江戸屋という名の店があり、この屋号に縁を持つので江戸庵と名乗る。その後籾山家に養子に入ったので、現在は江戸屋とも縁は薄くなった。

——俳諧については古調の閑寂なところが好きで今様の発句は理解できない。

——俳句宗匠とも知己を得ているが、あくまでも営んでいる俳書堂の主人としてのつき合いである。

——本書に収めた二百余句は、市井の隠者庭後庵主の作としてこの隠者を知る人の間で「一脈の暖意」を通じれば良い。

——明治二十五年以降の俳諧との関係、江戸座俳人、日本派子規との関係、俳書堂を譲り受けて始めた出版活動などに関する所感。

——『江戸庵句集』編纂、出版までの経緯。

大正五年四月十八日夜、西園寺公望主宰の雨聲会に荷風が出席。西園寺が、三叉（筆者注：竹越與三郎）から献じられた『江戸庵句集』を読んでいて、「句はなかなかよろし本もうすこしよろしく致さば猶よろしからん」と感想を述べた、と荷風は翌日籾山に書き送った。

森銑三と加藤郁乎の評価

この句集および籾山については、森銑三も関心を寄せていたことが、『森銑三遺珠Ⅱ』(平成八年十一月)の一文によって明らかになった。編者小出昌洋氏の尽力により、森の未発表原稿が発掘され、その中に「江戸庵句集」と題された一文があり収載されたのだ。森が相磯凌霜を訪ねた折、相磯が籾山の著作を多数所蔵していることがわかり、その中で江戸庵句集と冬鶯を借りた、という。読後森は籾山について思い違いをしていたことに気付く。

梓月氏は純粋の東京人であるし、江戸庵といふ号からの連想も然らしめたのであらう、その句集には、都会趣味の、洒落た、気の利いた句が大部分を占めてゐるのであらうと、一人極めてゐたところが、それは全くの的を外れた観測であつた。梓月氏の句は閑寂を極めてゐる。江戸趣味だとか、江戸情緒だとかいふ気分とは、寧ろ縁遠いといつてもいいものだつた。「江戸庵句集」には、芭蕉を中心とする元禄の句境が、そこに展開せられてゐる。梓月氏は、子規一派の人々とも交渉を持つてゐられたのに、それらの人々の作上げた、明治の俳風に染みてゐない。子規の重んじた蕪村の影響も受けてゐない。そこに梓月氏の句の特色がある。しかし梓月氏の句は、ただ閑寂だとか、枯淡とだけでは尽されない。氏の句には、氏の句らしい美しさがある。そしてしみじみとした情感がもられてゐる。人なつつこしい情感が裏附けされてゐる。

森は籾山の句が余程気に入ったのであろう、「好ましい」と思った句を多数挙げている。

波だちて亀浮びけり春の海
桃林や昨日も今日も雲低し
涼しさや井筒の中の忍草
鐘の音に寺行き抜けつ秋の暮
松蔭に流れ寄る麩や池の秋
垣杭の白き木の子や秋の雨
縁に来て不図羽根垂るる蜻蛉かな
鱸得つ尚ひと網やそのあたり
色花火消えて闇濃し花薄
鉢の木の橙の実や冬の庵
縁側に人の通ひや冬籠
茶の花や日にぬくもりし碑の面
ぼろぼろに釜敷焦げぬ年の暮
手突いて猿も御礼申しける

また連句附会から、下記の句を挙げ、坊主頭は誰なのか、想像してみる。

遠眼鏡巌に砕ける波見えて
　坊主頭に手拭を置く

結社の中に埋没する現代俳人に、森は、〝梓月の句に触れよ〟〝古句に立ち返った籾山を再評価すべきである〟、というメッセージを送っている。
また加藤郁乎が『俳の山なみ』および『市井風流』の中で引く『江戸庵句集』中の句は次の通り。

宮薗鶯鳳軒忌
此の節《ふし》に友達もなし園八《そのはち》忌
双六や眼にもとまらぬ幾山河
道中お話もなく双六の上りけり
中　州
ほしものゝ深川へとぶ寒さかな
片陰になる刀屋の暖簾かな
清水の柱の影や秋の暮
夕月の影を見込《みこみ》や冷奴

柏葉新盆
真言を唱へて魂を迎へけり
酒甕に凭《よ》りて見送る帰雁かな
五月雨や人語り行く夜の辻
座右
冬来るや復たなつかしき古火桶
馬顔の使ひあるきや日の短か
腹中にふぐりある夜の寒さかな
錦手の猪《ちょく》口の深さよ年忘

これらの句の選び方をみると、三者三様、それぞれの嗜好が表われている。これもまた俳諧の魅力である。

『冬うぐひす』

『江戸庵句集』刊行の直前である大正五年の年始から、大正十一年の半ばまでの期間に詠んだ二三三句を所収。昭和十二年、大場白水郎の懇請により編集を始め、白水郎の重ねての勧めによって出版することになった。白水郎への謝辞が収められている。白水郎は、籾山の大正期における秀句が忘れ去られてしまうことを憂えていたのだ。装幀は実弟吉村忠夫（上川井梨葉）が担当、表紙の絵

江戸庵句集序

籾山庭後君二十餘年来俳諧に遊び其の吟咏無慮四萬句を越え其の集二十餘冊に及ぶといふ。然るに今年乙卯の秋君何事にや感じたまひけん後庭の落葉ともろとも之を一炬に付し僅に二百餘句を存せしむ。君新にこの二百餘句を把りて江戸庵句集と題し印に付せんとするに當り余に向つて其序を求めらる。余原来俳諧につきて知る處なし。十餘年前十千萬堂紅葉の紫吟社樂天居小波の木曜會運座に列りて唐笑季の何たるかを隣席の人に問ひ又耶哉の二段切に一座の笑を醸したる是余が俳句に關して知る處のすべてなり。余の厚顔を以てするも何ぞよく君が句集に序する事を得んや。君安永三年板俳諧七部集に塙保己一の序蜀山

『江戸庵句集』序

冬うぐひす序

このひとまきにかいあつめぬるほくどもは大正五のとしのはじめよりおなじく十一のとしなかの秋までやゝなゝとせばかりがほどに詠みいでつるなればいみじうむかしになりぬる吟なりいまはたなどて世にいだすべきとはおもひはべりけれどやつがれさきつとし江戸庵句集といふを編みたりけるにさるべくはそのゝちの吟をもいさゝかのこして前集のとしなみをつぐべきにやとてやがて一集とはなしはべ

『冬うぐひす』序

には「冬鶯」と漢字を使用しているが、中扉では「冬うぐひす」と平仮名を充てている。発行所は、発行者である阪倉金一が社主となる春泥社であり、籾山書店は発売所となっている。阪倉は、大場白水郎とは盟友であり、『俳諧雑誌』休刊後にそれを継承する雑誌『春泥』の発起人となった。後に詳述するが、籾山を敬愛する人物である。

『冬うぐひす』は、籾山の転居にしたがいつつ句を選定する。「にはのうしろ」（築地庭後庵）「あずさのつき」（新富町梓月庵）「まつのいずみ」（赤坂松泉庵）の三部で構成されている。句集タイトル「冬うぐいす」の由来を、籾山は序文で次のように流麗な和文体で述べる（籾山は昭和十二年『冬うぐひす』刊行時の時点で、既に鎌倉扇谷に転居している）。

このひとまきにかいあつめぬるほくどもは大正五のとしのはじめよりおなじく十一のとしなかの秋までややなゝとせばかりがほどに詠みいでつるなればいみじうむかしになりぬる吟なりいまはたなどて世にいだすべきとはおもひはべりけれどやつがれさきつとし江戸庵句集といふを編みたりけるにさるべくはそのゝちの吟をもいさゝかのこして前集のとしなみをつぐべきにやとてやがて一集とはなしはべりつさてもこのなゝとせのほどやつがれあまたゝびところをうつしていへゐひさしくさだまらでもありつるほど身はさながら冬のはじめのさゝなきのいけがきづたひなきうつりていとどおちゐぬけしきなるにもたぐへつべうおもひしられぬるまゝいまこの集をもさはとて冬うぐひすとなづけはべりけるになむ

昭和丙子のとしいはひ月扇谷隠士　梓月

まず寒の句を三句引く。

何事も堪忍したる寒さかな
あらたまのとしのはじめや墓参
手をぬけて鰈のすべる寒さかな

この句集でも、詞書は効果的に句を引き立たせている。詞書付きの句をいくつか拾う。

「にはのうしろ」より
本所四ツ目に植文とて花つくる家ありけるをおもひいでて
ちらほらの牡丹の客に蒸す日かな

傘雨子とつれだちて葛飾なる紫烟草舎に白秋子おとづれけるかへさ
月は十日花はつぼみや初蛙
（筆者注：傘雨は久保田万太郎、白秋は北原白秋）

「あずさのつき」より

庭に一樹の「きささげ」ありて蔭をつくるいにしへより此の樹をもて「あづさ」となし漢字に「梓」を充つること蓋本草家の一説なめり今の學者には「あづさ」について別に正しき考あれどしばらく在来いふところに随うて

土《ど》庇《びさし》に 梓《あづさ》の 月の くらさ かな

此の庵なむもと五代目尾上菊五郎みづから好みて建てたりけるよしいふに

寺島の ころより ゐるか 蝦《ひき》蟇《がへる》

「まつのいずみ」より

一月二日の夜梓雪こゝち例ならずとてかりそめにうちふしぬる思はざるにおもきなやみになりて病みかへし〳〵するほど今はたのみすくなくなり侍りけるころ夜伽の吟

春の夜や襖にうつる湯氣の影

三月二十七日八つ半時梓雪ことしの花もまちあへず空しくなりぬ葬のことゞもはたしをへてなほ後世のとぶらひ懈らでありけるころかなしみにえたへずよみはべりける

やがてひとつ綿入になるなみだかな

第三節　「校訂餘言」という文芸

籾山の遺した重要な成果に、古俳句・元禄俳諧を素材とする考証と評釈がある。古俳書の成り立ちと構成を説き、古句の解釈も含まれるこの「校訂餘言」は、籾山独自のスタイルで貫かれている。例として、俳書堂での初版刊行後、友善堂から復刊されロングセラーとなった三冊の俳諧古典書、『去来抄・花屋日記』『新花摘』『芭蕉書簡集』に、籾山の「校訂餘言」が付されている。また籾山の友人とともに、輪講スタイルで古俳句を解釈した『古俳句講義』の他、雑誌への寄稿でも、いくつか「校訂餘言」を提示している。

『去来抄・花屋日記』

蕉風を構成する根本概念を解説した『去来抄』は、籾山が熟読を推奨する書である。「先師評」「同門評」「修行教」の三部から成り、「先師」(芭蕉)「同門」(門下の人々)が互いに批評・議論を交わし合うダイナミックな構成となっている。

「翁反故」あるいは「芭蕉翁終焉花屋日記」とも呼ばれる『花屋日記』は、芭蕉臨終前後の記録であり、肥後の僧文曉がそれまでに刊行された既存資料を組み合わせて完成させた「偽書」と評価されていた。「校訂餘言」で籾山は、偽書なりとも、ならずとも、「花屋日記」は不朽の名著でありうる、と評価し、更に正岡子規の「花屋日記」を讃えることばを引用する。

「一読すれば即ち偉人が最期の行状日に見るが如し実に世界の一大奇書なり。」(獺祭書屋俳話)

参考：芥川龍之介「枯野抄」(大正七年十月)、沼波瓊音「芭蕉の臨終」(大正十五年十二月)の二著は、それぞれ短編小説であり、ともに「花屋日記」を素材とする。沼波の短編には、序文「芭蕉の臨終に就て」があり、漢方医であった沼波の父から聞いた芭蕉の死因と調合薬の説明がなされている。

『新花摘』

蕪村没後、月渓(松村呉春)が蕪村遺稿の中から拾遺し編纂した、蕪村の俳句、俳文集である。大正五年五月初版(俳書堂刊)から大正十五年十一月三版(友善堂刊)まで版を重ねた。

数章から成る発句、其角『五元集』に関する俳話、俳句紀行と旅行中の挿話、狐狸の怪異譚、画七点を添えた書で、月渓の編集の才が発揮された珍本である。編纂者として月渓は、「発句だけが

〝俳諧〟ではない。発句・連句／俳論／俳句紀行／俳文／俳画、という五つの要素を含む、広域のジャンルを〝俳諧〟と捉えてもよいであろう」と思い至ったのかもしれない。

後半部分のほとんどは、狐狸の怪異譚で占められている。蕪村のこの興味関心について籾山は、喜多村綠郎、鹿鹽秋菊の「妖異癖」、泉鏡花の「變化物語《へんげ》」を挙げ、蕪村のような「奇癖」をもっている人は珍しくない、と言う。怪異譚でこの書に飛びつく読者もいるかとは思うが、蕪村による『五元集』に関する俳話や其角の消息など、俳諧に関する論の面白さは怪異譚の比ではない、と籾山は付け加えている。

原本に載った呉春（月渓）による挿画の画風・色調などについて解説した後、籾山は、「珍本」である『新花摘』が古本市で競り売りされる様子について触れ、驚くべき高値の取引に呆れている。籾山は伊藤松宇所蔵の『新花摘』を借用し校訂を行ったので、松宇に対する謝辞も尽している。

籾山は『新花摘』の巻末に「月渓句集」を添える。これは宮澤朱明の編纂によるものである。朱明は、本名宮沢糅一郎《じゅう》、明治十九年生まれで銀行に勤務する傍ら、岩本梓石と『新撰俳諧辞典』を編集し、明治三十六年小泉迂外と俳誌『サラシ井』を創刊する。人形蒐集家西澤仙湖に習い、人形の収集および鑑定にも優れていて、集古会のメンバーでもあった。大正五年四月三十一歳で死去。籾山は、三宅狐軒による朱明への悼句を引用し、夭逝したディレッタント朱明に愁傷を感じている。

晩年の君が趣味を思ひて
人形の一つ一つに惜しむ春

なお蕪村の『新花摘』執筆時期に関する年次考証について籾山は、「考証の為めに開版を遅延せしむべきにあらざるなり」と深追いはしない。しかし月渓による横巻の原本が冊子の形態になった過程については、出版者として籾山は強い関心をもっていた。

参考：尾形仂「『新花摘』の原形」（『文学』五十二巻十号　一九八四年）は、この書を求めたであろう需要層の存在、造本の過程と変遷など、細部にわたって考証を施している。

『芭蕉書簡集』

芭蕉の「俳諧一葉集」および「俳諧袖珍鈔《しゅうちんしょう》」それぞれの「消息之部」に載る書簡三百二十二通を収めた書。大正五年五月初版（俳書堂刊）から大正十五年十一月四版（友善堂刊）まで版を重ねたロングセラーである。

本書の「校訂餘言」で籾山は、書簡集の成立過程について解説し、内容に真偽不明の点、注を付けるべきかどうかの検討、印刷活字の妥当性、幸田露伴が書簡を取捨選択する際の考え方について触れている。

初版を読了した贄川他石から送られた、『俳諧袖珍鈔』の原本は、蕉門の松岡大蟻による『翁反故』（天明三年刊）である」という指摘に対し籾山は、大正十一年三月刊の第二版において、贄川に対し詫び、不覚のこととなってしまったことを悔いている。本来第二版が刊行される前に校合すべき、と籾山は考えたが、印刷工程が進んでいて間に合わず、大蟻の序跋文全文をこの「校訂餘言」

の中に再録することにした。この件については、伊籐松宇にも報告し注意を受けた、と籾山は敢えて記載している。

『古俳句講義』

大須賀乙字（明治十四年七月生　大正九年一月没）が、元禄・天明期の俳諧を中心に明治四十二年から編纂を開始した『故人春夏秋冬』をテキストとした輪講の成果をまとめた書。六百頁を超える大作『故人春夏秋冬』（初版は大正七年籾山書店刊　三版は大正十五年友善堂刊）の新年之部は、『古俳句講義（1）』（昭和元年一月刊）に、春之部は『古俳句講義（2）』（昭和二年五月刊）に収まり、その後続刊を予定したが、中断した。籾山が時事新報社役員に就任する直前に開催された輪講である。

「新年之部」輪講参加者は、籾山、増田龍雨、岩本梓石、小泉迂外、伊籐鷗二、高木蒼梧、長谷川春草、大場白水郎、それに会主を勤めた上川井梨葉である。「春之部」輪講参加者には、長谷川春草に代わって松浦爲王《いおう》が参加した。輪講会第一回は、大正十五年四月二十二日に開催され、昭和二年二月二十六日まで続く。「新年之部」「春之部」全体で三十一講開催し、計一三五五句を議論した。毎回の輪講の結果は、第二期『俳諧雑誌』に毎月連載されていた。『俳諧雑誌』終刊後も輪講は、梨葉を中心としメンバーを変え藤井紫影、潁原退蔵などが参加し昭和七年四月まで続いた。輪講には「一座性と連衆意識」という俳諧連句の基本的構造が組み込まれていて興味深い。

参考：輪講形式の解説書は、これ以前にも『其角研究』（アルス　大正十一年）がある。参加者は、寒川鼠骨、高浜虚子、三田村鳶魚、山中共古、林若樹、内藤鳴雪の面々。

『古俳句講義（1）』の冒頭で籾山は、旧派の点取俳諧の様子から話を始め、明治二十五年頃から変化した俳壇の趨勢を解説している。明治三十五年子規が病没した後の、碧梧桐派と虚子派への分裂、両派へのいずれにも属さなかった自身と俳書堂の立場について触れ、その中で元禄・天明期の故人の句集を作ることの意義を示し、それを担う人材として大須賀乙字に期待し、自ら乙字を慫慂したことを語っている。乙字本人も、その後碧梧桐派と袂を分かち、「自己の修養のため」古句を編纂したと『故人春夏秋冬』序文で述べていることを、籾山は強調する。

この『故人春夏秋冬』に収載された古句を一句ごとに輪講形式で解釈していく試みが、『古俳句講義』である。輪講は、銀座尾張町の友善堂社屋二階で開催された。輪講の参加者の内、梓石、春草、白水郎、迂外、梨葉、梓月の六名は、それぞれ生業を持っていて専門俳人ではない。輪講会は籾山中心に進行したが、メンバーは皆籾山と親しい友人であり、籾山の詳説にも耳を傾ける仲であった。毎回の輪講会の模様は、雑誌『俳諧雑誌』に掲載され、その集大成がこの『古俳句講義』である。籾山の校訂餘言は、句の歴史的背景を解説し、その時代の伝統・儀式・風習・風俗に関する理解を深めることができる詳細な内容となっている。

元禄・天明時代の古句を解釈するこの試みは、「新年之部」「春之部」と続いたが、刊行はこの二巻止まりとなった。秋の部、冬の部を欠いてはいるが、古句に関する基本的な知識を得ることができる好著である。輪講形式によってより理解が進む良書であるので、復刊が望まれる。輪講での発言を筆記する係は梨葉であったが、その努力は如何ばかりであったかと察せられる。

『俳句研究』昭和十八年十一月号　芭蕉二百五十年忌特輯

幸田露伴『評釋猿蓑』で、評釈が詳細に亘っていなかった「夏の月三吟」を採り上げ、籾山は新たに評釈を行った。明快な解釈により連吟の世界に誘っている。

露伴の評釈との違いを冒頭の立句と脇句でみてみよう。

市中は物のにほひや夏の月　凡兆

（露伴）市中は物の匂のいきれて暑く煩はしげなり、天にはおほどかに清ゝしく夏の月の美しきとなり。かかる句は解すれば即ち錯過す、たゞ味はひて會すべし。

（籾山）夏の月を詠める句多きが中に、此の句古来の絶唱なり。句は作者には凡そ何の匂と聞えたるなるべけれども、句中には只「ものゝ」とおぼめかしていへる手際のほど、初心の為には、たまたま好きお手本ともなりぬべきか。凡兆の作、今日に遺るもの甚だ少し。その少きものゝうち、佳作といふべきもの、多くは猿蓑集中に存す。その猿蓑集に存するものと、他集に散見する所のものとを比ぶるに、その技倆同日の談にあらず。按ずるに、此の時、凡兆の風雅も既に進みたるなるべく、また芭蕉の手も厳しく加はりたるなるべし。師資のつながり、たのもしといふべきにや。

あつしあつしと門々の聲

（露伴）門々の聲、これ市中なり、あつしあつし、是れ物のにほい也。打添の脇句なり。

(籾山)「門々」は「かどかど」と訓むべし。此の脇句いはゆる其場なり打添なり。此の句の趣ありて此の月一段の色あり。誰しも知らざる者なき発句なり脇句なり。餘りに耳馴れて、却てその妙見を失ふ事勿れとのみ。或人或役者の仕舞舞ふを見て、我も習ひて舞ひてんと思へり。次いでなにがしとかや素人なる人の舞ふを見て、忽ちその望みを捨てたりといふ。なべて至れる藝は、すらすらと見るに苦しまねば、いと學びやすげに思はるれど、未だ至らぬ藝は、見る眼苦しみて、學び易からず思はする慣ひなり。附合も亦その如し。発句脇句の受渡、かくの如きを見ては、いと易きものゝやうに思はるれど、他の作もろもろ多く見もてゆかば、決して容易にあらざるを、ひしひしと悟るなるべし。

露伴の評釈を補って余りある、籾山の丁寧な評釈である。句そのものの解釈と、芭蕉と凡兆との師弟関係、芸道達意の難しさにも触れ、句の背景をも籾山は提示している。

『獅子吼』昭和二十六年四月号

コラム記事である。「芭蕉忌正當の日」芭蕉忌の正確な日付については諸説流布していたので、グレゴリオ暦も用い、新暦によって正確な終焉の日を主唱する。文中では元禄七年(一六九四年)十一月二十八日となることを解説している。

第四節　多様な文体――尺牘文・和文――

前に触れたように、籾山は年少期松岡利紀から漢籍を習い、耕餘義塾においても松岡からの漢文指導は続けられた。また歌文・和文など擬古文、尺牘（書簡）候文についても、籾山は指導を受け、耕餘義塾在籍時から多様な文体で文章を書き始めていた。

後年籾山が永井荷風に宛てた書簡は、すべて尺牘候文で書かれている。また俳諧関係書籍に寄せる籾山の序文・跋文では、多くの場合擬古文（和文）が用いられる。しばしば長文となる発句の詞書には、江戸期俳人の俳文の文体からの影響も感じられる。籾山は、多様な文体を駆使できる撓《しな》やかな能力を備えていたのである。

荷風宛ての書簡と尺牘候文

『江戸庵句集』の跋文（尺牘候文）は、籾山が荷風に送った書簡の再録であり、荷風は尺牘文の名文と評価している。『荷風全集』には、荷風宛ての書簡を荷風自身が整理浄書しておいたものが「知友書簡集」として収められているが、籾山からの書簡は、「庭後庵尺牘」という表記で保管していた。その中から籾山の荷風に対する交誼を示す書簡二便を引く。大正四年籾山書店が丸の内に移転した直後と、昭和十年籾山が時事新報社役員を退任した後の二通である。典雅な響きと抑制された律動が感じられる名文である。

大正四年十一月三日封書

御手札難有拝見折角お運び被下候てもいつも何の御愛想も無之失禮に御坐候四邊のうるさきままに此の程は人ごみへ顔出しせぬやう心掛なるべく引籠りてのみ暮らし候その為に江戸庵句集も出来また一茶おらか春一冊校訂原稿を拵へ上くるなどいさゝか仕事も渉行《はかゆ》き候ほどに何やら半生の文反古を纏め度心も動きちと心すゝまぬ方面の事ながら株式に関する資料を整理し未定稿として出版し了らばやなと考へ居候さすればも多年の氣がゝりも一段落と可相成あとはなるべく後の始末に困るやうな反古を藏ひ置かぬやう心掛け静かに除夜の鐘を聞き盡度所存に有之候それはさて措きそろそろまた何か御執筆の思召大慶此事に存候花瓶もお書きつゞけ被遊候はゝ如何にやと存入候さて又感吟とりとり敬服仕候屋根草の御句殊に愛出度やう愚考仕候やはひの落葉もとなりの日當りも抜うらの冬の月も所からの情趣やはり御作の小説を讀むか如くに覺え申候俳人十の九までは田舎の趣味たまたま都會らしきは堕落甚しくよく元緑の心を得たるもの絶無の有様に御坐候昨夜ハ久保田氏評半分程認め申候今度は少々長く相成候へ共幸に御採用を得は仕合せに存居候

鶯にまがふめぼそや庭の冬

冬くるやまたなつかしき古火桶

草庵

冬立つや蚊帳にわかるゝきのふけふ

めほそ一句いのち可有之やいつれも即吟□定に至らず御叱正〳〵御清榮御來遊是祈
大正四年十一月三日　　庭後拝
敗荷
先生　　玉池下
亂筆御諒免可被下候

昭和十年十月五日封書
深秋まことにものしつかに御坐候処益御機嫌克大慶ゝゝ奉存候陳者此度は限定版雨瀟ゝ御梓行につき其の第二十五番とて一本恵与にあつかり忝拝受致候旧誼を忘れたまはさる懇情のほど深く感佩《かんは》致候処に御坐候ともし火のもとにゆるゆる拝読粋藻の妙を味ひ可申心得に御坐候御本ハすへて楮《こうぞ》紙を用ゐたまひ印刷のおもむきも唐様にてお好尚のほともなつかしく拝見致候小生事永年風雅の一筋につなかれなから老来猶渡世の苦より免かれ不得そゝろなる月日いたつらに過ぎゆき候のみいつの時に悠然として四季の推移をうちながめ可得やと思ひあこかれ候許に御坐候　高著拝受不取敢御礼申上度且以て老のくりこと聞え上候草ゝ不備
昭和十年十月五日
荷風先生　　待曹下
朝かほやすかれなからの忘れ花

句集・俳書序文と和文・俳文

籾山は句集・俳書へ寄せた序文を多く遺しており、そのほとんどは和文（擬古文）で書かれている。当代俳人の俳書へ寄せた序文としては、増田龍雨『龍雨遺稿　遠神楽』などがあり、前記俳書堂から刊行された『芭蕉書簡集』など、籾山が編纂・校訂した俳諧古典書の序文も和文である。

また自身の俳句への自註あるいは前書きも、和文で書かれた俳文であり、句集『冬うぐひす』の序文は荷風が評価している。大場白水郎の指摘する通り、籾山にしか成し得ない流麗な文章といえ、それらをまとめて一巻とすれば、籾山の考える俳諧の本義を一面から伝える書となり得るであろう。

俳書ではないが、永井荷風『断腸亭雑稾』の序文も和文で叙述されている。荷風の大窪の住居の紹介、荷風の暮らしぶり、籾山との交友関係、荷風の健康状態（腸疾患）に触れ、最後に以下の植物随想を添える。

> 断腸亭とは名づけ得て妙なるかな。さてまた先生が手東中に断腸花とある、是秋海棠の異名なり。年浪草を見るに、名花譜に秋海棠一名断腸花、三才圖繪に燗腸草云々と出だせる由を記るす。又花鏡に断腸花をもて秋色第一となすこと、東花坊が手拭に臙脂のついてやと詠まれたるも思ひあはされて、いとあでやかに、またいと怨める趣なり。
>
> 心ありて庭に植ゑけり断腸花

籾山は耕餘義塾で既に擬古文体の作文学習を行っていた。そのテキストとして「ひともと草」あるいは石川雅望の和文「都の手ぶり」などが用いられていたのであろう。

籾山の擬古文は、過去の俳文・和文作者から影響を受けているように思える。俳文については宝井其角・与謝蕪村・夏目成美であり、和文については上田秋成である。俳文の三人は生業をもち、二足の草鞋を履いている。医家の其角は「『猿蓑』序文」「芭蕉終焉記」「類柑子集」、画業を兼業とする蕪村は「新花摘」、蔵前札差の成美は「四山藁《しざんこう》」と、それぞれ歴史的に評価される俳文を遺している。これら俳諧の先達から、俳文を継承しようという籾山の意志が感じられる。

上田秋成の文芸あるいは俳号無腸としての作句活動については、管見の限り、籾山が言及したことはない。しかしながら籾山にとってメンターであった南新二は、数寄屋坊主の出で、煎茶茶道にも精通していたので、煎茶の解説書である秋成の『清風瑣言』を含め、秋成の多様な文芸について籾山に教示していた可能性はある。

和文は、雅語によって俗を離れつつ俗を掬いとる特性をもつ、と筆者は理解しており、生業とのバランスをとりながら文芸に関わる、という籾山の生き方にふさわしい文体でもあったのでは、と考えている。秋成は妻に先立たれ、眼疾があった。籾山も大正十一年三月妻せんの死（享年三十七歳）を看取り、昭和に入ると眼の病いに長く苦しんだ。

参考：秋成の和文については、中村幸彦、中村博保、風間誠史、長島弘明、飯倉洋一の方々の「文《ふみ》反古《ほうぐ》」を中心テーマとした論考により理解することができる。また「藤簍冊子《つづらぶみ》」あるいは秋成の俳諧について詳細が語られ、一般の興味を誘うようになったのは、明治三十一年岡野知十が「上田秋成が俳諧」という一文を雑誌『太陽』（第四巻二十三号）に発表してからのことのようである。

第六章　生業〈雑誌の編集・販売〉と余技〈寄稿〉

籾山が編集に関与した、あるいは寄稿した主な雑誌は、『三田文学』『文明』『俳諧雑誌』（Ⅰ期・Ⅱ期）『春泥』であり、籾山書店はそれぞれの販売組織として位置づけられていた。特に『文明』と『俳諧雑誌』は、籾山にとって、月刊メディアのビジネス・マネジメントを行いながら、それぞれに寄稿していく、という「生業」と「余技」が交錯する世界であった。

第一節　『三田文学』

発売と寄稿

籾山書店が当初から『三田文学』（明治四十三年五月号創刊）の発売所として登録されたのは、慶應義塾理財科中心に編集・刊行された『三田学会雑誌』（明治四十二年二月創刊）の売捌所として既に機能していたことが大きく貢献していたのであろう。籾山が永井荷風と初めて出会うのは、荷風が『三田文学』編輯兼発行人、籾山が発売所・籾山書店店主としての立場である（第七章第一節参照）。籾山は『三田文学』を媒介として荷風との関係を深める。籾山自身も『三田文学』に明治四十四年から寄稿を始め、以下のように掲載は数次にわたる。

明治四十四年十二月　垣間見
明治四十五年二月　霞
明治四十五年三月　渡邊
明治四十五年八月　耳食
大正元年九月　カステラ
大正二年五月　消息欄「藤村の机を譲り受けて」（短歌）
大正四年十月　「品濃の小景」（小品）
大正四年九月　「文人合評」
（大正五年三月　荷風教授職を退任）
大正五年八月　考証随筆「夏げしき」
大正五年十一月　考証随筆「文曉法師」
大正六年三月　考証随筆「去来と卯七」
大正十四年二月　久米秀治追悼
昭和六年一月　澤木四方吉追悼

昭和十二年八月　子にさきだたれてよめる（夏の句）
昭和十三年八月　草庵六題（夏の句）
昭和十五年五月臨時増刊　水上瀧太郎追悼特集（追悼句一句）
昭和十五年十月　気のつまる人（水上瀧太郎追悼）

明治四十四年から大正元年までの寄稿は、後に短編集『遅日』に収載された短編小説である。大正四年の「品濃の小景」は、籾山が耕餘義塾に通っていた時代に、車窓から眺めて風景を回想した小品。大正四年の「文人合評」では、永井荷風、増田廉吉、井川滋三名による籾山に関する批評が掲載される。荷風による「樅山庭後」については後述する。増田は籾山の短編小説、井川は籾山の多面的な活動と「円満なる東京的洗練を遂げ」「静寂なる趣味を愛する」側面とに触れている。大正五年から六年にかけての考証随筆三編は、『三田文学』には珍しい俳諧関連のエッセイである。「夏」に関連する俳諧の事項解説、「花屋日記（翁反故）」は文曉法師の偽書ではないこと、「卯七は去来の弟か或いは甥か」という疑問に関する黒田源次と伊籐松宇の回答、についてそれぞれ解説を付している。特に文曉法師に関する論考は画期的であり、その後の「花屋日記」解釈の基礎を提示している。

『三田文学』関係者への追悼

水上瀧太郎（本名：阿部章蔵　昭和十五年三月没）の死へ籾山の詠んだ追悼句は「如月や死ぬるだに

世を驚かし」である。水上は籾山との間で書簡を交換し、三田文学関係の会合でも同席する機会も多かった。水上は同人雑誌を発刊したい、という希望を籾山に伝え相談を持ちかけてもいた。籾山の追悼文は「氣のつまる人」という表題で、自身とは対照的な出自にも言及した、以下の小文である。籾山は、下町町人の出で下戸、と自らの特性を捉えていたことがわかる。

山の手と下町の子、お武家の子と町人の子、酒客と下戸、そこにはさうした違ひがあつた。とにもかくにも、阿部先生といふ方は、わたくしには、どうしても氣のつまる相手であつた。これは、わたくしが本屋として、先生の「處女作」（大正元年一月）「心づくし」（大正四年十二月）などを出版した當時から、先生の一生を通じて、渝《かわ》ることなく、わたくしの持つてゐた感想である。（（ ）内は筆者注）

『三田文学』の二代目主幹であり、慶應義塾で美術・美術史科の初代教授であった澤木四方吉（昭和十五年十一月没）への追悼は、同じ鎌倉に居住した澤木を悼む四句となった。

いと久しき交りなりけりまいて親しき中なるをや。

さ ざ ん く わ の は ら は ら お つ る な み だ か な

病みて牌前の回向さへ心にまかせざる身の、心のこりのほど、

妻なるものして申述べさせけるに、歸り來て、未亡人のあはれさ、
こまごまものがたるまゝを、
とも泣きのなみだ乾かぬ小袖かな
ともに鎌倉に住めりけるを、こののちは。
ひとりあゆむ扇ヶ谷の道の霜
過ぐる日、學庵にて、うしが美術のはなし、
時うつりぬる、そのおもひで。
萩の花ちりぬ紅茶の卓の上

欧州での美術観察をふまえ、西洋美術研究の嚆矢となる『美術の都』を著わした澤木は、籾山にとって美に関する対話を交わすことのできる、得難い友人であった（なお上記文中に触れられている「妻なるもの」は、早逝した先妻せんではなく、籾山の再婚相手であろうが、後添えについては未詳）。

籾山は三田文学主催の会にも籾山庭後として出席しており、籾山書店が本格的に文芸書の出版を開始してから一年程経過した明治四十五年六月十七日、築地精養軒で開催された「森鷗外を囲む三田文学懇話会」（午後三時開会十時散会）にも参加している。当日の他の参会者は、広瀬哲士、小山

内薫、沢木梢、小泉信三、松本泰、植松貞雄、久保田万太郎、水上瀧太郎、増田廉吉、久米秀治等であった。また別日開催の有楽座での観劇会には大場白水郎と共に行っている。籾山は付き合いの機会を逸失せず、人とのつながりを大事にし、交際には積極的であった。

第二節　『文明』

「『文明』の生まるゝまで」

永井荷風は明治四十三年に就任した慶應義塾文科教授を、大正五年三月辞任する。『三田文学』の編集からも手を引いていたが、『三田文学』創刊時に協力した籾山に相談を持ちかけ、気心知れた井上啞々を誘い独自の文芸誌の出版を企図した。そして如何なる組織からも拘束を受けない、自由な編集が可能な雑誌『文明』を慶應義塾退職直後の四月に発刊することとなる。籾山書店主として籾山仁三郎が編集、販売の「世話」をし、大正五年四月号から大正七年九月号まで、二年半の間欠月無しで三十号まで継続刊行された月刊文芸誌となる。荷風が編集主筆・発行人の立場に就き、籾山が編集・印刷・販売の役割を果たした。籾山にとっても、三十八歳から四十歳までの充実した時期における文芸雑誌の発刊であったので、高揚した雰囲気の中での編集作業が続いていたであろう。

大正五年四月二十七日の荷風宛書簡で、籾山は『文明』の販売方針を次のように提示する。千部売れ五百～六百部の残であれば、刊行続行を維持できる。広告料については、第二号以降月々四十

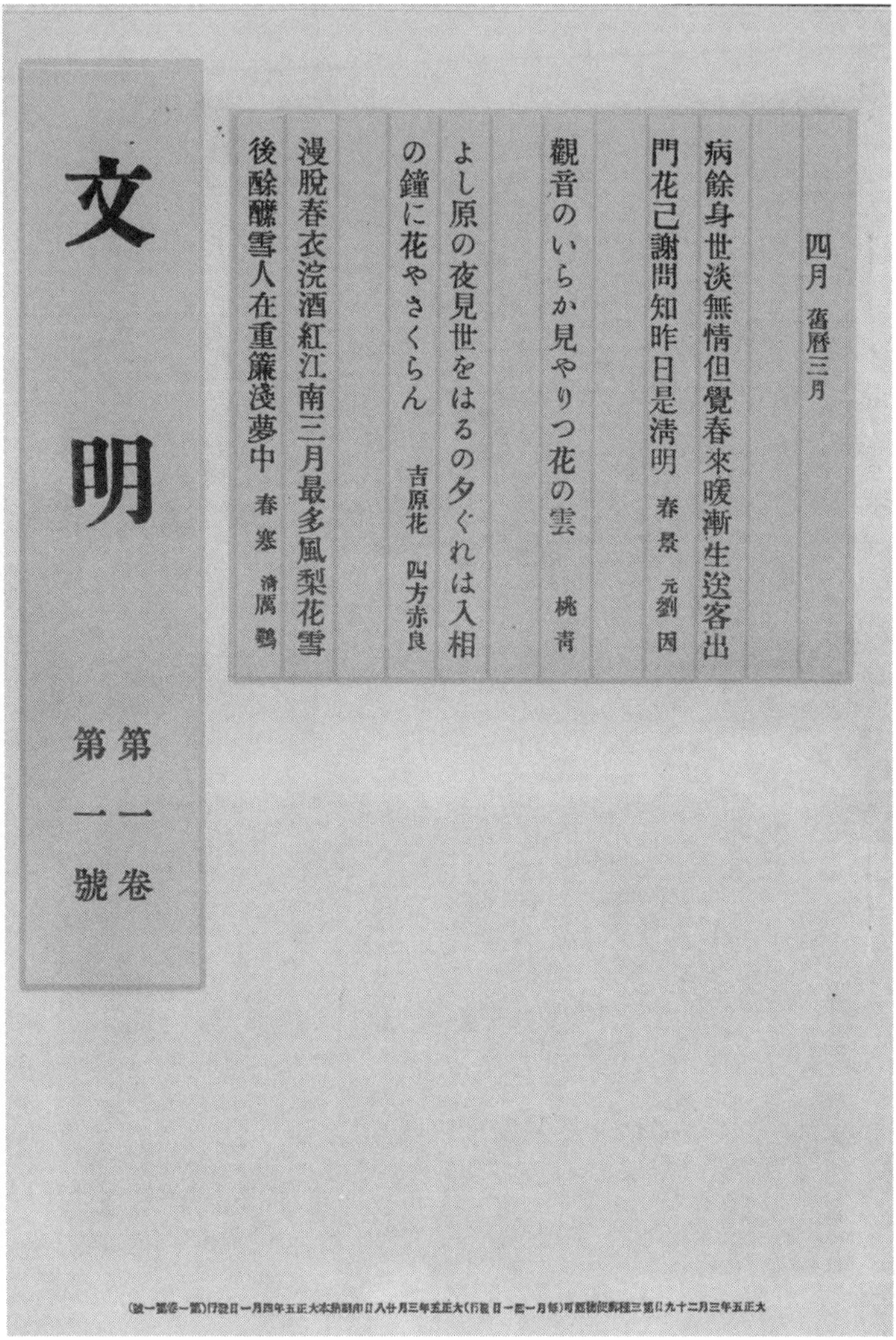
文明

第一卷
第一號

四月　舊暦三月

病餘身世淡無情但覺春來暖漸生送客出
門花己謝問知昨日是淸明　春景　元劉因

観音のいらか見やりつ花の雲　桃青

よし原の夜見世をはるの夕ぐれは入相
の鐘に花やさくらん　吉原花　四方赤良

漫脱春衣浣酒紅江南三月最多風梨花雪
後酴醿雪人在重簾淺夢中　春寒　清厲鶚

大正五年三月二十九日第三種郵便物認可（毎月一回一日發行）大正五年三月廿八日印刷納本大正五年四月一日發行（第一卷第一號）

『文明』第一巻第一号表1（大正5年4月）

文明 第一巻 第一號 大正五年三月二十九日第三種郵便物認可（四月號） 大正五年三月二十八日印刷納本（毎月一回一日發行） 大正五年四月一日發行

當世手拭鑑（其一）

清元梅吉

染工 濱町 永田屋利兵衛

染工 橘町 中磯

市川左團次

右同表4

円を確保する。「文明の如き薄き小冊子を威張つて小賣屋に賣渡し得る事一に主筆一人の盛名と人氣とに據り候。うすき雑誌は頭から馬鹿にして扱はぬが本屋一般のならはしに御坐候。此度文明出で丶此の陋習を打破り候事に御座候。」籾山の販売への意気込みが感じられる。

毎号表紙には、漢詩二題、俳句、狂歌を一首ずつ掲げ、目次下には過去の文献から時季に合った文章を転載する、という定型のレイアウト・デザインは最終三十号まで変えずに継続する。三ヶ月ごとに表紙の色を変え、裏表紙表四にはテーマごとに希少な写真を載せる、という他の雑誌には見られない特異な装幀となっている。第一巻第一号の表四には、「當世手拭鑑」として有名人の贈答手拭の写真を二葉ずつ載せる。第一回目は、清元梅吉（染工は濱町・永田屋利兵衛）と市川左團次（染工は橘町・中磯）の二人。この手拭特集は、第十二号まで継続して連載される。当時、日本橋小舟町には団扇問屋が多く商いを展開していた。

全体の装幀・デザインは、荷風と籾山の二人で相談しながら決めていた。三十二頁を最低の頁数として維持する、という基本原則も変えていない。

『文明』第一巻第一号の目次の後には、書籍広告が数ページ続き、本文第一頁の右側には企業広告が掲載されている。銀座三丁目「玉屋商店」の広告である。玉屋は後述の阪倉得旨（槇金一）が役員を勤める、「時計眼鏡貴金属装身具測量製図機械」を扱う会社。阪倉がパトロンとして広告を掲載したのであろう。その後も度々「玉屋商店」の広告は掲載され、『文明』にとって良き広告主となっていた。

本文は、荷風の「発刊の辞」で始まる。慶應義塾教授辞任の背景、『三田文学』への学内干渉、辞任後の趣味主体の自由な生活への期待を述べている。『文明』は「只今の處私一個人の経営するものである。私の紙入から出費する遊び事故申すまでもなく経費には限りがある。」用紙に係る費用も勘案し、三十二頁としたこととその程度の頁数であれば「売れなくても差支はない」と荷風は考えていた。籾山が、編集と販売について「万事お世話下さる事となつた」と荷風は言う。荷風は『文明』を次のように定義する。「文明とは礼儀を知る事であろう。交るにも礼儀を以てし又争ふにも礼儀を以てすることであらう。今古人物の美徳を敬慕し誠実に之を称揚することであろう。常に心地よく胸襟を開いて、わが思ふ處を誤解なく聴取ることであらう。要するに何事もRaffiner（筆者注：洗練）せる世界に生きやうといふ意味であらう。」

以下荷風の「矢はずぐさ」「けふこのごろ」「文反故」という文章が続き、次に籾山が「米刃堂主人」として「『文明』のうまるゝまで」を掲載する。荷風の本邸改築のため籾山の住まい庭後庵と至近の距離にある築地に移住し、語り合う機会が増えたこと、荷風が『三田文学』誌上で発表しなかった文章などを掲載する雑誌を発刊したいので協力依頼があったこと、タイトルについては、草紅葉、屋根船、編笠、文化などいくつか案があったが最終的に「文明」に落ち着いたこと、を記す。

荷風は『文明』を当然、自分中心のメディアと捉えていたのであろう。五号から十九号まで荷風「腕くらべ」の連載が続き、その間「四畳半襖の下張」も発表された。『文明』創刊一周年を経過した第十三号（大正六年四月）からは、米国・西欧での滞在記「西遊日誌」の連載を開始する。

一方で籾山は、雑誌の編集・販売という生業と、寄稿という余技とを『文明』の中で融合させていた。継続的に寄稿を行っており、荷風とは異なる独自のスタイルを貫いている。以下籾山の寄稿記事を辿っていく。テーマは広汎にわたっており、籾山の関心事・趣味を反映している。テーマごとに寄稿を辿っていくと、次のようになる。

〈江戸っ子論〉

（一）庭後庵主人「一中節」（五号・六号）以下の三部構成をとる。一、発端　待合の亭主が語り始める。三十年来一中節の稽古に通っている河村という客には色事にも意気な話があったこと。二、江戸会　榎本武揚が始めた江戸会、会員は徳川家恩顧の侍と町人衆で、「画工、職人、顔役、戯作者、俳諧師、役者、芸人といった分際の者」は会員になれなかった。「江戸の人の品の善かったところ」を残しておきたい、という榎本の考えに沿った会。大正期に入って江戸ブームが起こっているが、流行りの「江戸趣味」は、下々の方の江戸趣味である。上流の人々の趣味は時代の色合いは着かないもので、「お茶の趣き」というようなもの、値打ちが無いことを意味する「茶がない」という言葉もある、と籾山は言う。三、笛の家　待合亭主の友人、能の囃子方（笛）の一噌要三郎は、江戸会の記録係（書役）を担っていた。徳川家に庇護を受けていた能のシテ方囃子方は、明治期以降不遇の時代を経験していたが、よいものは亡びはしないもので、梅若、宝生で優れた家元が数多く出てきているし、能を趣味とする裾野は拡がっている。四、代地　深川から柳橋へと繁昌の場所が移り、江戸会の会場となった深川亭も柳橋で商売を始めた料理屋。旧幕時代から現在までの代地の変遷を懐古する亭主の談話。最後に「町人と申せば、まづ日本橋区が思はれるのでございますが、この日本橋区といふところが、どうも一風変つた気位を持ったところで、その気位を呑みこんでかゝらないと、此の区では、何事もいゝ具合に納りが附かないのでございました。」という日本橋町人の気位を述べた一文が付けられる。
（二）戸坂萩（籾山が工夫した筆名であるが、戸坂は間違いで戸板が正しいことを次号で訂正）「江戸趣味」（十六号）　前記「一中節」の内容と近似するところがある。当今の「江戸趣味」は、江戸末期の下層社会の生活を憧憬するようなもので、現代人の品性が卑しくなったことを示している、と批判。
（三）無署名「亡びゆく東京言葉」（十九号）　東京への流入人口増加による東京人の言葉の変容。

〈国際金融〉

（一）「洋銀事畧」（二号・四号）明治維新期横浜開港に伴い発生した「横浜弗相場事情」についての解説。『文明』誌には相応しくないと思うが、荷風の勧めにより掲載した、と籾山は言う。荷風は、横浜正金銀行の海外支店に勤務経験があり、国際金融制度にも関心はあったであろう。当時国際的な金融制度として実施されていた「銀本位制」に翻弄され、日本国内の金が大量に流出した事象については、現代でも研究対象とされる機会が少ない。籾山は、資料が少ない中、自らの生家である飛脚問屋の両替商機能にも触れつつ、横浜での洋銀取引の歴史・実態に踏み込んだ報告を行っている。最終的には洋銀取引を廃絶すべき、という結論にいたる提言を想定して全体を構想していたが、第四号で続章を発表したところで完結ならず、中断のままとなった。
完成していれば、籾山の『株式売買』とならぶ金融制度に関する好著ともなり得たのに、と思い残念である。

〈交友関係の一端〉

（一）庭後老人「椎が下にて」（二号）　籾山四十歳を迎える直前『江戸庵句集』を上梓するに際しての所感と、敬愛する先学（幸田露伴・森鷗外・戸川殘花・竹越与三郎・高橋箒庵）に自著を贈呈した後の返答書簡の内容など、六号活字の小さい文字で二ページ以上の記事である。籾山の交友関係の一端を知ることができる。長文の序文を寄せた荷風に対する謝意に始まり、幸田露伴が俳誌『藻の花』に書評を寄稿してくれたこと、森鷗外の礼状、戸川殘花からは庭後調を維持せよとの助言、竹越与三郎は西園寺公望に句集を転送するとのこと、高橋箒庵からは高橋の著書『へそ茶』（茶人の失敗談）が献呈された。西園寺のことから連想した鮓の変遷についての籾山の解説や『へそ茶』に関する籾山の感想も添えられている。

〈文芸論〉

（一）無署名「新書漫評」（十二号）　出版社・春陽堂に対する敬意を表す文。「春陽堂が発刊した新刊書（鈴木三重吉・二葉亭四迷・正宗白鳥・長田幹彦・泉鏡花・河竹繁俊の著書）が春陽堂から送られ、その書評依頼があったが、各書の書評は大事業であるから、各書を紹介するにとどめること。春陽堂は明治期以来、文芸普及に多大な貢献をしている老舗である。大規模出版社の多くは、教科書販売によって収益をあげているが、春陽堂はただ芸術のために尽くす、という意志をもって出版活動を継続している。自然主義運動が興っても反自然主義の傾向を維持する勇気は敬服すべきものである。」
（二）不易居士「庭後庵筆記」（十六号）「天弦堂主の感慨」大正四年頃より大正六年頃まで『近代思想叢書』などを出版した天弦堂の社主中村一六が、「不義不徳なる所謂文士輩と折衝の煩に堪へず」廃業帰郷したことに籾山も賛意を示し、痛烈な「文士」批判を展開。
（三）不易居士「庭後庵筆記」（十七号）
「三枚つゞき」三枚つゞきの葉書で川柳久良岐からの来信があり、「気が弱くてはダメ」という言葉に意志を強く持たなくては、と籾山は覚悟する。前号に寄せた「漱石批判」に多くの反響があったのであろう、籾山にしては珍しく自らの気の弱さに言及している。

「はがきの文」中塚一碧樓からの来書に刺激され、新興俳句の「芸術病」を批判し、革新と言われるものの頼りなさを指摘。「續三佳書と炭俵集」俳書堂から出版された俳書について読者から送られた疑問に対する回答。もう一つの記事「小泉井川両教授の書簡」については、別項にて記述。
（四）庭後隠士「古蝶先生　上」（十号）『文明』第五号から掲載が開始された、川柳の大家喜音家古蝶との縁を回顧する。
（五）十六号の「悪譯」（ゾンバルトの和訳批判）「小泉教授の書簡」（漱石批判）二つの記事については別項にて記す。

〈邦楽・演劇鑑賞〉

（一）庭後記「去年の冬」（十号）　邦楽会第七回演奏会の印象記。一中節、宮薗節、富本、常磐津、

新内と五流のそれぞれに批評をなせる識見を、籾山は持ち合わせていた。
（二）無藝道人「ほめことば」（九号）　邦楽鑑賞会「交謡会」の印象記。特に高橋箒庵の考案した「東明節」を高く評価する。
（三）吉村冷泉「一中節」（二十三号）　邦楽の衰退を慨嘆する小文。流行風俗の変容との関連にも触れる。籾山の嗜好が如実に語られている。
（四）無署名「読者の注文を断る文（音楽分かり不申事）」『文明』誌上で洋楽に関する論説が無いことについて読者からの質問があり、それに対する回答。洋楽を理解せず邦楽をのみ楽しむ籾山の率直な返事。
（五）庭後隠士「芝居を見て」（十号）　大正五年末の帝国劇場公演、河竹黙阿弥原作、岡本綺堂脚色の「三巴雪夜語」の観劇印象記。黙阿弥物の特徴も挙げている。

〈料理〉

（一）「素人料理」（二号から三回に分載）　料理芸術論、料理に関する鑑賞眼や世評の危うさなどを指摘。献立作成の作法、料理に不可欠な鰹節、殺身《そぎみ》の良し悪し、走り物と旬、など。高橋箒庵が時事新報に連載している「東都茶会記」の中で、益田鈍翁が触れた「茄子の亀の子焼」について籾山がその調理法を紹介する。美味、簡単な調理、深い趣き、低予算、年中賞味可、という料理の五要素にも言及。

〈南新二と伊藤佐千夫〉

（一）庭後「澁皮衣序」（十九号）　籾山を俳諧へ導いた南新二の遺稿の中から見つけ出した、謡曲仕立ての「紙、反故」を主題とした滑稽話。「色々の反故を集めて澁皮衣と題せし雙紙の序」と上書きしてあった。籾山はあとがきでお数寄屋坊主であった南の骨董茶器コレクションの素晴らしさに触れ、売立てが年末開催される、と予告している。

（二）籾山庭後「『隣の嫁』について」（二十二号）　同号巻頭二十八頁を占めた「隣の嫁」の作者伊藤佐千夫と籾山との関係を綴った小文。佐千夫の『野菊の墓』は、中村不折の口絵入りで既に俳書堂から明治三十九年四月に刊行されているので、籾山とは既知の間柄である。

佐千夫は葛城山を主題とした小説を構想し、取材旅行の費用を籾山に縋った時、佐千夫が所有していた千利休の釜師・辻與次郎作の釜を譲ってくれたら旅費を用立てよう、と籾山が返すと、佐千夫は「野菊の墓」以降の原稿を籾山に渡す、という条件を出した。しかし佐千夫は取材旅行に出発することなく発病し亡くなる。釜と原稿の行方はわからず、籾山の手元にあった「隣の嫁」を掲載することになった。佐千夫の作風に関する籾山の批評も付け加えている。籾山はこの頃生家吉村家の所蔵品の売立で多忙であった。

〈小説・随筆〉

（一）庭後庵「鶯」（二号から四回に分載）　鶯に関する考証随筆と狂言「鶯」を演じた高島彌五郎の演技を賛える文から成る。根岸にあった「三光の梅」と鶯の縁、酒井抱一による鶯の声に関する小文引用、子規庵のあった鶯横丁のことなど。鶯の鳴き方に注目し、邦楽で奏でる鶯の音にも言及する。「鶯を附ける」こと、鶯を飼うことにまつわる俳句、岡本癖三酔との往復書簡、老鶯のこと、鶯の巣、鶯紀行、篠笛の音に鳴き声狂わす鶯、等々、四回に亘って綴られた「鶯」は、一書にまとめ鑑賞すべき名文。「鶯」は諸芸に通じた籾山ならではのエッセイであり、荷風からも称賛された。

(二) 籾山庭後「寒さ」(十四号) 妻に先立たれた俳諧宗匠と幼い娘、使用人の年寄という三人が登場する小説。『遅日』以来の小説の執筆である。遊蕩に明け暮れ身上を潰したことを悔い、亡妻への愛をあらためて感じている宗匠を軸に、好きな茶道と今戸に遺した茶寮、旧派俳諧から入り古句に目覚める過程、宗匠と認められた立机の式の模様、「俳諧は手品である」という達観などが描かれる。そして、年寄りとの会話の中で「俳諧師として朽ち果てるか身上を盛り返すか」を迫られ、俳諧師として生きることを選択する、という筋の短編。最後に「寒さにもめげず育ちしわが子かな」「乞食《こつじき》の子といはれたる寒さかな」の句で締める。零落した細木香以や明治期以降の旧派俳人の暮らしぶりを思いながら描いたであろう一編。

(三) 庭後庵主人「森が崎」(十号) 『増補連句入門』を大森森が崎で執筆した時の滞在記を転載。『文明』向きの諧謔味のある文章である。

(四) 不易居士「丁巳紀行」(十八号) 妻子を伴い岐阜に旅行した際の紀行文。長良川の鵜飼での鵜匠の話、多治見の虎渓山永保寺訪問記、など俳句を交えて綴った。

〈俳諧関係〉

（一）庭後庵主人「俳諧雑考」（七号）　俳書堂刊行の『俳諧名著文庫』の中で、誤った考証や不十分な考証を糺しながら、名著文庫の内容に関係ないことにも触れている。「奥の細道」奥羽行脚の途次、「黒羽の館代浄法寺なにがし方におとづる」という項については、某《なにがし》である浄法寺兄弟に関する考証と、俳書「春慶引」に関する考証、二つの部分から成る。俳諧史に関心のある人々向けの文章であるが、敢えて『文明』に掲載した。

（二）不易居士「庭後庵筆記」（十五号）　月渓・太祇・一茶・其角の句に関する小文と、俳書堂刊『俳諧名著文庫』の内、芭蕉書簡集と花屋日記などに関する波多野古渓・贄川他石からの書簡紹介。俳諧の専門的な記事であるので、『俳諧雑誌』に掲載する方がより相応しいであろう。

（三）俳句関係

「栞草暦」（四号）　当月の暦と関連する俳句を紹介する欄、第二十号まで連載を継続。

庭後「築地草」（五号）　折々に詠んだ俳句集

庭後「斧琴菊丁巳初暦《よきこときくみどしこよみ》」（八号）　俳諧を趣味とする人々向けに毎年十月販売する『俳諧日記』に、毎月雅俗体の文章で添えられる詞書。

無署名「栞草当月暦」（十三号）　その月の暦と関連する俳句を紹介する欄。第二十号まで続く。

「文明句録」（十五号）　波多野古渓とともに春、端午、夏の句をまとめた集。女流俳人である白妙女、吉野女、ゐん女と、梨葉も一部参加。

庭後庵「花つみ」（二十八号）　俳句十七句を掲載。

庭後庵「箱根草」（二十九号）　俳句十七句を掲載。

庭後庵「蚊の宿」（三十号）　俳句十二句を掲載。

〈連載記事〉

（一）「時世粧《じせいそう》」時々刻々変化する風俗・流行に関する情報欄。毎月継続して連載され第十六号まで続き、読者の反響も大きかった。

〈二〉「毎月見聞録」社会事象、交友関係にある人々の動向、劇場公演演目などの記録であるが、荷風の「断腸亭日乗」と同様、時代動向が反映された貴重な資料である。荷風が通巻十九号まで単独で継続したが、二十三号からは井上啞々と共同執筆に移行している。

（三）籾山庭後「一服茶話」　二十一号から最終号まで表三に連載された俳句・随筆の欄。（二十一号）菓子にまつわる俳句の紹介。（二十二号）朝起きてから洗面までの習慣を主題とした随筆。籾山のマナーを知る手掛かりとなる小品。（二十三号）大正六年秋新聞連載された森鷗外の「細木香以」伝に触発され、香以（津藤）にまつわるいくつかの挿話を紹介。籾山が最晩年に発表した、細木香以に関する随筆につながる小品である。鷗外の作を補う内容となっている。（二十四号）細木仙塢《せんう》（香以の実父）から思い付いたこと、など。（二十五号）『断腸亭雑藁』の誤植、蕪村の画賛の句、淡々の文臺など。（二十六号）大阪の俳人荒尾五山の上京、実用新案と四つ玉算盤、など。（二十七号）庭後庵戯作「おろか詩　有卦」。（二十八号）料理新聞に寄稿した魚に関する小文を再録。（二十九号）鉄道院発行の「鉄道旅行案内」に関する改善点の指摘。

〈編集・発行に関連する記事〉

（一）無署名「本紙の値上について」（十九号）　日本一高い雑誌ではあるが値上げをせざるを得ない、しかし暴利を貪るわけではないと主張。既に前号で印刷業界において「印刷費二割値上げ」が主流となる、との記載が「毎月見聞録」にある。定価表示は第十七号で「今号に限り定価三十銭」、第二十二号で「今号に限り定価四十銭」となっている。

（二）庭後庵「御禮」（二十号）　大正六年九月三十日東京湾台風が来襲、築地も高潮災害に遭う。台風の影響で執筆活動がままならず、被災見舞いに対する礼のみ。「灰汁になりぬ出水ひきたる風爐の灰」を付す。

（三）籾山庭後「津浪物語」（二十一号）　庭後庵で経験した東京湾台風の被災状況を報告。

（四）庭後庵「文明會記」（二十三号）　大正六年十二月二十八日深川の曼魚亭で開催された、前年末に続く二回目の懇親会の記録。『文明』寄稿者が参会するが、その年荷風は参加せず。

（五）無署名「無覺束記（読者の質問に答ふる文）」（二十六号）　主筆永井荷風の文章が久しく登場していないのは如何なるわけなのか、との読者からの問いに対する回答。特段の事情は無い、成り行きと言ってもよい。『文明』発刊後二年が経過したが、編集に関係する人々は一人去り二人去りで、今は自分だけが残った、とやや弱気の文面である。台風に遭ったことも影響している。

（六）「口上書」欄（二十七号）「庭後庵主人こと、此の頃またまた持前の疳の蟲にて、どうも日々機嫌わるく、のんきなことも書けぬと見え、今月は『一服茶話』さへお休みとは、あきれたことに御座候。わがまゝ者にて困りはて候。」

（二十四号までは奥付に「主筆　永井荷風」となっていたが、二十五号では「文明主筆　籾山庭後」となる。二十七号奥付には「文明持主　籾山庭後」と記載）

（七）文明発行所「文明休刊の事」（三十号）「文明は本號を以て一時休刊致候、就てはその再刊まで當分の間、本誌の記事を俳諧雑誌に掲げ可申何卒左様御承知の程願上候。」

荷風との齟齬

荷風の下で『文明』の刊行を遂行する〝俳人〟籾山は、徐々に荷風と編集方針における齟齬を感じざるを得ない立場に立たされることとなる。刊行後期に入ると、荷風の『文明』に対する思い入れも徐々に薄れ、籾山にも心境の変化が生じる。

第十六号で籾山の漱石批判（後述）が掲載され、第十八号では荷風の作品が巻頭を飾ることはなかった。第十九号で定価値上げの願いを掲げた後、荷風との間で刊行継続に関する考え方の相異が明らかとなる。損得勘定なしに刊行継続すべしとする荷風と、一方出版社経営の原則に則り損してまで刊行は継続できない、という考えの籾山である。

さらに大正六年九月末には築地の籾山邸が東京湾台風に被災した。用紙代・印刷費の高騰などにより出版費用が嵩み、定価を引き上げざるを得ない事態に対し、両者の主張にさらなる隔たりが生じたのである。遂に第二十二号以降荷風の寄稿は無くなる。

荷風は小説中心の編集を志向し、籾山は俳諧を含む幅広い文芸領域を目指しており、編集方針でも両者の間に溝が生じていた。大正六年十二月二十八日『文明』寄稿者を集め、深川の鰻屋宮川で宴を開いたが、荷風は出席せず、その日の断腸亭日乗に次のように記す。「雑誌文明はもともと営利のために発行するものにあらず、文士は文学以外の気焔を吐き販元は商売気なき洒落を言はむがために発行せしものなりしを米刃堂追々この主意を閑却し売行の如何を顧慮するの傾あり。予甚快しとなさず、今秋より筆を同誌上に断ちたり。」この文士の勝手な言い分は、籾山の耳に入っていたに違いない。二十一号以降、俳諧関係の執筆者による寄稿記事で特異なものはいくつかみられるが、籾山に初期の頃の積極的な意思は見られない。籾山は、『文明』と並行して『俳諧雑誌』を月刊誌として大正六年一月に創刊していたので、二誌を同時に編集するという作業を負っていた。三十号まで刊行を維持したのは、籾山の功績である。また第二十一号以降、籾山の主たる寄稿欄は「一服茶話」に限っていたので、籾山も寄稿への意欲を殺がれていたのであろう。籾山にとっては『俳諧雑誌』という別の受け皿があったことは幸いであった。

岡野他家夫は、『文明』復刻版の解説で、『文明』を「あくまで荷風の個人雑誌」と断言しているが、『文明』の基調は、荷風の小説と、籾山が執筆した小文や「六号活字」の記事とが融合することによって産み出される Raffiner された世界である。岡野の見解は、やはり荷風からの視点中心といえる。毎号寄稿していた籾山には、小説中心の文芸雑誌という枠を越えて読者を拡げようという意志も感じられるのである。原稿が集まらない月には籾山が埋め草も執筆し、荷風主宰の雑誌を支えている。また寄稿した執筆者のリストを見ると、籾山の交友圏の幅広さに思い至る。

参考：近代文芸資料複刻叢書第二集「文明」「花月」複刻版解説I

なお大正七年から九年にかけて『荷風全集』が、大正九年三月には荷風著『江戸藝術論』が、ともに春陽堂から刊行される。荷風が籾山書店から離れていく時期である。

第三節　『俳諧雑誌』

『俳諧雑誌』は、一期・二期と刊行され、二期終刊後は雑誌『春泥』に引き継がれていく。発刊にあたっては、先達伊籐松宇主宰の雑誌『俳諧』をモデルとして踏まえていた。刊行目的として籾山は、「全国俳家の為に、克く好個の競吟壇たり、論戦場たり、風交圏たり、研究場たりうる」ことを挙げている。

『俳諧雑誌』は俳諧に関する随筆、回顧談、句会・運座の記録などで構成し、読者が俳句を投稿し選者が佳作を選定・批評するシステム「雑詠」を採用した。全国の俳人をネットワークし、選定を行う俳人を育成する、という目標に沿ったものである。

籾山は、俳諧旧派に弟子入りし、根岸派つまり秋声会に近づき、その後子規、虚子の日本派に合流するので、結社に属することに関しては、慎重な態度が形成されていたであろう。最終的に籾山は、俳人結社のいずれにも属さなかった。『俳諧雑誌』を、特定俳人結社の機関誌とはしたくなかったのである。

『俳諧雑誌』I期

Ⅰ期は大正六年一月から十二年六月まで続く。初号での籾山の寄稿は、「築地草」というタイトルのコラムで、大場白水郎、上川井梨葉を雑詠の選者として評価し推挙する文、基本的な編集方針の確認など時々の所見・感想を述べている。また二巻十号からは「疑ふ勿れ」というタイトルを付し四回連続で、初心者向けに俳諧の基本を教示する文を寄稿した。その冒頭で〝河東碧梧桐一派〟の新傾向俳句を厳しく批判している。四巻一号では「古き俳諧の新しき使命」の一文を掲げる。俳諧の古い一路が不易の大道であることを認識し、過激思想の撲滅を期さねばならない、とここでも新傾向俳句批判を展開する。籾山の危機感を示している。同号で「明治大正　俳諧百家自傳」も掲載される。同時代の俳人の自己紹介であり、各家の個人情報を見ることができる。前述した籾山の自己紹介は、この欄での記載による。四巻四号から表紙絵を岡本癖三酔が担当することになり籾山は「俳画家としての癖三酔」を寄稿。俳画の歴史を俯瞰的に振り返り、癖三酔の絵画を「俳句の思想の上に立脚して、一種純真にして飄逸なる画風を開拓してゐる」「純粋なる俳画」と紹介する。また雑詠選者として大場白水郎を、初歩欄俳句の指導者として長谷川春草を推す。

以下籾山の寄稿記事を列記する。

四巻六号では「俳句とその力　観察の句と情緒の句」を発表し、俳句の基本要素として観察と情緒を捉える方法を教示する。五巻五号では「俳句と賭博」の文で旧派俳諧での金銭の遣り取りを含む運座の実態を明らかにする。六巻二号では向井去来に関する長文の考証「向井家の系図と去来の遺墨」が載る。六巻三号には向井家の菩提寺に関する情報を追加する。雑詠欄を担当した鈴木燕郎の休養とその後の態勢について六号活字で記載。六巻四号では『草魚句集』のこと、『俳諧雑誌』

雑詠欄に応募し優れた句を発表した草魚（喜熨斗宗治）が二十二歳で夭逝し、句集完成時に籾山、増田龍雨、長谷川春草が追悼文を寄せる。同じ号に、「月並――初學の人のために――」を寄稿し、誤解されやすい「月並」諸派とそれぞれの宗匠を簡明に解説。七巻三号では「きささげ」、樹木キササゲとアヅサとの異同に関する、植物分類にまでわたる考証随筆。七巻六号では「肥桶圖録」、籾山の実家吉村家に勤務した黒部利兵衛という人の全国の肥桶を書き留める奇癖を叙述した文。

『俳諧雑誌』Ⅱ期

大正十五年四月から昭和五年二月まで続く。編集は籾山の実弟である上川井梨葉と大場白水郎の差配となり、執筆者の布陣もⅠ期とは異なってくる。久保田万太郎も編集長格で加わる。また在イタリアローマ日本大使館書記として大正七年から十四年まで勤務していた山田蕙子（本名：安猷）も帰国後、編集に参加している。山田蕙子については、包括的な情報が少ないが、『俳諧雑誌』以降の俳誌あるいはその周辺の句会への貢献度が高い人物である。

Ⅱ期第一巻一号で大場白水郎の俳句における指導者岡本癖三酔の「俳画の説」が載り、以降数号にわたり俳画に関する論稿が数編掲載されるなど、特集テーマの設定という方法も取り入れるようになった。この時期籾山は、友善堂から刊行される『俳諧古典集』三巻本（去来抄・花屋日記／新花摘／芭蕉書簡集）の校訂に繁忙を極めていたのであろう、寄稿数は少なくなる。第一巻五号に「俳句の詞書に就て」「奥の細道の事」を寄稿し、第一巻六号から「故人春夏秋冬輪講」の連載が始まる（第五章第三節参照）。

第一巻八号には、芥川龍之介「凡兆に就て」が掲載された。万太郎との縁で寄稿することになったのであろうが、『俳諧雑誌』読者芥川の作句に対する高い関心も背景にある。

籾山は第一巻八号から「去来抄解義」を二回連載。第二巻一号に大阪の俳人松瀬青々に関する小文を寄稿。

第二巻二号から「雨空」というタイトルで「連作小説」がスタートする。随筆のみならず、小説が掲載されるようになったのである。大場白水郎、長谷川春草、阪倉得旨、増田龍雨、内田誠、伊籐鷗二、山田蕙子によって書き継がれる。籾山の創刊した第Ⅰ期『俳諧雑誌』の基調からは大きく転換してきている。

第二巻八号では籾山の「獨吟歌仙」と自註が掲載される。独吟歌仙に着手する時期である。

他に久保田万太郎句集『道芝』出版記念会の感想、「蠡泥漫録」および足立黙興との共著「鴿崙《こうろん》欄」を掲載。第二巻九号は、久保田万太郎「芥川龍之介氏の死」を巻頭に置く。籾山は妻せんの遺稿俳句集『梓雪句集』を紹介する。

第三巻に入ると籾山が時事新報社に入社する時期と重なり、再び籾山の寄稿は減って、十一号の「白水郎句集出版記念号」に寄せた小文のみとなる。

第四巻では一号に俳書堂刊『新五子稿』に関する詳論を、三号に芭蕉の句「草臥て宿かるころや藤の花」の追補詳説「藤の吟」を寄せる。第四巻以降籾山の子弟、梓山（長男：泰二）梓風（次男：虎之助）の作句投稿が増えてくる。

九号の「諸家新聲」での籾山の句は次の五句である。

入相に撓まぬ枝や風の梅
月かけに莟《つぼみ》みちたり軒の梅
春の霜や麥の畔なる供養塔
世の中におくれてさびし古雛
雛ひと夜淺草の鐘更けにけり

第五巻一号の特集「俳句はどうなる?」に、籾山は文章を寄せていない。

そして二号で上川井梨葉が「『俳諧雑誌』休刊の辞」を、内田誠（明治製菓・宣伝部長／俳号：水中亭）と槇金一（阪倉得旨とも、玉屋商店・役員／俳号：虎眠亭）が連名で「『春泥』創刊の辞」を述べる。『俳諧雑誌』から『春泥』への移行については内田、槇両名を中心に行うことになり、久保田万太郎、大場白水郎も含めた五者会談で了解を得ていた。内田・槇両名については後述（第九章第三節）。籾山に代わり、明治二十年代生まれの会社員の一群が雑誌編集に携わるようになった。

第四節　『春泥』など

〝俳風随筆雑誌〟の創刊

『俳諧雑誌』Ⅱ期を経て、「俳諧にのみ偏せず、意の赴くがまゝに八方の風流に手を伸ばして興趣深き雑誌をつくりたい」という趣意に則り、〃俳風随筆雑誌〃という特色を持つ『春泥』が創刊される。その変遷過程の中で、時事新報社役員としての籾山は雑誌編集から身を引き、雑誌寄稿も減る。

大正期後半から昭和前期にかけての戦間期（一次大戦と二次大戦との狭間）には、日本にも経済的な余剰と精神的な余裕がもたらされ、文芸界にも変化が生まれる。随筆ジャンルの出版点数が拡大したことと、文芸書の著者・出版者に会社員が進出してきたことである。

参考：特に大正期作家の随筆については、篠田一士編『谷崎潤一郎随筆集』（岩波文庫　一九八五年八月）の篠田による解説により概略を知ることができる。

また大正末期から昭和十年代にかけ随筆興隆期に刊行された主な随筆叢書と随筆雑誌は、以下の通り。

随筆叢書

『感想小品叢書』全十一巻（新潮社　大正十三年〜十五年）十一人の作家による作品大成

評論・随筆家協会編『現代随筆大観』（新潮社　昭和二年）五十一人の作家による小文集

文芸家協会編『昭和随筆集』全二巻（日本学藝社　昭和十一年）

金星堂編『現代随筆全集』全十二巻（金星堂　昭和十一年〜十二年）

随筆雑誌

『随筆』（随筆発行所　大正十二年）／『随筆』（人文会出版部　大正十五年）／『モダン日本』（文藝春秋社　昭和五年）／『書物展望』（書物展望社　昭和六年）／『古東多万』（やぽんな書房　昭和六年）／『文体』（文体社　昭和八年）／『随筆趣味』（双雅房　昭和九年）／『読書感興』（双雅房

昭和十一年)

雑誌『春泥』は、随筆興隆期の昭和五年三月に、文芸を余技として嗜《たしな》む、ゆとりを持った会社員二人によって創刊される。主宰者は、明治製菓の宣伝担当(部長)内田誠と銀座の貴金属商・玉屋商店の役員阪倉得旨であり、文芸を生業《なりわい》としない会社員であった。阪倉は雑誌『春泥』出版を機に、自ら春泥社という出版社を興すことになる。籾山書店は、『春泥』の発売所として記載されている。『春泥』初号には高浜虚子、鈴木三重吉、吉井勇、久保田万太郎の座談会、二号には小村雪岱、梧道軒圓玉、増田龍雨、小泉迂外、大場白水郎の座談会「墨田川」(小村雪岱による挿画「墨田川西岸一覧」を各頁に配置)、三号には里見弴、木村荘八、久保田万太郎、喜多村緑郎、澤村源之助の座談会が挿入されている。また「いとう句会」が結成され、『春泥』の各号でその内容が紹介された。これらは、『俳諧雑誌』のトーンとは大きく異なる、新雑誌の斬新な企画となり、従来の俳誌という位置づけから徐々に離れていく。

眼疾に悩んでいた籾山だが、昭和五年十月からは、胃腸疾患により中州病院に入院する。不慣れな面もあった時事新報社取締役という重責が、体調に異変をもたらしていたのだが、翌年『春泥』十八号(昭和六年九月刊)から俳句の寄稿を開始し、岡本癖三酔の句の直前に掲載されている。

鶯やさゞえを揚ぐる朝ぼらけ

蕉風の「かるみ」

二十六号に「くひしんぼう」と題し十九句、三十号に「夏去り秋来る頃」として二十五句を寄稿する。その後暫くは掲載が無かったが、昭和十二年頃より「かるみ」「輕味」を標題とした発句を活発に寄稿する。

「かるみ」について籾山は次のように定義するが、籾山が、俳諧古典書の校訂以外で、俳諧の基礎概念について述べるのは珍しいことである。

輕味は月並にあらず、月並にあらざるにもあらず。兩圓相接し、時に相交る。月並は菟玖波の昔に泝《さかのぼ》る。同集既に「ふかぬ間も風ある梅のにほひかな」あり。輕味は蕉風の一體なり。「あぢさゐや帷子時の薄浅黄」。その他蕉門輕味の句擧げて蕉風の旨とする所は別に是あり。たゞ時に出でゝ輕味に遊ぶといふのみ。いかなる人も常にしかつめらしくてのみはあり得べからず。俳家の時に出でゝ輕味に遊ぶも亦咎むべきにあらざらん。

「春泥」は遊戯を尊ぶを以て意義となす。遊戯もと輕味にあらずといへども、遊戯にして克く枯淡ならば、究竟は輕味に到達すべく思はるゝのゆゑに、予はことさらに愚吟の輕味にわたれるものを採つて、この誌に寄せんとはするものなり。（『春泥』昭和十二年三月号）

蕉風の「かるみ」を、籾山の作句における基軸とすることを闡明したマニフェストである。次号四月号からは「かるみ」と題する投稿を継続する。昭和十二年八月号・九月号には夭折した次男梓風を悼む句も載せる。

梓風むなしくなり侍るころ
めつきりと涼しき日なる悔客

『春泥』の刊行は、昭和十二年十二月まで月刊で足掛け八年継続したが、籾山はその最終号（八十九号）にも「かるみ」と題し七句寄稿している。

参考：頴原退蔵《えばらたいぞう》「『軽み』の眞義」（『芭蕉研究』昭和十八年十二月号）

その後の『春泥』

『春泥』六十八号（昭和十一年三月）に、籾山は扇谷隠士と名乗り、「蘭八稽古本の再刻と宮園千春の思出」の一文を寄せ、趣味である俗曲に関する知識を披露している。

『春泥』は、その後戦前期は雑誌『春蘭』『縷紅』に継承され、戦後になると久保田万太郎主宰・安住敦編集によって昭和二十一年一月『春燈』が創刊され、現在まで『春泥』の精神は引き継がれ九十年以上の歴史を誇っている。

籾山は昭和二十五年頃より歌仙を『春燈』に寄稿するようになる。座の相手は主に野村喜舟であったが、大場白水郎、田島柏葉との連吟もあり、時に独吟も含まれていた。戦後鎌倉で落ち着きを取り戻す中、籾山は歌仙の運座へ関心を深くしていく。

野村喜舟（本名：喜久二　明治十九年五月生～昭和五十八年一月没）は石川県金沢市生まれ。明治四十年頃より俳句を始め、俳誌『渋柿』の主宰者松根東洋城に師事。幼少期は浅草鳥越で過ごし、後小石川内を転々とし金富町に居住する。戦中期小石川の砲兵工廠に勤務し小倉への転勤も経験する。昭和二十七年から五十一年まで俳誌『渋柿』を主宰。句集に『小石川』『喜舟千句集』など。

参考：森銑三は野村喜舟の俳句にも興味をもち、一文「喜舟千句集を読む」を遺した。喜舟の詠んだ二十五句を選び、それまで見過ごされていた良句として評価している（小出昌洋編著『森銑三遺珠Ⅱ』研文社　平成八年十一月）。

第七章　三文豪〈荷風・鷗外・漱石〉に向かう姿勢

第一節　生涯の友・永井荷風

荷風との出会い

籾山は、荷風とは丸二年先に生まれ（明治十一年一月十日）、丸一年先に逝く（昭和三十三年四月二十八日）。荷風の生きた時代を通して傍らにいた人物ではあるが、荷風の存在が大きいだけに、その陰になるのも無理はない。

荷風は、森鷗外、上田敏の推挙により明治四十三年四月から慶應義塾教授として講義を開始した。ふたりの最初の出会いは、同年五月に『三田文学』が創刊され、編集主幹荷風が発行所籾山書店の主である籾山庭後に紹介された時である。その時の印象が、「樅山庭後」という文に描かれている。荷風のその小文は、初対面の印象から書店経営に関する籾山の基本姿勢にまで筆は及んでいて、籾山の全体像を描出している。

「庭後子は其の時初対面の礼儀を重んずる為めか、紋附の羽織に仙台平の袴をはいて居られた。年の頃は三十五六とも覚しく（筆者注：実際は三十二歳）、言語態度の非常に礼儀正しく沈着温和上品なる事が、私の目には寧ろ不思議に感じられた。」

「私は籾山氏が江戸庵といつて子規派の錚々たる俳人である事を其の時は少しも知らなかつたのである。文学に関する事凡て一言云へば直様互に意の通じてしまふのも尤な訳である。夏目漱石の有名なる「吾輩は猫」の小説の如き嘗て庭後子が俳席を築地の庭後庵に開かれつゝあつた時分漱石子も出席して之を朗読されたのだといふ事である。籾山氏は一方慶應義塾理財科の出身たると共に其の文学的方面に於ては根岸派の立派なる俳人である。

氏は蕉門の杉風が魚屋であつた様に、一方は飽くまで昔風の商人たらんとし、同時に文学を愛好せんとして居る。商と文とは籾山氏に於ては決して矛盾しないものである。」

「籾山氏の周囲はいづれも非常に手堅い商家で、籾山氏が一個人として書店を経営してゐる事にも親類中は全然反対だといふ位である。されば氏が樅山庭後なる雅号を用て小説を書いてゐるといふ事が分ればますます物議の種となるに違ひない。」

この「樅山庭後」という文は、『三田文学』大正四年九月号の「文人合評」というタイトルの欄に掲載されたが、同じ欄で増田廉吉、井川滋による籾山に関する好意的な人物評も併せて掲載されている。

荷風との逸話

『三田文学』発刊後における荷風と籾山との関係について、後年言及されるのは、以下の場面である（本項では秋庭太郎『考証　永井荷風』（岩波書店　昭和四十一年九月）も参照している）。

（一）大正元年暮れ荷風の実父久一郎が危篤に陥った時、荷風は結婚後間もないのに、愛人である芸者八重次と同衾していた。家族には居場所が皆目見当がつかなかったところ、籾山が勘をはたらかし、居所を探り当て荷風を連れ戻した。荷風が難事に陥った際の見事な捌き。

（二）荷風の作品が籾山書店から続々出版されたこと。

（三）荷風『断腸亭雜藁』（籾山書店　大正七年一月）へ序文「断腸亭記」を寄せ、荷風への敬愛を示した。「心ありて庭に栽ゑけり断腸花」は籾山の荷風へ献上した句（前記「俳文・和文」の項に詳述）。

荷風の友人である日夏耿之介は、「断腸亭記」に触れつつ、籾山の人柄を次のように表現している。

「商に隠れ牙籌《がちゅう》（注：算盤）を執った俳道風雅の人で、句も文も連句も、かなり自己を踏んまへ、賈《こ》市に遊ぶ市びとの立場の自ら異る風流心匠を心得且それを示してゐた豪富で（従って職業文士には閑視せられたが）、その文は、古く例へば、永井荷風著断腸亭襍藁の叙のごときが、敬屈柔謙の生き方のさがをあらはにあらはして一寸おもしろい」（「特集　永井荷風研究」『明治大正文学研究』第十号　東京堂　昭和二十八年）

（四）荷風が籾山の住まい築地庭後庵の近所に居を移す大正七年暮れ前後から、ふたり連れ立って俗曲稽古に励んだこと。荷風の小説に通奏低音として俗曲は響いており、籾山はその導き手となっていたのである。

荷風自身の俗曲稽古の変遷をみると、明治四十五年に哥澤（歌沢）を始め、大正四年清元へ移り、大正七年から薗八節、大正八年は新内と、三十歳代の間目まぐるしく移り変わっている。大正八年九月になってロシアオペラを八回観劇し、それ以降三味線音楽とは絶縁した。

（五）籾山の蔵書となる古俳書・漢詩文集・江戸雑書を荷風に貸与していた。

（六）大正五年四月から雑誌『文明』を共同で編集発刊したが、雑誌存続について両者の考え方に齟齬が生じ、大正七年春以来疎遠になった。のち大正十五年五月、三田東洋軒で偶然出会い、久闊を叙した。

（七）荷風は籾山からの来信を大事にしており、昭和十四年六月「庭後庵尺牘」として編集し合本にしていた。

（八）荷風の作品「雨瀟瀟」に登場する彩牋堂主人のモデルが籾山である、と擬せられること。筆者には籾山仁三郎が単独のモデルとは思えない。後述のように籾山の実兄である吉村佐平との合体モデルであろう、と推定する。随筆と小説の融合である「雨瀟瀟」については、後述する。

（九）籾山の花柳界での遊興について、籾山自身が語ることは無かったが、籾山と芸妓六花とが親しい関係にあったことは、荷風の二通の葉書によっても推察される。六花は、帝劇女優佐藤はま子の妹にあたり、八重次の妹芸者。

明治四十五年二月二日　荷風が「哥澤稽古」（注：芝加津が師匠）に籾山を誘う。芸者〈狎妓〉六花と狎れ親しみ、六花と歌沢稽古に通う。
大正二年三月二十六日　荷風の八重次宛の葉書「六花と昼飯をたべ籾山さんののろけさんざん聞かされ帰り候」
大正二年六月十六日　　荷風の井上唖々宛葉書「籾山さんと六花ますます大熱なり」
籾山は役者顔のいい男であり、謡をやり邦楽全般の心得もあるので声も良かったであろう。日本橋の大店に生まれた男の芸事で、芸妓をいい思いにさせる技を心得ていたに違いない。しかしながら所詮妻子ある身の遊び、自ずと限度はあり、抑制を効かせるのも技の内である。
（十）『荷風全集』第八巻（中央公論社　大正四年）附録に掲載された「『夏すがた』の初版についてにおいて、出版までの経緯と出版後の発行禁止への対応が叙述されている。
（十一）籾山家のかかりつけの病院、日本橋中州にあった中州病院を、大正五年五月頃荷風が胃腸疾患で悩んでいた時に、籾山が紹介した。籾山と荷風の担当医は院長の大石貞夫であった。大石は荷風の次弟貞二郎と中学校で同級。大石については、嶋田直哉氏が「大石貞夫小伝――永井荷風の主治医」（『図書』岩波書店　二〇二二年十月号）において略伝を収めている。それによると早逝した大石（昭和十年一月没　享年五十三歳　明治十六年生まれで籾山、荷風より四、五歳若い）を追悼する文集『不鳴録』（非売品）に「夢のはしばし」と題した籾山の追悼文が載っていて、大石の豪放かつ繊細な性格を活写しているようである（筆者は未読）。
『春泥』（昭和十二年九月号）にも同題「夢のはしばし」で、歌舞伎役者尾上松助を追悼する文を籾山は寄稿している。「夢のはしばし」というタイトルは、追悼にふさわしいと籾山は考えていた。

嶋田氏は、荷風の愛人関根歌の精神病診断と荷風の梅毒診断を大石の誤診としているが、これは大石と籾山が、色の道に〝お盛んな〟荷風を戒めるため、わざと仕組んだ〝悪だくみ〟であったのではなかろうか。〝誤診〟となった後でも、荷風は中州病院で受診している。

なお雑誌『文明』に大石は「談」として二回寄稿している。筆名「自然居士大石貞夫」で「禅学」（第二十五号　大正七年四月）と筆名「大石自然居士」で「角力雑感」（第二十八号　大正七年七月）である。禅および相撲は、籾山の嗜好、趣味に沿ったテーマであり、大石と話しながら籾山の考えも入れ込んだ記事であろう。大石の俳号は、不鳴庵冬牆《しょう》。

（十二）籾山が中州病院に入院中、荷風は見舞う。また退院後もいたわりの書状を籾山に送り、籾山がそれに答える。

昭和五年十一月七日　荷風、中州病院で籾山入院を知り、四階に見舞う。

昭和六年三月二日　荷風、病気再発で入院中の籾山を見舞う。荷風は病床の籾山を見て「芭蕉が寝ているようだ」と冗談を言った、と籾山の長男泰一が秋庭太郎に伝えている。

昭和六年三月三十一日　「（断腸亭日常より）曇りて風なし。梓月子病既に痊え鎌倉の邸に帰る。書を寄せ句を示さる。

　　　歸庵安堵の吟

一木のちらぬありけり梅の花

　　草庵小情

花の香や梅のあとより沈丁花

世間俳句を詠むもの無慮萬を以て數ふべし。然れども斯道の奥秘を究め其吟作故人と匹敵すべきもの君を措いて他に無し。」

（十三）相磯凌霜との対談の中で荷風は、籾山について、「籾山さんは学者だし、それに本が好きなんですよ」と述べる（『荷風思出草』毎日新聞社　昭和三十年七月）。

『文明』における荷風と籾山

前述の通り、『文明』は大正五年四月号から大正七年九月号まで、欠月無しで三十号が連続刊行された月刊文芸誌である。永井荷風が編集主筆・発行人の立場に就き、籾山が編集・印刷・販売の役割を果たした。籾山は原稿が集まらない月には、埋め草も執筆した。『文明』に関与したもう一人の人物井上唖々は、毎号の内容・執筆者について提言する立場にあり、編集の実務的な作業は籾山が担った。井上は大酒飲みで、下戸の籾山とは合わず、大正三年三月籾山書店から解雇されていた。

発刊当初籾山は、世評芳しくなかった荷風を勇気づけ、『文明』を活用し「文藝と文藝家の品格の為に尽くす」べし、と唱導した。大正五年十二月二十九日付け荷風宛て籾山の書簡に、「荷風の採るへき道一つ」として籾山の考えを次のように述べる。

一　東京朝日大坂朝日に漱石氏の後を襲ひて入社する事

一　それと共に「文明」をうんと厳粛にして門下生の試作場とする事

一　かくして門戸を張りて青年を養育する事
一　「文明」には何も書けなくなるやも知れねど談話筆記など掲げて門下生の為に説教する事

籾山は、時事新報のような大新聞《おおしんぶん》ではない、東京朝日大坂朝日のような子新聞《こしんぶん》に〝身売り〟（専属）するような漱石を認めてはいなかった（本章第三節で詳述）ので、荷風の入社など本気で推奨するはずがない。文芸を広めるメディアとして『文明』を積極的に位置づけ、文芸を主導しようとする心意気を示す一文である。
『文明』発行後における籾山と荷風との確執については、雑誌『文明』の項で詳述した。

荷風「雨瀟瀟」

荷風に関する数多ある文芸評論の中で籾山は、荷風の著作物を出版する籾山書店主として登場するか、あるいは大正十年三月に発表された荷風の小説体随筆「雨瀟瀟」に登場する彩牋堂主人ヨウさんのモデルとして擬せられるか、のいずれかである。
ヨウさんは、自らを「我々の如き旧派の俳人」と言い、「新傾向の俳人は六号活字しか読めないのだから」と新傾向俳人とも仕切りをつける人物である。また荷風はヨウさんに愛妾「お半」を設けるが、管見の限り籾山に〝愛妾〟は存在しなかった。籾山の行きつけの店は、現在の銀座三越裏三十間堀川沿い東側にあった料亭「藤むら」で、そこは芸妓の踊や三味線音楽を楽しむ場であって、〝愛妾〟を供するような店ではなかった。

籾山の遺業、生き様を探索している筆者にとって、籾山が彩牋堂主人ヨウさんの単一モデルだとは思えない。評伝ではない小説のモデルは、単一人物から題材を掬い取るのではなく、複数の人物の合成から成っているのではないだろうか。故加藤郁乎氏は、籾山の生家吉村家の次男、籾山の次兄吉村佐平と籾山とを合成した人物であろう、と推定している。佐平は内国通運および国際通運において、取締役として明治三十二年の会社設立以来会社清算時まで三十年もの間取締役を続けた人物である。薗八節を初めとして俗曲を巧みにこなす技芸に優れ、晩婚で至極若い嫁をもらう。佐平と仁三郎両名がモデルであったとしたら、両名を上手い具合に取り込んでヨウさんを創り上げたのは、やはり荷風の腕である。

荷風の交友圏と籾山

文部官僚の息子であり、慶應義塾の教師もこなす荷風と、日本橋生まれの商人の息子である籾山との交遊では、二人の出自の違いで魅かれ合うところもあったであろうし、またその上で邦楽・俗曲という同じ趣味で連れ合うこともあったであろう。

荷風の交友圏と籾山の交友圏とは重なる部分もあるが、重ならない領域の方が多くを占める。例えば荷風の交友圏の中に岡野知十がいる。「遊俳」を信条とした知十と、俳諧を余技とした籾山とは、同一の交友圏にあるように思えるが、ふたりが交流する場面は、管見の限り見当たらない。岡野は荷風との交友関係が篤い。明治三十三年に刊行された岡野の著作『晋其角』『雨華抱一』には籾山も注目したであろうが、籾山の文章の中では触れられていない。

また荷風晩年の友人で、荷風の江戸文献渉猟の導き手ともなり、また荷風の生活援助までも行った相磯凌霜は、明治二十六年生まれ、籾山とは一世代の年の差がある。大正時代以降鉄工所の経営者としてビジネス活動を行うが、昭和十七年から荷風を援助するようになる。荷風と相磯との対談集『荷風思出草』（毎日新聞社　昭和三十年七月）の巻頭写真に写る相磯は、三つ揃いダブルの背広を着た貫禄ある経営者である。一企業の経営者が文筆家をパトロネージできる時代が戦間期から始まる。出版社の経営者から新聞社役員に転進した〝日本橋っ子〟籾山は、生業と余技に関する考え方において、〝ビジネスマン〟相磯とは見解を異にするところもあったであろう。

第二節　鷗外への畏敬

軍医という生業を全うしつつ、明治二十五年から慶應義塾で審美論を講義し、作家活動も並行して継続していた森鷗外は、籾山にとって畏敬の対象であった。鷗外に対する籾山の接し方をみると、職業作家永井荷風に対する友情、敬意とは異なる思いを感じていたことがわかる。

鷗外との交流

明治四十三年、鷗外が俳書堂、籾山書店へ原稿を〝交附〟することが始まり、大正年間籾山が鷗外宅を訪問し、鷗外と〝来話〟することも複数回にわたる。鷗外が、日本橋生まれの商人である出版社社主から話を聞く機会を設けていたということである。鷗外は籾山の〝来話〟が気に入ったのか、大正八年には籾山の家族が一緒に来訪することを許容するまでになる。推量するに、鷗外と籾山との間では、出版界事情・俳壇現況・風俗〝時世粧（流行）〟と消費実態・商人町人の職業倫理と遊興生活・籾山の様々な趣味など、話題には事欠かなかったであろう。

明治四十四年一月十八日上野精養軒で『スバル』『三田文学』『新思潮』『白樺』という文学系雑誌四誌が合同で統一雑誌を刊行する、という目論見の打ち合わせが開催された。これには森鷗外を〝盟主〟として自然主義に対抗しよう、という企図が背後にあった。籾山がその雑誌の販売を引き受けることになり、計画の説明も籾山が行なった。鷗外の籾山に対する信頼が感じられる。発行月には個々の雑誌を休刊にし、この合同雑誌に一斉に注力し販売は籾山書店に委託する、という籾山の提案説明に対し、武者小路実篤が大声で反対して企画は実現せずあっけなく終わったという事件である。この逸事は、鷗外が文学界の中心になることに対する白樺側などからの抵抗として捉えることもできよう。志賀直哉が「荷風のこと」という一文に当日の模様を記述している。

籾山書店で初めて鷗外の著作を刊行するのは、大正元年八月の『我一幕物』である。脚本十一編、叙事詩一編（「長宗我部信親」）を含んだ脚本集である。この脚本集出版の直前（明治四十五年四月）から、鷗外の日記の中での籾山あるいは籾山書店に関係する記述を辿ってみる。

明治四十五年四月二十二日　籾山書店が予の作を発行するに意ある由を言ふ
大正元年十四日　　石田新太郎・永井壮吉・籾山仁三郎と築地野田屋で会食
大正二年三月十八日　走馬燈と分身とを纏めて籾山書店の大場總太郎にわたす（筆者注：大場

總太郎は大場白水郎の本名）
大正二年四月八日　植竹喜四郎に「軼事編」の原稿をわたす
　　　　　九日　植竹喜四郎が来て請へるにより、「軼事編」を「意地」と改む
大正二年五月一日　植竹喜四郎来て意地の原稿返す
大正二年五月六日　本間俊平、植竹喜四郎、籾山仁三郎に書を遣る
大正二年六月五日　籾山仁三郎来話す　白花の石竹を買ふ（筆者注：石竹《せきちく》は赤色の花が多い）
大正三年二月三日　籾山仁三郎来話す
大正三年六月五日　上川井良来て新潮社との擾紛全く解くるを報ず　涓滴の版は籾山書店の手に帰したり（筆者注：明治四十三年に同じ書名・内容で新潮社から出版され、大正十二年に新潮社から再刊されている。管見の限り、籾山書店からは『涓滴』は出版されていないので、詳細は不明）
大正三年十一月十六日　籾山仁三郎来話す
大正四年三月十一日　籾山仁三郎来て、青年の再刊することを告ぐ
大正四年四月一日　雁を書き畢り、籾山仁三郎に通知す
大正四年四月四日　籾山仁三郎来話す
大正四年四月五日　籾山仁三郎に雁を交付す
大正四年九月四日　籾山仁三郎来話す　Goetz の粧飾画を和田英作に嘱することとす
大正四年十二月十三日　籾山仁三郎来話す。永井壮吉の近状を聞く
大正五年二月二十六日　『江戸庵句集』が郵送されたので籾山仁三郎宛に礼状を送る（筆者注：

礼状の内容は、次の通り。「先日来日刊新聞に物書くことゝなりてより心常にあわたゞしく俳句を味ふに宜しき時は殆ど無く今後も容易に得られぬかと思候」通勤の電車窓外の景物を見て「鴛鴦や揃へたやうな二つがひ」の句を添える。）

大正五年三月九日　籾山仁三郎来話す
大正八年三月二十三日　籾山仁三郎妻子来訪

明治四十五年四月二十二日、籾山書店から、鷗外作品を出版するにあたって「意ある由」を伝えてきたと日記に記載されている。上記の〝合同雑誌事件〟から一年三ケ月経過し、鷗外作品の出版を手掛けることを諒として、あらためて鷗外はその意思を伝えたのであろう。この日籾山自身が訪問したかどうかは明記されず不明ではあるが、「言ふ」となっているので直接対話したのでは、と推測できる。

豪華本の刊行

大正期に入り大正二年六月、籾山書店から『走馬燈』『意地』と題された鷗外の二冊合巻箱入りの豪華本が刊行される。『走馬燈』には「藤鞆絵」「蛇」「心中」「鼠坂」「羽鳥千尋」「百物語」「ながし」の七編が、『意地』には「阿部一族」「興津彌五右衛門の遺書」「佐橋甚五郎」の三編が所収されている。絶妙な作品の組み合わせを美麗な装幀・造本の中に納めた絶品であり、籾山書店の胡蝶本を凌ぐ刊行本となっている。

『走馬燈』には町人・商人階層が主人公となる作品が含まれ、『意地』には大正五年から六年にかけて発表される史伝三部作「澁江抽斎」「伊沢蘭軒」「北條霞亭」の先駆けとなる作品が含まれており、鷗外作品の出版史の中では重要な刊行物と言えよう。

『意地』の出版についていては、大正二年四月八日の項に登場する植竹喜四郎（明治十七年生〜昭和三十八年没）が関わっている。植竹は、栃木の富豪植竹三右衛門の三男で、植竹書院を創業した。大正二年から五年にかけて自然主義派の私小説を含む文芸書を中心に出版事業を行った出版社である。大正二年六月刊行の田山花袋著『心中未遂』の装幀は橋口五葉が担当した。「軼事編《いつじへん》」から書名を変えた鷗外の『意地』は、前記のように籾山書店から大正二年六月十五日に刊行されている。鷗外は『意地』の出版社として当初は植竹書院を想定していたが、急遽籾山書店にスイッチしていたことが、前記浅岡邦雄氏の著書『〈著者〉の出版史　権利と報酬をめぐる近代』の「籾山書店と作家の印税領収書および契約書」の項の中で示されている。鷗外自身の判断か、あるいは籾山からサジェスチョンがあったのかは不明である。なお植竹書院は大正五年に廃業し、短命の出版社として終わっている。

参考：植竹書院については、山中剛史『谷崎潤一郎と書物』を参照。（秀明大学出版会　令和二年十月）

〝東京の南〟への関心

鷗外は津和野から東京に出ると、まず東京の東に位置する向島の寺島に住んだ。その後、父森静男の経営する医院があった千住に移り、千駄木観潮楼に居を定めるまでは、ずっと東京の北方千住の住人であった。明治四十二年八月鷗外が、縦横の両軸で場所を検出することができる新機軸の『東京方眼圖』を編纂したのは、東京は北方向だけではない、南方向も含め俯瞰すべきだ、と考えたからではないだろうか。南方向日本橋生まれの籾山は、鷗外にとって、東京を理解する上での導き手足り得たであろう。

南方向へ地域的な関心の拡がりとともに、産業の進展と階層の分化にも目が向いていく。東京化学製造所という企業を舞台にした「里芋の芽と不動の目」（初出は明治四十三年二月号『スバル』）など明治末期の作品は、その証左である。明治四十三年五月には日比翁助、益田孝の来訪を受ける。また消費文明への関心も高まり、明治四十年一月雑誌『趣味』に詩「三越」を発表する。三越店頭に立つ店員の眼から顧客の童女に対する想いを綴った、一連三行六連の詩である。この詩は、「腰辨當氏作」として掲載された。〝安月給取りの勤め人〟つまり明治末年から大正期にかけ階層として成立した「会社員」の作として発表したのである。鷗外は産業進展、消費文化、階層分化、という時代変化にも反応している（尚この詩は同年二月雑誌『時好』にも再掲載されている）。明治四十三年十二月には三越「流行会」に加入し、翌年から三越の発行する『三越タイムス』にも「さへずり」「流行」「田楽豆腐」「女がた」などの小品数編を寄稿する。

「細木香以」のこと

鷗外晩年の作品に「細木香以」がある。先行する史伝二作『澀江抽齋』『伊澤蘭軒』の連載が終わり、『北條霞亭』の連載が開始される直前の大正六年九月、老いを迎えるにあたって文芸に対する姿勢を再確認する随筆「なかじきり」を鷗外は発表。それに続き、江戸末期の幕府財政の推移に言及した「鈴木藤吉郎」が連載され、その終了直後、大正六年九月から十月にかけ十五回にわたり『東京日日新聞』『大阪毎日新聞』に連載されたのが「細木香以」である。史伝というよりは随筆と言ってよい文でまとまっている。鷗外の視野の中に、江戸末期の幕府官僚「鈴木藤吉郎」や、同じく江戸末期に「今紀文」と呼ばれた豪商「細木香以」が入ってきたのである。

天保時代を中心に遊里・遊芸の世界で名を馳せた酒問屋「津藤」の主人を、二代にわたって描いたのが鷗外の「細木香以」である。従来から、仮名垣魯文『再《い》來《ま》紀《き》聞《ぶん》 廓《くるわ》花街《のはなまち》』を概ね踏襲した作品として扱われ、再評価される機会が少ない。

「細木香以」執筆動機については、鷗外の住まい観潮楼の地所にかつて香以の取り巻きのひとりであった小倉是阿彌が住んでおり、明治四年九月香以没後一ヶ月経過した際、香以生前の友人を招き一周忌法要を執り行った、ということから関心を寄せ「細木香以」を執筆した、という論が一般的である。また芥川龍之介の小品「孤独地獄」（雑誌『新思潮』大正五年四月号）の主人公であり、香以が芥川と姻戚関係にあったことを鷗外が知り、芥川と話をしていることが、これまで文芸批評では言及されてきた。

今紀文と言われるほどの豪奢な暮らしをするが、最終的に〝零落者〟（森銑三の言葉）となる津藤細木香以に関して、鷗外は何故一文「細木香以」を遺したのであろうか。小堀桂一郎氏は、小倉是阿弥が居住していたことについて、「鷗外が香以を評傳する動機として有力とも思へない」とし「幕末維新期の激動の時代に榮華の頂點から衰亡の奈落に沈淪して行つた近世の趣味人の運命の轉變に多少の興味を惹かれてこの一篇の筆を執つたのであらう」と述べているが、果たして鷗外の関心は、「近世趣味人」の運命の転変だけであったであろうか。

参考：小堀桂一郎『森鷗外　日本はまだ普請中だ』ミネルヴァ書房　二〇一三年一月

鷗外には、医家・学者・武家に対する関心だけではなく、経済人である〝コンテンポラン（同時代人）〟に対する興味もあり、明治期商業資本が形成される直前の江戸末期における町人階層へ関心の対象が拡がっていったのであろう。江戸末期町人の中に代表的江戸人を掬い取ろうとしたのではなかろうか。今紀文と謳われ、遊郭を根城に遊芸・文芸に秀で、パトロネージの精神を発揮し芸人・俳人をネットワークしていた細木香以に、鷗外は新鮮さを感じ、また町人の一類型を見出していたとも想定できる。籾山との会話の中で、江戸町人の申し子である籾山から、商人《あきんど》の考え方や生活振りを知る機会を得ていたのではないか、また雑誌『文明』に「時世粧」と題して流行事情を連載していた籾山から、時々刻々変化する先端流行情報を鷗外は得ていたのではないか、と筆者は考えている。遊里・酒房・花柳界に出入りの無かった鷗外にとって、その方面に詳しい籾山は適切な解説者でありえた。

明治末年から三越の「流行会」に参加し、当時の芸能や消費文化・流行にも関心を持ち始めた鷗外にとって、文化形成におけるパトロネージは、最晩年のテーマとなりえた。パトロンとしては、生業と余技とのバランス、交流圏の中で追随者へ与える情味、自身の文芸・遊芸での技量、という三つの要件が問われることを、鷗外も洞察していたであろう。

「細木香以」の連載中、鷗外は数次銀座に散歩に出かけている。香以である津藤の店《たな》は山城河岸にあった。現在の銀座コリドー街の付近であり、執筆に参考になるのでは、と鷗外は出かけたのかもしれない。

籾山が死去した際、大場白水郎は追悼文の中で、籾山が亡くなる直前に「俳句同好会月報」に寄せた、「細木香以」に関する自句自註を紹介している。永井荷風は、鷗外より自分の方が「細木香以」をより上手に描くことができるであろう、と記していたし、籾山も俳諧・遊芸に関する知識は鷗外よりも豊富にある、と感じていたであろう。細木香以が、江戸から明治にかけて活動した旧派と呼ばれる江戸座俳人をパトロネージしていたこともあり、「細木香以」は、籾山にとっても深い関心を寄せるテーマであった。

籾山によるこの一文は津藤・細木香以の晩年を、津藤に贔屓された人物の視点から描いた小品であり、一句の自註という形式をとって、読み手の心に津藤を銘記させる。また森鷗外の「細木香以」を補う内容もあるので、転々載となるが、ここに全文を載せることとする。

香以が旧事を

秋の夜や穴蔵出づる濡小判

香以は細木氏、通称藤兵衛、屋号津国屋依て津藤を以て呼ばる。幕末より明治に亘りて、豪富と豪遊とを以て世に聞えたり。香以はその俳号なり。鷗外先師に「細木香以」の作あり。伊籐松宇翁曾て「香以句集」を編みて雑誌に掲げる事あり。予若かりし頃、両国の裏通りに、小見世一つ持ちたりける袋物屋、丸新事江南清次郎といふ者より、をりをり思ひ出話、香以が旧事を聞くを得たり。丸新は香以の眷顧《けんこ》を受けたる者、所詮はその取巻の一人なるべし。

丸新は天保の改革にて身上を召上げられたる丸利に奉公し、主家の娘すみと出来合ふて、遂に暖簾を分け丸新といへるなりき。香以の父なる津藤も豪勢なる人にて、丸利の上得意なりしと云ふ。香以の津藤は金銀を湯水の如くなりければ、流石の家産も為に傾くに至れり。香以が一代豪奢の物語、詳しくはここに述べ難し。此句は丸新が回顧談の一つを只そのまま詠めるにて、その次第は、ひととせ秋もやうやう肌寒なりける一夕、香以めづらしく家に在りて、誰彼取巻ども相手に酒宴の折纏頭《てんとう》（筆者注：祝儀）として与ふべき為にやありけむ、大番頭なにがし老人を召して、金子を齎《もたら》すべく命じけるほど、しばらくして老番頭小判一包盆に載せたるを持ち来たせり。香以小判の包紙の濡れたるを凝と見て、老人に向つていふ。穴蔵もはや底になりたりと見ゆ、この小判のぐつすりと濡れたることよ。わが身上もやがてなるべしと。老人なんのいらへもなくて、去つて窃に涙を拭へる様子なりけりとなり。此句はこの一夕の光景をいへるのみ。

（附記）津藤家運傾きて後は、遊女なにがしにかしづかれて、上総の木更津に隠る。吉原の幇間松廼家露八《まつのやろはち》家を訪うて旧恩を謝す。香以何がな彼に与へばやとは思へども、今は尾羽うち枯らして、身辺一物の彼に取らすべきものなし。思案少時、遂に父母の法名を刻める桑の位牌を取りおろして彼に与へけるよし、心ありての業かと思はれて哀れなり。露八も之をわが家の仏壇に納れて折々の香花を忘れずとなり。

この小文と、森銑三による二編「香以と露香」（『新文明』昭和三十七年十二月号）・「細木香以の手紙」（『歴史と人物』臨時増刊　昭和四十五年十二月号）とを併せ読む時、香以のパトロネージの精神に思いいたる。森は、香以が取巻きに対しても、「大尽風を吹かせたりはしてゐない」と指摘する。また手紙からは「いふべからざる情味の溢れてゐる」と香以を評価する。金銭的、物質的な賦与が可能でなくなった時でも、香以は「心尽くし」を行うが、籾山はその「心尽くし」に感銘を受けている。「情味」に裏打された「心尽くし」こそパトロネージの真髄なのである。森は、この香以の手紙を荷風に見せておくべきであった、と後悔しているが、籾山のこの小品を素材に、荷風なら一編をどのように捌いていったか、興味の湧くところである。

籾山は、雑誌『文明』第二十三号の『一服茶話』の欄でも、細木香以に関する小文を寄稿したが、それに触発され、以下の二氏による寄稿が続いた。

第二十四号　宮川曼魚「津藤仙塢《せんう》と津の國名所圖會の事」（仙塢《せんう》は香以の父の名）
　　　　　　渡邊兼次郎（宮川曼魚の本名）「香以居士發句」
第二十五号　河竹繁俊「黙阿彌断片」（黙阿弥の茶道趣味に影響を与えた人物として香以を挙げている。）

籾山は「自句自註」というスタイルで、己が死の直前に香以を描いたが、永井荷風もまた昭和十九年一月発行の雑誌『不易』に発表した「枯葉の記」の冒頭で香以の句を引用している。「台所の流しで一人米をとぎながら」窓の外の枯れた無花果を見て、次の香以の句が胸に浮かんできた、と記す。

おのれにも飽きた姿や破《やれ》芭蕉

荷風は、己が状況を落魄した香以の最晩年の感慨に重ね合わせている。

参考：細木香以の生涯・作品については、高木蒼梧『俳諧人名辞典』（明治書院　昭和三十五年六月）に丁寧な解説がある。細木香以の交流圏や俳諧との関わりをより深く理解するには、加藤郁乎『江戸の風流人』（小沢書店　昭和五十五年八月）冒頭のエッセイ「細木香以」にまず目を通すべきと考える。また柴口順一「森鷗外『細木香以』の資料」（『鷗外』第四十七号　一九九〇年）高寺康仁「森鷗外「細木香以」再考」（『言語と文芸』第百二十号　二〇〇三年十月）越後敬子「其角堂永機の交友圏：細木香以を中心に」（実践女子短期大学紀要　二〇一二年三月）丹羽みさと「細木香以・金屋竺仙の交友圏と幕末明治の文芸」（『幕末明治　移行期の思想と文化』所収　勉誠出版　二〇一六年五月）、これら四氏の研究成果も貴重である。

園芸への関心

園芸についての鷗外の関心は高い。「園芸小考」「サフラン」など植物に関するエッセイは鷗外の作品群の中で異彩を放っているし、鷗外の住まい観潮楼の庭には、多種の花が咲いていたことが鷗外の子どもたちによっても記録されている。鷗外記念館編集の『鷗外百花譜　鷗外の愛した四季の花』（二〇一六年三月）には、個々の花々に関する紹介があり、また鷗外の日記にも、妻子とともに度々小石川植物園を訪れ、植物に関する関心が高いことが記されている。籾山が家族とともに鷗外邸を訪れた時、後年植物学者となる籾山の長男泰一も同行した。鷗外のガーデニングが十五歳の泰一の植物愛を強く刺激したであろうことは間違いない。

参考：青木宏一郎『鷗外の花暦』（養賢堂　二〇〇八年九月）

鷗外没後、与謝野寛を主導者に、永井荷風、小島政二郎、平野萬里を主編集者として、第一期『鷗外全集』が大正十二年二月刊行開始される。出版者は、国民図書（中塚栄次郎）を幹事会社とし、春陽堂（和田利彦）と新潮社（佐藤善亮）の二社が加わる出版社グループであった。大正期この段階では、籾山書店に「全集もの」を手掛ける事業力は無かったのであろう。

節三節　漱石を痛罵

漱石への配慮と違和

高浜虚子は、正岡子規による日本派の句集、俳誌を刊行する出版社として明治三十四年九月俳書堂を興すが、明治三十八年九月、俳書堂を丸ごと籾山に譲渡する。子規の主宰した雑誌『ホトトギス』の後継雑誌として、高浜虚子が編集人となった『俳諧雑誌』も籾山が引き継ぐことになったのである。籾山は、漱石との関係にも一定の配慮をすべきと考えていたのであろう、明治三十八年十一月二十七日漱石の自宅へ挨拶に赴く。当時漱石三十八歳、籾山二十七歳である。その際、籾山は彫金家原安民（本名：川崎安、原家に婿養子に入る）が制作した石膏製掛額「子規居士半身像」を夏目漱石に贈っている。子規像としてポピュラーな顔半面の横向きの像である。漱石は籾山への礼状に「机上に安置致し眺め居候是は晩年の像だから小生のちかづきに成りたてとは余程趣が違って居るうちに矢張り本人と対ひ向ふ様な気がする。病中は成程こんな顔であった。御蔭で故人と再会する様な気がします。」と記して「初時雨故人の像を拝しけり」という一句を添えた。子規が亡くなって三年も経過しているこの時期、漱石への手土産としては相応しくなかったかもしれない。漱石は、籾山への礼状に添えた一句とは別の句を手帳に認めている。「俳書堂主人に子規の像を贈らる」と前書きし、「うそ寒み故人の像を拝しけり」という句である。「うそ寒み」とは、故人子規の像を前にしての漱石の実感に違いない。籾山への書簡に含まれた「表の句」とは別の「裏の句」である。籾山もまた漱石の微妙な反応を敏感に感じていたかもしれず、何かしらのわだかまりも残り、この時から籾山にとって漱石は肌合の違う人物となったのであろう。

参考：子規像に関する、漱石と籾山の関係については、長谷川郁夫『編集者　漱石』（新潮社　二〇一八年六月）に言及があった。

翌年明治三十九年十一月十八日付の森田草平宛書簡の中で、漱石は俳書堂について言及している。森田の就職を心配している漱石である。

今日ある人に俳書堂で編輯人が入るといふ事をきいたから月給をきいたら四十圓位は出すだ

らうと云ふからともかくも聞いて貰ふ事にした。然し頗る危ない。

それから二ヶ月後、明治四十年一月十八日付森田宛書簡で以下のような主旨を述べている。俳書堂主人（筆者注：籾山のこと）が正岡子規の遺稿を出版するに際して編集・校正作業をする人を求めていて、月々二十五円なら出せると言うので、高浜虚子にも相談した。その気があるなら、籾山、高浜に面会してみたらどうか、という内容。続けて以下を付け加えた。「是はあまり威張った仕事でなし且つ薄給故強いて勧める譯にあらず只僕の老婆心からいふのである。逢ふ積りなら僕から両人へ手紙を出してもよし又は突然行つて僕からきいたと云つてもよろしく。」

森田は俳書堂を訪ねたかどうか不明であるが、俳書堂には就職していない。就職事を依頼する際、漱石の遣り方は粗雑であり丁寧ではない。籾山の不興を買ったのではないだろうか。

漱石はその翌月明治四十年二月朝日新聞社に入社し、組織内で職業作家として執筆活動に専念する。二足の草鞋を滞りなく履きこなしていた森鷗外とは、対照的な存在となる。文芸に向かう姿勢の異なる漱石に対し、籾山は違和感を抱いていたに違いない。明治四十年五月三日朝日新聞に掲載された、漱石の「入社の辞」の中には以下の文章があった。

新聞社の方では教師としてかせぐ事を禁じられた。其代り米塩の資に窮せぬ位の給料をくれる。食つてさへいかれゝば何を苦しんでザットのイットのを振り廻す必要があろう。やめるなと云つてもやめて仕舞ふ。休めた翌日から急に背中が軽くなつて、肺臓に未曾有の多量な空気が這入つて来た。（中略）変り物の余を変り物に適する様な境遇に置いてくれた朝日新聞の為めに、変り物として出来得る限りを尽すは余の嬉しき義務である。

生業と余技を熟《こな》していた籾山は、この文章を目にしていたら、腸が煮えくり返ったに違いない（籾山が実際目にしたかどうかは不明であるが、明治四十四年八月漱石が明石で行なった講演「道楽と職業」（明治四十四年七月十四日『東京朝日新聞』掲載）にも、籾山の神経を逆撫でするような表現がいくつか含まれている）。

さらにもう一件、漱石全集・漱石書簡集の編集者は、明治四十一年十二月二日と推定しているが、漱石から籾山宛の書簡がある。天生目《あまなめ》一治（筆名：杜南）という人物が芭蕉の伝記を脱稿したので紹介する、原稿を見てもらって出版の「諾否」を伝えてほしい、という趣旨の相談事である。籾山は否の返事をしたようで、天生目の『評伝芭蕉』は明治四十二年四月博文館から出版された。

人に関わるこのような頼み事をする時、漱石には、商いを顧みないインテリのわがままが出て、自分の願いは誰にでも通じる、という手前勝手な考えが先に立ってしまう。商人《あきんど》筋の籾山は面白くない、丁重に断ったであろう。

籾山の漱石批判

次に記す、籾山の漱石批判には以上のような伏線があった。

『漱石全集』で見る限り、明治四十二年以降漱石と籾山との間で書簡のやり取りは無い。漱石は大正五年十二月九日に亡くなる。春陽堂から雑誌『新小説』臨時号として、「文豪夏目漱石」が大正六年一月二日発刊される。亡くなってから一ヶ月足らずでの出版である。執筆陣を見ると、自然主義の作家（田山花袋など）は概ね漱石作品を評価せず、反自然主義作家（泉鏡花など）は漱石を讃えている。その年大正六年七月・八月刊行の雑誌『文明』十六号・十七号において、籾山は自然主義作家に与するわけでは決してないが、と留保しつつ痛烈な漱石批判を展開する。

十六号「庭後庵筆記」の中「小泉教授の書簡」という項で、漱石批判が展開される。慶應義塾教授として籾山の畏敬する後輩小泉信三が漱石の小説『行人』を積極的に評価したことに対し、籾山は猛烈に反発する。

夏目漱石氏の作物は予の最も嫌忌するところにして、氏の作品の世間にもてはやさるゝは、とりもなほさず世間の盲目なりと信じゐたり。

以下籾山の指摘する点を列記する。

一、『我輩は猫である』に「淡き反感」を抱いたが、その後の作品も認められるものはない中で「カアライル博物館」は「いとおしくものされたるにより」漱石の進むべき道はここにありと籾山は確信する。

一、雑誌『ホトトギス』同人が集い、自作の文を朗読し批評を受ける「山會」が築地籾山の庭後庵で開催された時に、初めて漱石に会ったが、「先方は学者、われは商人」話が合うでもなく、極めて無口の印象、面白くもなく別れることがいつものことであった。

一、ある時能楽堂で席が隣同士になった時、漱石から「そのうち君の店から何か出版しよう」と懇ろな話があり、籾山は「ありがたき仰せなり。われは先生の小説よりも、寧ろ文学論を出版したし」と応じると、漱石からは何の返事もなく不興気に見えた。その後その出版の話は立ち消えになったので、漱石の怒りを買ったのではと籾山は思う。

一、漱石は謡を熊本の第五高等学校赴任時代に素人の手ほどきを受け習い始めた。謡は最初からプロに就いて稽古すべきであるのに、本格的に稽古を受けたのは、加賀宝生の流れにあった五高の工学部長からであった。喜多流や金春流が盛んな熊本で、宝生流の稽古を受ける、という些か複雑な状況にあり、漱石にとってはある意味で不幸な出だしだった。

（筆者の推測であるが、観世流の中でプロからの教えを受け稽古を積んだ籾山にとって、漱石の謡に対する態度は理解しがたいものであったろう）

一、その後用がある時は漱石邸に伺っていたが、段々と無沙汰となり、博士問題（東京帝大博士号賦与を漱石が辞退する事件）が起った後は会うこともなくなった。

一、漱石の作品が気に入らなくなったのは今に始まったことではない。『漾虚集』時代の作品は嫌いではないが、「敬服はすれど好きではない位の程度」である。

（筆者注：『漾虚集』は、倫敦塔／カーライル博物館／幻影の盾／琴のそら音／一夜／薤露行／趣味の遺伝、の七編を含む）

一、その後の作品中の人物の性格はあらぬ方向に走っていって、どの作品も気に障るものばかりで、「野狐禅《やこぜん》」（筆者注：人を欺き騙す誤った禅を野狐に例えて謂う）の三字に評語は尽きると思い、強い反感を抱くようになった。

一、大阪に商用で行く汽車の中で『行人』を読んだが、非常に機嫌が悪くなったことが忘れられない。京都で知人にその話をすると彼は「黒山下の鬼窟裏に居るもの」と評したが、その通りである（筆者注：黒山鬼窟とは蒙昧な外道の世界の例え）。

一、小泉教授が漱石の作品に感服しているのは、どのような点か推測に苦しむところだが、自分も野狐禅というだけでその理由を述べていないので、不束なりとの小言は甘受すべきだが、批評の才がないのでやらないだけである。

漱石の浪漫主義的傾向をもつ作品を籾山は評価しているが、長編小説については厳しい言葉で批判している。籾山がかつて籾山書店主として文芸に臨む態度を表明した「文藝の話」での主張と、漱石の作品とは懸け離れている、と認識しているのである。文芸は、文明文化の基盤につながるものであるべきだ、という考え方に籾山は立脚している。

これに続く『文明』第十七号では、前号の籾山の書簡を読んだ小泉信三と井川滋からの書簡を紹介している。小泉は、漱石の表現技法が優れている点、漱石の描く学者に心を惹かれる点、「多く女を知らずして」上手く女性を描いている点、の三点を評価している。井川滋は、籾山の漱石評価の大筋を認めつつも、「心」は他の作品とは異なり優れている、と籾山に一読を勧めている。井川の慫慂する点に籾山は納得し、「心」は読んでみようと思う、と文を結んでいる。籾山は、前号で言い過ぎた、と自省するところもあったのであろう。

現代において、明治期以降の作家の人気投票は多数実施されているが、その一例として朝日新聞の「国民作家」に関するアンケート結果（二〇〇〇年実施）を見ると、漱石がトップ、鷗外は十六位、荷風は五十位以内に入っていない。籾山がこの結果を見たら、怒り心頭に発するであろう。

付：藤村の机

島崎藤村については、以下のようなエピソードがあった。

島崎藤村は明治三十二年絵画教師として小諸義塾に赴任し、六年間在任するが、明治三十八年職を辞し上京する。その際義塾の職員・生徒から餞別として、佐久産の松の一枚板で作られた机が藤村に贈られた。教頭の斎藤先生は「君が行く東の空は遠けれど　近津の森に心留めよ」という餞別記念短歌を藤村に贈った。

大正二年五月藤村はヨーロッパに向け旅立つが、その際籾山にその記念の机を贈る。その折藤村が付した歌は「春雨はいたくなふりそ旅人の　道ゆきころもぬれもこそすれ」であった。また藤村は「渡欧の途に上る日」の日記に「籾山兄ののぞみにまかせこの机をおくる」と記している。藤村の言がこの通りであったとしたら、籾山は何故藤村の机を所望したのであろうか。大正二年の頃の籾山書店は、既に胡蝶本シリーズを刊行し、それが軌道に乗った時期である。一方藤村の著作はほとんどが春陽堂から刊行されていた。

大正四年六月十九日付で藤村がパリから東京の籾山に宛てた手紙には、次の文章が含まれていた。


御約束の原稿を當地にて纏めることの出来ないのは、實に額より汗の出る思で御座いますが、旅苦其他筆紙に盡しがたく、いづれ歸朝の上にて御厚志に報ゆる心組で居ります。お目に懸つた節、萬々御詫を申上ぐるの外御座いません。


藤村は日本から出発する以前に籾山から「御厚志」を受けていたので、帰朝する大正五年七月以降、著作を籾山書店から出版しなければ、という思いがあったのであろうか。しかしながら籾山書店から、藤村の著作は一冊も出版されていない。

その後月日は経過し、籾山は関東大震災で焼け出された久保田万太郎に同情し、大正十三年九月万太郎に、藤村から贈られたこの机を譲るのである。籾山は「敢えて旧吟を書きつけ侍る」として「春寒や机の下のおきこたつ」の句を添える。万太郎は、その経緯を「机の記」として大正十四年九月雑誌『婦人公論』に発表する（万太郎はその後昭和十六年五月に内容を改補している）。

籾山は、俳書堂から昭和三年に刊行した『鎌倉日記　伊香保日記』を藤村に贈呈したが、藤村は昭和八年伊香保旅行に出発するまで読んでいなかった。藤村は「最早五年の月日」が経ち、「長いこと読み返して見る折もなく本箱の中にしまって置いてあった」『日記』を、伊香保への旅行時「旅の鞄の中に入れて行った。」籾山が病後退院した際の心持ちを記した和文が、藤村にとっては

「身にしみた」とある。

藤村が心魅かれた籾山の句として引用されているのは、次の三句である。

年寄に留守をあづけて秋の旅

唐黍は採りてたうべよ留守のほど

朝顔の垣根に寄るや暇乞

参考：藤村の「伊香保土産」は『感想集　桃の雫』（岩波書店　昭和十一年六月）に収載されている。この項、高橋輝次『古書往来』（みずのわ出版、二〇〇九年）を参考にした。

第八章　先達と後継

第一節　籾山の先達

飛脚問屋・大江丸

江戸期における町人で籾山も関心を寄せていた俳人は、日本橋小田原町に居住し芭蕉のパトロンであった魚御用商の杉山杉風（一六四七年生～一七三二年没）、蔵前の札差で小林一茶のパトロンであった夏目成美（一七四九年生～一八一七年没）などの、生業に携わりながら、俳諧を余技とする人物群であったろう。その中で籾山が特に崇敬していた先人は、大江丸であった。大江丸の生家の家業は、籾山と同じ飛脚問屋、余技として俳諧に親しんでいたので、籾山は自らのモデルとして大江丸を考えていた。

大江丸は、享保七年（一七二二年）に生まれ文化二年（一八〇五年）に歿す。本名は安井政胤、幼名は利助、隠居後、大伴大江丸と号した。通称は大和屋善右衛門。六代目として大坂高麗橋で飛脚問屋を経営し、江戸にも嶋屋佐右衛門として進出、その時代三都随一の飛脚問屋と言われるまでになった。「家業第一」の精神に揺らぎはなく、俳諧はあくまで「余技」とした。「遊俳の矜持」を貫く経済人である。飛脚事業の拠点をつくるため、全国を行脚する中で各地の俳人とも交流し、雪中庵大島蓼太の門下となり蓼太《りょうた》を師として心服した。寛政十二年（一八〇〇年）に東奥旅行をし、江戸では大島完来、建部巣兆、夏目成美、鈴木道彦、白猿（五代目市川団十郎）らの俳人と交流している。大阪では点取俳諧も楽しんだ。京都の蕪村一派・夜半亭一門とも交わり、特に高井几董《きとう》とは親しかった。芭蕉八十回忌・百回忌には芭蕉終焉の地で追善句会を興行するなど、俳諧の伝統に対する畏敬の念を表している。古稀を迎えた寛政二年句集『俳懺悔』を刊行、寛政三年には自家の歴史を含む自伝『きのふの我』を著した。この頃から四季折々に摺物をして各地の詞友に配り、独自の軽妙、洒脱な作風を強く打ち出していく。享和二年には、俳論随筆を含む句集『俳諧集』を刊行する。大江丸の句集は大正期に入り、復刻されるようになる。

大江丸の句（筆者の好みにより三句を引く。）

紫蘇畠や雨の蹴上のうすぐもり

（人事句）この蠅によくよく盧生寝ぼう也

（滑稽句）竹の子やあまりてなどか人の庭

籾山の慶應義塾の後輩であり、帝国劇場が有楽座を統括する際、有楽座の支配人に起用された久米秀治が急逝した時、籾山は「その志を憐む」と題する一文を『三田文学』（大正十四年二月号）に寄せた。帝国劇場に入社し有楽座の支配人として成功し、将来を嘱望されていた久米秀治だが、その志は文学にあったことを籾山は認めつつ、籾山が大江丸のことを久米に話した時のことに触れている。文学に沈潜する傾向が強い久米に対して、本来の職をないがしろにはせぬようという助言を行った。久米亡き後言っても詮方ないことではあるが、籾山なりの悔しさを示している。

いつであつたか、わたしは大伴大江丸のことを久米さんに話したことがあつた。大江丸は蕪村や蓼太と時を同じうした俳人である。彼は定飛脚問屋仲間の一軒であつた島屋の主人で、大阪に住した。彼は若い時分から俳諧を好むだが、渡世のせはしさに、その道に専らであるわけにはゆかなかつた。六十歳はじめて業を一子に任せて隠居した。それから俳諧三昧に入つて、八十有餘の齢を積むで、逝いて俳名を後世に遺すことを得た。彼はその随筆のひとつに於て、今俳諧に身を委ねて、心にかなふ世大事にかけて来たお蔭である、といふことを述べてゐる。

久米さんも須らく大江丸を學ばなくてはなるまい。小説を書くことは、業成つて後、楽しびのひとつとして、為すべきことではあるまいか。（中略）一方に懸命に従事せねばならぬ職を持ちながら、他方に小説に筆を執るといふことは、そのいずれもの事のために、策の得たるものではあるまいではないか。

参考：大江丸については、潁原退蔵「大江丸の人物と俳諧観」（『上方』昭和九年四月）、大谷篤蔵「大伴大江丸」（明治書院『俳句講座』第三巻　昭和三十四年）など先人の研究をふまえ、加藤定彦氏が研究の集大成として「大伴大江丸の研究」を発表している（国文学研究資料館紀要　第二号　一九七六年三月）。また藤村潤一郎氏には大江丸研究として「翻刻寛政三年五月序　大伴大江丸（安井宗二）「きのふの我」」（国文学研究資料館史料館研究紀要　第十号　一九七八年三月）がある。同氏は江戸期から明治期にかけての定飛脚問屋の通史研究を行い、「江戸六組飛脚屋仲間について」（同紀要五号・六号）を発表されている。

明治・大正期の実業家の先達

籾山が俳句に手を染める前、俳壇に影響を与えた世代として「明治俳壇の先覚五人衆」と呼ばれていた五人が存在した。角田竹冷（安政四年五月生～大正八年三月没）、伊籐松宇（安政六年十月生～昭和十八年三月没）、尾崎紅葉（慶應三年十二月生～明治三十六年十月没）巌谷小波（明治三年六月生～昭和八年九月没）、大野洒竹（明治五年十一月生～大正二年十月没）である。角田は、弁護士から東京府議会議員、衆議院議員として活動し、大野は東京・木挽町に医院を開業していた。二人とも古俳書の収集で名を遺し、それぞれ竹冷文庫、洒竹文庫として東京大学図書館に保存されている。紅葉は小説家として、小波は童話作家として有名となったが、籾山が特に教えを乞うたのは、蔵書家で知識豊富な松宇であり、松宇と友人関係にあった贄川他石である。二人とも生業を持つ俳句史研究者であり、プロフェッショナルな俳家ではない。

伊藤松宇

伊藤は、安政六年に小県郡上丸子町（現上田市上丸子）に俳人伊藤洗児の長男として生まれ、本名は半次郎、俳号は松宇・雪操居・歳寒子を用いた。父から俳句・連句を学び、加部琴堂にも師事する。明治十五年に上京、家業紺屋の藍取引を通じ上得意であった渋沢栄一に認められ、横浜第一国立銀行、王子製紙、渋沢倉庫などに勤務し、渋沢の企業グループの幹部となった。

旧派俳人に見切りを付け、明治二十三年俳人森猿男、片山桃雨、石山桂山、石井得中と俳人グループ「椎の友社」を結成した。芭蕉を宗とし俳諧を研究する会であるので、「幻住庵記」の句「先づ頼む椎の木もあり夏木立」の句から「椎の友社」とした。当時松宇は日本橋区濱町大橋際に居住し、猿男、桃雨は浅草猿屋町、桂山は本所相生町、得中は日本橋区蠣殻町がそれぞれの住いで、順繰りに運座の席を変えていった。隅田川を挟んで南北に移動する句会には、地の縁を感じる。連座方式の句会運営を廃し、互選方式を取り入れた。正岡子規も「椎の友」に明治二十五年末から加わった。明治二十六年二月松宇、猿男、子規の発意により「椎の友」の機関誌として、俳誌『俳諧』を発刊することが決まった。これが新派による俳誌の嚆矢となる。籾山は当然『俳諧』を通覧し、『俳諧雑誌』を創刊する際の手がかりとしていた。松宇は俳誌『ひばり』を明治四十四年に創刊、投句による懸賞形式をやめ、近代俳誌に相応しい編集方針を確立した。

実業界引退後は、俳諧研究者、古俳書収集家として活動を続けた。晩年は東京・小石川関口町の芭蕉庵に居住し、連句も重視した近代俳句文芸の探求を行った。著作に『松宇家集』、編著に『中興俳諧五傑集』『蕉影余韻』『俳諧雑事』などがある。伊藤松宇の著作・校訂書は数多く、古俳書、地方俳壇、俳人の真蹟などに豊富な知識を持ち、優れた鑑定眼をもっていた。松宇没後、蔵書約三千冊は「松宇文庫」とし、講談社創業者野間清治によって小石川の関口芭蕉庵に納められ、四代目社長没後、講談社に寄贈された。現在は国文学研究資料館に保管されている。

松宇は、中興俳諧五傑として、それぞれの特色を次のように挙げている。与謝蕪村の雄放、加藤暁台の剛健、高桑蘭更の艶冶、加舎《かや》白雄《しらお》の老蒼、大島蓼太の富麗である。この内加舎白雄は、上田藩の加舎《かや》吉亨《よしたか》の二男として江戸深川に生まれた。関東信州に約四千人と言われる門人を育て、日本橋に春秋庵を営み、俳壇に一大勢力を築いた。松宇は上田城跡に大正八年白雄の句碑を建立している。

両国「与兵衛鮓」に生れ『俳諧雑誌』にも数多く寄稿した小泉迂外（明治十七年五月生～昭和二十五年一月没）も、俳諧を志すにあたり伊藤松宇に師事した。松宇は後進の指導にも熱心であった。

加藤郁乎が『俳の山なみ』で引用している伊藤松宇の句を再録する。

同し事して元日の新らしみ
紅梅や奈良の小家の烏帽子折
現代の詩を痛罵して黄びら哉
夏引の糸のもつれや妹か恋

雄大な句を想ふ夜の野分哉
鵬斎の画賛かけたり抱一忌

伊藤松宇は『文明』第十八号（大正六年九月）に「隣は荻生」を寄稿する。「梅が香や隣は荻生惣右衛門」、この句に関する考証随筆である。また二十九号（大正七年八月）には、五頁に亘って「細木香以の遺作（文苑聚芳抄録）」を寄稿する。前年大正六年九月から十月にかけて、森鷗外が新聞連載した「細木香以」を受け、松宇が香以の句を紹介すべきと考え、敢えて投稿したものであろう。

参考：松宇の実業活動の一端を知る資料として、渋沢栄一記念財団の前身である竜門社の定期刊行物『竜門雑誌』（明治三十九年一月号）に、次の掲載記事がある。

「伊藤半次郎君　我邦美術品海外輸出の事業に後半世を委ぬるの希望を以て旧臘渋沢倉庫部支配人を退任せられたる同君は、従来同目的の事業を経営せる合資会社生秀館（銀座三丁目一番地所在）業務担当の人々の希望に仍《よ》り、青淵先生（筆者注：渋沢栄一）の賛助を得て同合資会社に加入し、社務を分担して大に其拡張に任ぜらるゝ」また昭和十六年松宇は当時を回顧し、聴き取りに応えている。

「生秀館は青淵先生が巴里出品組合に尽力されてゐましたころ、彫金師の関口一也氏が彫金を並べることに始まつたものです、関口氏が独立してから経営困難となりましたので、青淵先生のお骨折で私が書記長となり、画家の川端玉章の長男玉雪氏と二人で経営に当りました。この事業は失敗に終りました。」

贅川他石

伊藤松宇は、正岡子規、渋沢栄一との親交があったことから、これまでも言及される機会が屢々あったが、贅川他石については稀である。籾山が俳諧の知識を請うた人物、贅川に関しその遺業を顧みることとする。

贅川は慶応四年四月生まれ、昭和十年十二月没。本名贅川邦作、静岡県的場村（現在の清水町）出身。幼少期は漢詩を学び、明治二十年頃から作句を始め、地元三島の俳人箕田寿平《みたじゅへい》（俳号：孤山堂凌頂）に師事し、地方俳誌『鳴鶴集《めいかくしゅう》』に寄稿していた。伊豆学校（現：韮山高校）卒業後実業界に入り、三島・沼津間の「チンチン電車」を開通させた駿豆電気鉄道株式会社の取締役までに昇任、静岡県議など公職にも就き、晩年は出身地の清水町町長も務めた。実業・生業を担いながら、俳諧研究を進め、特に俳諧史の研究は中央俳壇でも高く評価されていた。地方在住で「二足の草鞋」を履いた人物である。主要校訂書・編著は、以下の通り。

改訂増補『芭蕉全集』沼波瓊音編　贅川他石校訂（岩波書店　昭和三年九月）

改訂増補については贅川の尽力があった。

『日本名著全集・江戸文藝之部第二十七巻「俳文俳句篇」（日本名著全集刊行会　昭和三年十二月）

上島鬼貫から酒井抱一まで二十八名の江戸期俳人の作品を網羅したアンソロジーであり、江戸期俳諧の入門書としては好適の書である。昭和四十年代まで古書店の店頭に廉価本として陳列されていた、濃紺表紙のシリーズ本の一冊。贅川の解説が載っていることは、今回籾山に関する資料探索をする中で初めて知った。

『六花庵三代』駿河叢書（志豆波多会　昭和九年）

三島地方の俳人伝記。加茂川町の賀茂川神社境内には六花庵乙児の句が刻まれた石燈篭がある。乙児は江戸中期に、駿府の商家に生まれ、本名を松木五郎右衛門といい、芭蕉門大島蓼太門下の俳人。駿河国吉原に六花庵を構え、のちに駿府にも同庵を結んだ。

『俳句講座』（改造社　昭和七年〜八年）第一巻俳人評伝篇「明治以前俳人系譜」第三巻概論作法編「連句入門」　第六巻俳書解説編「作法書解説」　第十巻地方俳史編「尾張・美濃俳諧史」四巻にわたり四編の寄稿を成しうるだけの技量をもち、評価されてもいたのである。

贄川が俳諧史について不明の点を尋ねる相手は、博覧強記の伊籐松宇であった。籾山は、まず子規あるいは日本派の会合を通じて松宇の知己を得、松宇から贄川を紹介されたか、あるいは『俳諧雑誌』への投稿を通じて交流していたか、いずれにしても贄川との間で、句解釈、連句理論に関する情報交換を行なっていた。贄川の連句論は、籾山の『連句入門』を参考に叙述された（第五章第一節参照）。

また雑誌『文明』には、贄川による論考が二つ掲載されている。

第十八号　「花屋日記笈日記異同考」（同一事項について二つの日記の記載を詳細に比較した論考）

第二十九号　「五十年前の東京を詠みたる発句」

昭和二十六年には「贇川他石遺稿刊行会」から、『去来俳句新釋　去来抄と三冊子　芭蕉の連句』が刊行されている。

贇川は地方俳人との交流もあり、籾山に彼らの活動を紹介している。群馬で作句をしていた中村竹邨と根津盧丈である。二人の連句集『山一重』（蕉風社　昭和六年十二月）に籾山は序文を寄稿し、その後の『下蔭三吟』全五巻（昭和六年七月刊行開始～昭和十年五月が満尾　昭和十二年一月蕉風社から刊行）の内、第五巻にも籾山は序文を寄せた。

中村竹邨（明治十五年八月生～昭和二十年三月没）は、群馬県庁知事官房から大正十一年上毛貯蓄銀行高崎支店長兼支配人に就任。根津盧丈（明治七年十二月生～昭和四十三年二月没）は、岡谷の倉庫会社に勤務する会社員であった。地方俳人との連携を図るという目標においても、籾山と贇川は共通の課題認識があった。

参考：二村文人の論考「旧派の連句における蕉風の継承――芦丈・竹邨・梅游の三吟歌仙をめぐって――」は、地方俳壇で活動した旧派俳人による蕉風継承をテーマにしていて貴重である。

第二節　籾山の後継Ⅰ〈商人系〉

籾山の俳諧における事績を受け継ぎ、籾山を師として慕い敬愛する後継者を、明治生まれの人々に限り、生業の職種、俳諧との関わりの度合い、という二つの要因から考察し、あえて次の二つの流れに仕分けてみる。
商人系　（増田龍雨・長谷川春草・伊籐鷗二）
会社員系（大場白水郎・阪倉金一・内田誠）
商人系は明治七年生から二十四年生、会社員系は明治二十三年生から二十六年生まれという年齢幅になっている。これらの世代より後、明治三十年代以降生まれの世代は、大正モダニズムに触れ、会社員という地位が定着した時代に生きることになるが、それ以前に生まれた世代では、会社員が形成する文化が成熟・分化しておらず、商人との文化的な交流も自由になされていたと考えられる。
俳句結社や俳誌ネットワークに縛られることなく、寛闊に交流圏を行き交う精神は、籾山の心底にあった。籾山による『俳諧雑誌』の編集・発行は、幅広い年齢層の俳人と交流し相互に影響を与え、商人と会社員が交遊する機会を創りだすためのメディアともなっていたのである。
それぞれの人物について、籾山との関係を視野に入れながら、概要を以下に記す。

増田龍雨

龍雨は明治七年四月生〜昭和九年十二月没。本名は花井藤太郎。京都生まれ。旧号は龍昇。銀行員でもあった雪中庵雀志に入門。吉原の遊郭で書記として働き、その後浅草千束に増田書店を営みながら、新派の影響を受けた旧派俳諧師として活動する。昭和五年五月二十五日雪中庵十二世を襲名する。襲名披露は鶯谷の料亭「伊香保」で盛大に行われた。ここに籾山が出席した可能性はあるが、実際のところは不明。大場白水郎は、雑誌『春泥』にこの披露の見聞記「俳諧一順」を寄稿している（『春泥』昭和五年七月号「雪中庵十二世継承祝賀脇起俳諧の連歌」）。

参考：龍雨については、金丸文夫氏が『万太郎を師とした宗匠　増田龍雨』（私家版　平成三十年四月）において、その一生と事績を詳述されている。遺漏の無い労作であり、参考にさせていただいた。

龍雨が社会的関係においても恩義を感じていた久保田万太郎は、龍雨にとって師であり、服部嵐雪に始まる雪中庵を龍雨が俳諧宗匠として継承する際に、相談相手となり襲名を勧めたのも万太郎であった。浅草に縁のある二人である。一方龍雨の籾山への接し方は、万太郎との関係とは異なる。古句を典拠として研究、鑑賞した籾山を、旧派俳諧からスタートした龍雨は、敬意をもって「籾山先生」と呼んでいた。

後述の田島柏葉はまず龍雨の門を敲くが、龍雨亡き後は籾山に師事し、籾山の句作を編纂する立場となる。

連句の基本・連句作法に関し龍雨が持っていた深い知識については、昭和五年刊行の贄川他石との共著『連句作法・連句私解』（俳句講座刊行会）あるいは昭和七年刊『俳句講座第三巻　概論作法編』の龍雨著「連句作法」によって知ることができる。その基本には籾山の著作『連句入門』があり、籾山の論を参考にしていたことを龍雨自身述べている。

龍雨の著作（単刊本）は次の通りである。

『龍雨句集』春泥社　昭和五年十月

『龍雨俳句集：附・連句三巻』四條書房　昭和八年二月（連句は独吟）

『俳句は連句は斯うして作る』四條書房　昭和八年五月
『龍雨俳話』宝文館　昭和八年七月
『花もみぢ』田島明賢編　石沢久二刊　昭和十一年四月
『龍雨遺稿　遠神楽』不易発行所　昭和十三年七月

『龍雨遺稿　遠神楽』では籾山仁三郎が編輯人として記載されており、梓月として序文を寄せている。龍雨を的確に評価している後半部分を引用する。和文の妙手による名文である。

俗楽旋律考の著者は、本邦の音楽をみやこぶしとゐなかぶしとに大別せり。俳諧にも亦都鄙二つの境を立て得べきか。然り而して居士の句は心境もとみやこなり。之を音樂に比する時、そが盆踊唄馬士唄船唄の類にあらざるは言ふを俟たず。

居士の句極めて沈痛。ある時は鬱々として哀切の響をなし、ある時は絢爛にして實は内に愁苦を裹《つつ》む。見る者この特色を閑却すべからず。

居士は俳諧を以て一生の計となし、遂に一家の俳風を揚ぐるに至れり。古より詩作に沈潜する者、世路嶮難ならずといふことなし。居士も亦具さに艱苦を嘗めつくせり。加ふるに病魔その身を去らず。呻吟のうちに歳月を送りたれば、さこそは晨に日暮を願ひ、夕に鶏鳴をも思ひけんと推せらる。誰かまた一掬の涙なからんや。

昭和十三戊寅歳季春　梓月識

この序文の中で籾山が引用する上原六四郎著『俗楽旋律考』（金港堂　明治二十八年八月）は、日本音楽が「五音音階」で成立していることを分析し、「都節」「田舎節」という二つの旋律・旋法が存在することを数理的に示した。日本音楽を西洋音楽の音階という概念で分析した画期的な書である。籾山の日本音楽や俗曲に関する関心が、この一文にも示されている。

長谷川春草

春草は明治二十二年八月生まれ、昭和九年七月没。享年四十六歳。本名金之助とも金太郎とも。芝柴井町生まれ（現在の新橋六丁目あたり）、芝っ子である。愛宕下の黒澤庄次郎の私塾で学ぶ。八歳の時父が、勤務の関係（鉄道省）で、深川平岡鉄工場に異動することになったので、母、妹二人と深川東六軒堀に移転。三宅孤軒が奉公していた酒屋の近所であった。博愛学校に入学。翌年九歳の夏、母が産後で死去、生まれたばかりの妹も五十日で亡くなる。父、妹二人とともに芝にもどり、黒澤の塾に復学、句作を学ぶ。十二歳で学校を辞し、長谷川家とは遠縁にあたる、銀座尾張町にあった陸軍御用達の洋服商井上商店に奉公。昭和八年六月廃業するまで勤め上げる。十七歳で父に死別、二十一歳の時、直ぐ下の妹が十八歳で死亡。二番目の妹とも別れて住まざるをえない事情あり、という、かなり辛い青春時代であった。

井上商店の第一番目の養子井上進、番頭から二番目の養子となった宮田稜々（芳三）、主家との関係で井上商店に遊びに来ていた寺田寅彦から、俳句の手ほどきを受けた。三人の運座に参加し、十三歳の時、「連翹や人美しき奈良の京」の句を作る。十五、六歳の頃本間一楓、大野一星と俳誌「とくさ」に拠り、句作に励んだが、十分な評価は得られなかった。

日露戦争で商売が忙しくなると句作からは遠ざかったが、その代わり、新体詩をつくり始め、最初に活字になったのは、十七歳の時、宮田稜々の世話で雑誌『文庫』での発表である。新体詩は、河井酔茗、横瀬夜雨の指導を受けた。山崎紫紅、伊良古清白は先輩となる。日露戦争中あるいは戦後、新体詩の雑誌『すみれ』が創刊され、その誌友会が開かれた時、北原白秋は薄愁の名で出席している。河井酔茗が新聞『毎日電報』に詩壇を開いたので、春草は盛んに詩を送ったが、その新聞廃刊とともに、「詩筆を捨て」る。

二十五歳の秋、本格的に句作に取り組むことを決意し、「ホトトギス」の例会に出席する。その冬渡邊水巴に師事、入門し指導を受け続ける。水巴は春草を「色っぽくて、情熱家で、繊細な趣味を持っていた」男として称賛している。趣味は、と聞かれれば、「余技はなし」と答える春草、好きなものは所作事の芝居、浪花節以外の日本音楽、泉鏡花の小説、である。

上川井梨葉と懇意にしていた関係で、『俳諧雑誌』の選者ともなり、井上商店廃業の年、昭和八年八月俳書堂に入社することとなる。籾山との出会いであり、俳書堂での初仕事は、「明治大正俳諧百家自傳」となる。籾山は結社に属さず弟子も取らないので、春草の師は水巴以外考えられなかったであろうが、籾山からも多くの指導を受けていたに違いない。春草は、籾山書店では主任格〝番頭〟となり籾山を助けたが、生来の酒好きで、籾山は「おでん屋でもやる気になればねぇ」と言っていた（石川桂郎の籾山追悼文）。それが真《まこと》の話となって、銀座出雲橋際に料理屋「はせ川」を妻湖代とともに出店することとなる。「はせ川」は久保田万太郎などの後押しもあり、文壇文人の寄合場となって名を揚げる。籾山は、酒は嗜む程度の下戸であり、酒で早死にする春草とは生き方は異なるが、春草の句には師である水巴だけではなく、籾山の影響も感じられる。

雑誌『春泥』（昭和九年八月号）には、春草を偲ぶ追悼号があり、渡邊水巴の追悼文、「はせ川」主人の挨拶文、『俳諧雑誌』での活動歴、小料理屋「はせ川」の思い出で構成されている。

春草の主な著作（単刊本）は、次の三点である。

『水のふるさと』（文行社　大正十三年六月）

十七歳からの数年にわたって創作していた詩を、村上唐犬の挿画入りで出版。小唄風の新体詩が三十編含まれ、ほとんどが女性の側からの恋の思いを詠った詩である。現在、上野の国立児童図書館に所蔵されているが、到底児童書とは思えない。春草のほかの句集はすべて、国会図書館では本館所蔵であるのに、どうしてこの一編だけ児童館に所蔵されているのか不明である。村上唐犬のアールヌーヴォー風の挿画、特に扉絵の人魚の絵図に目が眩んでしまったのか。

『春草句帖』（素商書店　昭和四年九月）

春草を俳句の師として接した内田誠が序文を寄せ、内田が編集した句集。一頁に一句を配置する贅沢な造本である。春草の句のいくつかを掲げる。

細道も恵方ときけば日影かな

月代やをさめし松を土のうへ
いとし子のうもれてまろき蒲団かな
雲ゆくや雪にうもるゝ死を思ひ
かげロは寂しきものや水羊羹

『春草句集』（さつき発行所　昭和十一年七月）
久保田万太郎、横光利一の序文を配す。表紙裏のサインは、井伏鱒二、中島健蔵、中山義秀、菅忠雄、佐藤正彰、丸岡明、TATEGAMI SHUJI、桔梗利一、永井龍男、河上撤太郎、林芙美子、花房満三郎の面々、皆「はせ川」の顧客である。「あとがき」は黒岩涙香の息子黒岩漁郎が寄せた。全体に春草の遺児葉《よう》の意向が反映されている。

伊藤鷗二

鷗二は明治二十四年四月生〜昭和四十三年十二月没。東京市日本橋区浜町生まれ。本名・秀次、別名・花酔。早稲田実業卒、日本大学法科中退。早稲田実業卒業後、一時期日本勧業銀行に勤めたが、会社勤めを退いて大学も中退し、生家の酒屋「伊勢藤」を継ぐ。戦争中から終戦直後までは旧制第一高等学校職員、戦後は「邦楽新聞」の編集に携わり、邦楽、日舞に関する批評記事を寄稿した。大場白水郎とは同じ日本橋浜町生まれであるが、学年は白水郎が一級上だった。白水郎が久保田万太郎と知己になったことで鷗二は万太郎とも終生の友となる。中学時代は三人で銚子旅行に出かけるほど親しくしていた。鷗二は既に明治四十年頃から作句を始めたが、白水郎が初めて句会に出席したのは伊藤の自宅での句会であった。白水郎によると鷗二の学業の成績は頗る良く、論を立てるに秀で、文章も上手く、習字も良くした。

岡本松濱、松根東洋城に師事した白水郎、万太郎とは流れを異にし、鷗二は中野三允、高田蝶衣に作句の指導を仰ぐ。「春泥」「春蘭」などの同人を経て、俳誌『渋柿』『若葉』に参加する。

鷗二は長唄の稽古に精を出し、今でも歌舞伎の演し物となっている長唄「雨乞其角」の作詞は彼によるものである。

鷗二の刊行された著作は、以下の通りである。

『鷗二俳論』（俳華堂書房　昭和五年十月）

万太郎と白水郎の序文あり。「其角の句及行状」「私の遊俳主義」など独自の見解をまとめた小文が含まれているとともに、俳壇全体を俯瞰し、各俳誌の現況に関する解説も含む。

『鷗二句集』（春泥社　昭和十年九月　春泥叢書第二巻）

籾山の漢詩による序文、小野賢一郎（俳号：蕪子）の題句が添えられる。

『俳句及俳壇を説く』（交蘭社　昭和十一年九月）

籾山は「俳句の旨とする所は禅要に似たるものあり。共に心地の事に属す。」という文章で始まる序文を寄せる。昭和十一年九月八日銀座西三丁目教文館横丁のオリオン洋食店にて、この新著『俳句及び俳壇を説く』出版記念会が開催されている。

『愚かなるは愉し』（俳句研究社　昭和三十一年八月）
渋沢秀雄の序文「わすれ汐」を巻頭に置く鷗二の随筆集。前半は江戸風俗に関する小文集で、三田村鳶魚の考証随筆を連想させる内容となっている。「少年から見た尾崎紅葉」は、保0養のため尾崎紅葉と千葉の成東鉱泉に同宿した思い出。「老いの繰言」は野村喜舟との付き合い歴。内田誠、増田龍雨、鹿島鳴秋、高田蝶衣などに関する人物評や、食べ物随筆などが含まれている。特に野村喜舟の句集『小石川』については詳説し、「籾山梓月論——或は籾山梓月と私——」（本書終章を参照）を再録している。喜舟と梓月は鷗二にとって、俳壇を振り返る際に重要な人物と捉えられていることがわかる。

『続々鷗二句集』（非売品　昭和四十二年三月）
「大場白水郎の霊に捧ぐ」の献辞あり。

なお『続鷗二句集』については、筆者は未見であり、各図書館にも所蔵が無かった。『続々』編と同じく私家版ないし非売品でどこかに退蔵されているのかもしれない。
なお鷗二が職員として旧制一高に勤務する時代、教員であった麻生磯次、市原豊太、五味智英、木村健康、阿部秋生とともに「時局三吟」と題して歌仙を巻いたこともあった。昭和二十年五月から九月にかけてのことである（平成十三年十月 kitagawa 氏によって掲載されたインターネット資料）。

第九章　生業〈会社員〉と余技〈俳諧〉

第一節　時事新報社役員・籾山仁三郎

会社員としての体験

昭和二十九年十一月田島柏葉の編纂によって刊行された、籾山の自作句集『冬扇』のあとがきで、晩年の籾山は自身の「会社員」経験について触れている。

明治三十四年學窓を出でゝ會社員たり。次いで小資本を投じて出版業を營みしが、後廢して再び會社の祿を喰めり。梓月の後半生は事に依りて薄運にして、今はかつがつ世に在り。

籾山は出版業経営から退き、昭和三年四月時事新報社に常務取締役として入社する。「会社員」になったのである。籾山の四十歳代は妻せんの病没にも遭い辛い時期であったが、籾山書店・友善堂の出版活動も一区切りつき、企業組織への就職は、五十歳になった籾山の〝なかじきり〟である。

なお明治三十四年四月慶應義塾卒業から籾山家と養子縁組するまでの二年間、籾山の生活は不詳であるが、推測するに株屋、今で言う証券会社に就職したのではなかろうか。慶應義塾での卒業論文は株式売買を論述したものであったので、それと関係する企業に就職か、という推測である。

時事新報社での会社員経験は、常務取締役・営業担当で始まる。出版社経営を二十数年経験した後の転職である。前年の昭和二年亡妻梓雪の遺稿句集『梓雪句集』が、実弟上川井梨葉が社主の友善堂から上梓されたことも、籾山にとっては〝なかじきり〟である。籾山の時事新報入社のきっかけは不明であるが、慶應義塾理財科出身であり、後述の波多野承五郎など時事新報社創立に関わった実業家とも交流があったので、その人脈からの推薦も当然あったろう。

時事新報社は大正十五年に社長福澤捨次郎が亡くなると、社長を小山完吾が継いだが、就任期間二年半ほどで昭和三年一月退任した。社運が傾き始めた時代である。その後昭和六年名取和作が社長に就任するまで社長職は空席となっていた。昭和三年から昭和六年までは、会長門野幾之進が実質的に運営していた。籾山が入社したのは、時事新報が苦難の時代に入った頃である。その後昭和六年頃から労使関係が不安定となり、労使紛争も頻発した。労使交渉の際、籾山も営業担当役員としてその場に臨んだが、十分な発言はできなかったであろうし、従業員側からも重要な役員としては見做されなかったであろう。昭和三年九月頃から籾山は体調を崩し、肋膜炎、緑内障、虫垂炎で入退院を繰り返した。長年吸い続けた煙草も止める。昭和七年九月武藤山治が社長に就任するが、籾山は昭和十一年十二月役員を退任し社を退いた。

籾山在社時に時事新報の主筆となっていた板倉卓造は、籾山の印象を次のように回想している。的確な人物評である。

この人（籾山）は品のいい人だし、商家に生まれて商家に養子に行って書店を開いたというような人ですから、これを新聞の営業の方に推薦したのですよ。これは多分私だったろうと思うのですがね。

けれどもこの人は思い切ったことをやらない人でしてね、新聞というのは何か一つ大胆なところがなければならないのでしょうが、籾山という人はそういうところのない、おだやかな、着実にやる人でしたから、新聞には向きませんでした。けれども守るのには立派な才能を持った人です。頭もいいし、だれからでも尊敬される人です。それはほんとうに立派な人でした。

（『別冊　新聞研究』「聴きとりでつづる新聞史」一九七五年一月）

時事新報社という日々変転する社会情勢に対応するメディアの経営に、籾山は不向きであった。出版と新聞とは同じ印刷メディアとは言っても、情報源、製作工程・スピード、関与者数、販売方法において大きな違いがある。籾山の想定していた「会社」は、「社」に「会」する人々で構想・経営される有機的な組織体であり、慶應義塾在学中に学んだ福澤諭吉の構想する「会社」がモデルとしてあったのであろう。昭和の時代の新聞社という組織は、それとは大きく異なり、労使関係という重要な経営要素も発生していた。時事新報は、商家の出の日本橋っ子で、余技の文芸に秀でた籾山には対応しきれない、〝近代的な〟組織となっていたのである。

俳句愛好家たちの倶楽部

福澤諭吉が設立した重要な組織体には、慶應義塾、時事新報、それに交詢社がある。当時時事新報社は銀座に所在し、直ぐ隣には交詢社の会館があった。交詢社は明治十三年に設立された「智識交換世務諮詢」を当初の目的とする組織である。各々の知識を交換し、社会的課題（世務）について諮り相談・討議していく組織なのである。単なる社交クラブを企図してはいなかったが、時の経過とともに社員間の交流、趣味娯楽を共にしていく倶楽部としての性格が強まっていく。

俳句愛好家による会合は、波多野承五郎（本節で後述）が主宰し明治四十二年に開催された俳句雑話会が嚆矢であり、内藤鳴雪、河東碧梧桐、岡本癖三酔、それに籾山が出席した。後大正五年頃に再び波多野が主唱し、交詢社俳句会が設立されたが、会員が徐々に減少し、活動停止となってしまった。しかし大正十三年波多野が俳句研究会として再興し、籾山を指南役とした。籾山は昭和三年春で指南役を辞し、その後は吉田冬葉が担当した。大正十三年初夏の頃から昭和三年冬の頃までの会員の投句は、籾山が編集した『紅潤集』（昭和八年二月）及びその続編（昭和八年五月）に遺されている。紅潤は、交詢と同音の語句として選んだタイトルであるが、出典は「酉陽雑俎」という書にある「忽有一葉大如掌、紅潤可愛、随流而下」から採った、と籾山は解説している。

俳句研究会に参加したのは、企業に属する実業家と日本橋・銀座の開業医であった。続紅潤集には、籾山仁三郎（梓月）大場惣太郎（白水郎）久保田万太郎（万太郎）上川井良（梨葉）

が投句者として参加している。籾山の二句を引く。

行年《ぎょうねん》にまはらぬ人をまはしけり
遅牛《おそうし》も左右《そう》なくつきぬ年の暮

新聞社役員として在任していた籾山が、余技として編集した単刊本がある。『名士趣味談』（大阪屋号書店　昭和五年三月）。編著者は時事新報社政治部、代表者は籾山仁三郎である。掲載文は、大山巌伯爵「趣味の史前学」一木喜徳郎《いつききとくろう》男爵「刀剣を見る」杉渓言長《すぎたにときなが》男爵「画趣味」徳川宗達公爵「相撲道」鷹司信輔子爵「茶儀道」大河内正敏子爵「陶器陶工」藤井浩祐「犬に就いて」、華族中心の執筆陣である。「趣味」が評価される時代であった。

一木喜徳郎の父は岡田良一郎で大日本報徳社の社長も務めた。藤井浩祐には、「通叢書」第四十四巻『犬通』（四六書院）の著書がある。

籾山は昭和七年三月時事新報社を退社し、翌年から昭和化学の監査役に就任する。それ以降は昭和塩業、明治屋、日の丸汽船などいくつかの会社に再就職している。再就職となれば、日々の実業に深く関わる上級職あるいは役員に就くことにはならず、顧問あるいは監査役という役どころになる。人生最後の会社員経験として、それはそれでまた安定した生活を送ることが可能となろう。

昭和十一年の夏、千葉銚子の瑞鶴荘にて吟行を催した際の写真が『春泥』七十四号（昭和十一年九月号）に掲載されている。同行者七名とともに籾山の寛いだ姿が写っている。

籾山書店の出版事業がひと区切りした後も、籾山は企業組織あるいは社会的な団体との関係を継続している。土地を所有し地代収入もあったが、「会社員」として収入増を図る必要があったのか、あるいは「生業」を持つということに絶えず意義を見出していたためなのか。「生業」をめぐる籾山の心境は推し量るしかない。

鈴木梅四郎

また籾山には新橋駅近く芝口にあった実費診療所に鎌倉から毎日通ったという記述もあるが、勤務期間は不明である。実費診療所は社団法人で、慶應義塾出身の財界人が設立に賛同している。中産階級の医療援助を企図した組織であり、当時の医師会とは対立していた。前記板倉卓造もこの組織に関わっている。

草創期の理事長鈴木梅四郎は、文久二年四月鈴木龍蔵の次男として、長野県上水内郡安茂里村平柴（現長野市安茂里小市《あもりこいち》）で生まれた。明治二十年慶應義塾を卒業、時事新報社に入社している。当時の社長は中上川彦次郎であった。

鈴木は在学時代、学費不足を補うため福澤の紹介で時事新報社でアルバイトをしており、福澤の愛弟子として育てられた。明治二十四年、福澤の推薦で横浜貿易商組合の顧問となり、機関紙『横浜貿易新聞』の主筆に就任している。鈴木の福澤への傾倒ぶりは、彼が「福澤の手紙には無限の修養実訓がある」と信じ、『福澤先生の手紙』という著書を編んでいることにも示されている。

明治二十七年鈴木は、中上川彦次郎に誘われ三井銀行に入行し、各支店長を務めた。その後請われて明治三十五年王子製紙専務取締役に就任し、苫小牧工場建設など、同社の基礎を築く上で大きな貢献をしている。

この王子製紙時代に工場周辺住民の医療に対する関心が高まり、社員だけではなく、周辺住民に自社の医療局を開放した。鈴木が「医療の社会化」を志すきっかけとなった。鈴木は、昭和三年に四百頁を超える大著『医業国営論』(初版は昭和三年二月)を著し、医療費の重圧から庶民、特に中間階層の生活を改善するための医療制度改革案を提起している。その著書の復刻版解題で、実費診療所第四代理事長の清水伸は、「著者は社会主義者ではなく、自由主義者の立場からこの結論に至った所に異色がある」と明記している。その思想を支えていたのは、外来の社会主義思想ではなかった。

波多野承五郎

公私ともに交流のあった実業家の中で、籾山が著書の編集・刊行まで担当した人物は、波多野承五郎である。交詢社で俳句研究会を創始した波多野は、籾山にとって恩義ある実業家のひとりである。

掛川出身の波多野は安政五年十一月生まれ昭和四年九月に没す。掛川では、冀北学舎へ入塾した。冀北学舎は二宮尊徳の報徳思想を建学の精神として、豪農岡田良一郎によって創立された私塾で、漢学と英学双方を授業科目とした。波多野は卒業後、福澤諭吉に憧れ、明治四年慶應義塾に入塾する。卒業後、慶應義塾教師、東京市市会議員を経験し、その後三菱会社入社、一年で退社。明治十五年三月「時事新報」創立時主筆として入社。明治十七年七月外務省入省、天津総領事など海外勤務を経験。明治二十五年から「朝野新聞」社長、主筆を兼務。波多野には明治期『高山彦九郎』（明治二十六年三月）『北支那朝鮮探検案内：附・朝鮮事件由来』（明治二十七年七月）の二著がある。「朝野新聞」退社後、中上川彦次郎と共に三井銀行に入り本店調査課長を経て理事に就任。王子製紙、北海道炭礦汽船、東神倉庫、玉川電気鉄道の取締役、三井銀行、三井鉱山の監査役を歴任した。大正九年五月の衆議院議員選挙で立憲政友会から立候補し当選する。

衆議院議員当選後の大正九年十一月、籾山仁三郎個人が出版者となり刊行したのが『谷の家』である（七十ページの書で非売品）。波多野の俳号は古渓で、伊豆天城にあった波多野の別荘古渓園を「谷の家」と称し、それに因んだ俳句、随筆集である。雑詠は籾山選となっている。

波多野は茶道を趣味とし、宗号は「無為庵」、高橋箒庵『東都茶会記』に亭主としても度々登場している。波多野にとって最初に披く抹茶茶会（大正四年一月二十四日開催）に、帚庵が招かれた時の茶会の様子は、「波多野氏初陣茶会」と題された小文にユーモアをもって収められている（『東都茶会記』第二巻）。籾山は波多野を通しても帚庵とつながっていたのであろう。

大正九年・十年には波多野の私家版「古渓堂圖書」として『湯ヶ島詠草』『河東節新曲夕時雨』『長唄いろは歌留多』も制作されているが、筆者は未見。

大正から昭和にかけては随筆書『古渓随筆』『梟の目：第二古渓随筆』『東海道：随筆』『食味の真髄を探る』を出版。音楽（音曲）、食に関しても造詣深いことが示されている。

波多野には、籾山の家族も世話になり、波多野の別荘「滄浪泉園」（東京小金井市）に数次滞在させてもらっている。

第二節　病床での句集

時事新報社役員在任中から病がちであった籾山は、入院時を含め作句した句を、次の二冊に纏めた。

『鎌倉日記　伊香保日記』

「鎌倉日記」は、昭和二年七月十日から同年八月二十八日にかけて、籾山がほとんど病中で書き留めた俳句俳文であり、「伊香保日記」は、昭和二年八月二十九日から同年十月十八日の間の病後温泉療養中の俳句俳文である。文章と俳句が離れてそれぞれ別の句境をつくりだす場合と、文章は詞書として句とともに相和し独自の句境をつくりあげる場合とを、籾山は意識して構成していた。「俳文」は江戸期盛んに行われた文芸ジャンルであるが、明治期以降「随筆」に取って代わられ衰退する。籾山は、和文とともに俳文をも遺そうとしていたのであろう。

「鎌倉日記」冒頭部分は、詞書が俳文となる典型例である。

昭和二年七月十日。日曜日。

蚊柱の高くも浮べる夕空に、やんまの飛びかうて、羽音の聞ゆるいさぎよし。

やんま飛んで空ゆく雲の夕あかね

同日

武庫山今は源氏山といふ人多しの頂《いただき》に三日月かかりて、青葉木兎《あおばづく》の、山の松より里の松へ飛びうつるころは、はや、かはたれの薄闇なり。此のほどのキンネツケてふ彗星（筆者注：ウィンネッケ流星群）も、はや眼界を去りて遠くなりぬるなどいふに、

帚星見えずなる夜の蚊遣かな

なお『鎌倉日記　伊香保日記』の表紙を飾る花の表装画は、若林潮雨が描いたものである。潮雨は通称亀之助、明治二十二年六月生、昭和十二年四月没、享年四十八歳。本所菊川の材木問屋に生れ三代目。一九三〇年代前半、東京の法人・個人含めた大土地所有者のランキングで第十九位を占めた若林保全合資会社の社長。生業をもちつつ句作に精を出した潮雨であるが、没後一周忌に、籾山は『潮雨句集』を編集する。その叙文を以下に引く。

叙

有徳の人にして心ばえも貧しからず、人にうまれて此の君のごとくならば、生きて甲《きのえ》や。いみじき才人とも、人にはいはれつる君の、かくは世を早うしたまへる、恨みはいつのほどにか盡きぬべき。いまはた遺したまへる吟詠にうち泣くばかりなるを、げに此の世の形見これに過ぐべきものやあると、未亡人令弟ともどもせちに望みたまふにうちまかせて、けふ小祥の忌に

あたりて、ひとつの巻とはなし侍りつ。かくてまた千點の涙をことしの花に洒ぐものならし。

若林は多芸多趣味の人で、その関心は俳句以外にも謡曲・園芸・日本画・洋画・工芸美術・西洋舞踊など多岐にわたる。国内外を旅し数多くの吟詠を遺している。

『淺草川　冬の日』

籾山は時事新報社役員時代以来、眼疾と胃腸疾患に悩まされ続けるが、昭和五年から六年にかけてその症状が悪化し、日本橋墨田川沿いの中州病院に昭和五年十月入院、翌年二月再入院、という状態となる（永井荷風が籾山を数次見舞いに来た様子は、第七章第一節参照）。荷風の昭和五年五月三十日付けの断腸亭日乗には、「梓月子久しく眼疾に罹り、失明の虞れあり」の記載もある。『淺草川』は、病気見舞いに来た友人知人に病後の平穏な状態を報告する際に書き留めた小句集。入院中に詠んだ句がほとんどである。副題として「冬の日」という言葉が添えられている。

昭和五かのえうまのとし、秋もはや暮れゆくめる十一月二十四日といふに、胃腸にさはりありて、中州病院に囚はれの身となりにけり。

入　院

やがて熱ものぼりて暮の秋の雨

その他、いくつかの句を引く。

寒き日は船もすくなし都鳥
深川や夕日にのこる屋根の雪
うつうつと寝るや蒲団の穴の中
春めくや五重の塔に牡丹雪
花売は昔ながらや春の雨
あたたかに星うつくしや夜明前
別れさへ春あけぼのの夢の中

第三節　籾山の後継II〈会社員系〉

籾山の俳諧における事績を受け継ぎ、籾山を師として慕い敬愛する後継者を、前述の通り敢えて商人系と会社員系とに仕分けしたが、本節では、会社員系の三名につき概説する。
明治二十三年から二十六年までに生まれた、大場白水郎、阪倉得旨、内田誠の三名で、皆『俳諧雑誌』の編集に関わり寄稿もし、籾山とは親しい関係にあった、「会社員」という生業をもった人物群である。なお阪倉得旨については、これまでその全容が明らかにされる機会が無かったので、特に詳述を心掛けた。

上記三名以外に、永井荷風を敬慕した邦枝完二についても触れる。

大場白水郎

明治二十三年一月生～昭和三十七年十月没。本名惣太郎、別称縷紅亭。日本橋南茅場町生まれ。南茅場町は宝井其角旧居住地に近く、東京証券取引所の裏に位置した。明治四十二年本郷に転居するまで、白水郎一家はずっと日本橋浜町に住み続けた。幼少期の友人の大方は、日本橋の蛎殻町、葺屋町、堀留あたりの名のある商家の息子であった。また真砂座のあった中州あたりの情緒にも幼いながら触れていた。東京府立第三中学校（現・都立両国高等学校）卒、早稲田大学商科中退、慶應義塾普通部を経て慶應義塾理財科卒業。父は兜町の株取引仲買を業とする〝相場師〟（白水郎の言）であった。白水郎は久保田万太郎と府立第三中学、慶應普通部を通じての同級生であり、生涯の友であった。

十六歳で久保田万太郎を知り俳句句作を始め、岡本松濱、松根東洋城の指導を受ける。慶應義塾では三田俳句会で岡本癖三酔、籾山梓月、上川井梨葉を知る。久保田万太郎が慶應義塾時代を述懐して綴った文章を、後年白水郎は引用している。

三田俳句会では、それまでの句会では感得できなかつた運座の澄明な空気に浸り、真実な、つゝましい、しみじみした俳句の生命感に触れることができた。
癖三酔によつて現実をはつきり把握することを教へられ、江戸庵（梓月）によつて古句に親しむ美しい心もちをはぐくまれた。（『白水郎句集』序文　俳書堂　昭和三年八月）

白水郎も同様の感慨をもったであろう。岡本癖三酔、籾山梓月のふたりは、白水郎にとって終生の師となる。特に白水郎は、癖三酔の俳画にも傾倒し、白水郎自身俳画論を雑誌『春泥』で展開している。

慶應義塾卒業後白水郎は兜町にあった株式仲買の澤商店に就職する。日露戦争後の景気高揚期である。澤商店で後述の阪倉金一とも知り合った。〝株屋〟稼業を続けることについては、母親が強く反対し、白水郎もその言を容れ、大正元年十二月から半年ほど籾山書店の世話になる。銀座教文館の横丁にあった籾山書店の二階八畳間で籾山と机を並べ、植字、割付、用紙、広告など編集の一切を籾山から教わった。この籾山書店時代に白水郎は『俳諧雑誌』編集の傍ら、森鷗外の原稿受取りに、千駄木の観潮楼や陸軍省医務局長室に鷗外を訪ねたこともあった。籾山は、白水郎を信頼できる編集者として見なしていたのである。

白水郎はその後一年余り朝鮮に渡り、帰国後大正二年宮田製作所に入社する。久保田万太郎の慶應義塾本科時代、同級に、後宮田製作所社長となる宮田栄太郎がいた。その縁での入社である。宮田製作所は自転車の製造販売会社として、明治期から昭和戦後まで業界に確固たる地位を築いたブランドである。鉄砲鍛冶から製銃の技法を会得した宮田栄助が、銃砲筒と自転車のフレーム構造とに共通点が多いことから自転車製造を始め、明治三十五年宮田製作所として本格的に自転車事業に乗り出した。それから十年ほど経過した時点での白水郎の入社である。

入社後大正十二年、宮田製作所が合資会社となる際、社長補佐となる。その後昭和五年購買課主任、七年総務部長、十年取締役に就任する。戦中期は満州に渡り、戦地での事業計画を遂行した。傍ら満州在住の日本人を対象とした満州俳句会も主宰した。昭和二十一年八月終戦後一年を経過して奉天を引き揚げ者として出発し、博多沖で二十日間停泊した後九月になって漸く日本に上陸。戦後は引き続き宮田製作所に勤務を続け、昭和二十三年常務取締役、二十五年社長、二十七年会長、二十九年相談役と役職を歴任した。役員就任後在任期間が各々二年間に限られているのは、戦前戦中期の過去の功績による論功行賞の意味合いがあったのかもしれない。

白水郎が補佐した宮田家の二代目社長は技術畑出身で、戦後の自転車需要の拡張、他の移動手段(自動車、二輪車)の拡大に見合った事業展開を成し得なかった。会社の苦境時に、白水郎は退職に追い込まれ、その点は不幸であったろうが、いずれにしても四十年以上、宮田製作所に在籍したことになる。このように長期間同じ会社で実業に勤しむかたわら、昭和三十七年十月没するまで様々な俳誌に関係し、俳諧を通じて朋友関係を拡げ、自身終生にわたって俳句に親しんだのである。

三田俳句会での籾山との出会いから『俳諧雑誌』の応募俳句の選者として活動し、特に第Ⅱ期『俳諧雑誌』では久保田万太郎監修の下、編集に携わった。昭和五年『春泥』の創刊にも側面から援助し、応募俳句欄「春泥集」の選者として活動する。後述する「いとう句会」には当初から参加し、宗匠格として遇されていた。また『春泥』の後継雑誌『春蘭』『縷紅』には実質的な編集人として寄与する。久保田万太郎（浅草田原町生まれ）とは肌合いの異なる渡邊水巴（浅草小島町生まれ）とも、生涯の交友関係があった。水巴は俳誌『藻の花』『曲水』を創刊し、随筆にも名文を遺した。アンソロジー『水巴文集　上下』（曲水社　昭和五十九年十一月）は、現代の俳文の名文として記憶されるべきである。水巴の代表句を引く。

白日はわが霊なりし落葉かな
てのひらに落花とまらぬ月夜かな
かたまつて薄き光の菫かな
寂寞と湯婆《たんぽ》に足を揃へけり

白水郎の著書は以下の通りである。

個人句集としては、『白水郎句集』（俳書堂　昭和三年）『續白水郎句集』（俳書堂　昭和七年）『縷紅抄』（春泥社　昭和十年）『句集　早春』（春泥社　昭和十五年）『散木集』（俳句研究社　昭和二十九年　上記句集から精選したアンソロジーで山田蕙子が編纂を担当）がある。

他の著作は以下の通り。

『春泥研究会句抄』春泥社　昭和六年（白水郎の指導の下、俳句全般についての批評・研究会の記録を山田蕙子が編集）

『縷紅亭雑記』春泥社　昭和十五年（「この書を水上瀧太郎氏の霊前に捧ぐ」と献辞を巻頭に置く小文集）

『いとう句会句集』いとう書房　昭和二十二年（句会同人の句集）
『句作の道　第一巻　作法篇』目黒書店　昭和二十六年（白水郎も監修者の一員として参画した俳句入門書シリーズ。白水郎の寄稿「推敲の必要」では、芭蕉、保坂文虹、鈴木真砂女それぞれの実例を挙げて推敲のプロセスを紹介する）

白水郎の作句については、『散木集《さんぼくしゅう》』を参照すれば、その全容を理解することができる。その中から代表句を引く。

うらゝかに蹴りたる鞠の高さかな
桜餅火燵の欲しき夜なりけり
潮引けばかはる景色や蜆掘
草の中に鶯鳴ける雷雨かな
うなぎ屋の二階にゐるや秋の暮
東海道とまりとまりの雛かな
道ばたに富士を拝むや梅の客
武蔵野の梅の木原を垣内《かきつ》かな
日のしさる忍返しや夏座敷
雨に閉《さ》す障子に秋の螢かな

甘口の酒も好みや年忘
出稽古にゆく夏足袋をはきにけり
巣を落ちし子鷺は籠にさみだるる
虹消えしあと暮早き秋の山
遅桜二木がつくる日陰かな
人声に金魚馴れ寄る秋涼し
夏雲に夕影早き川面かな
年の瀬や皆新しき御用聞
いつの間にか老妓一人となり涼し
うらゝかや近き波より遠き波
女形らしく西瓜をたうべける

白水郎の妻は常磐津師匠の糸遊であり、白水郎自身も長唄中心に邦楽全般に造詣が深かった。宮田自転車の役員という社会的地位を活用して各界の著名人と交遊し、花柳界でもパトロンとして名を馳せた。温厚な人柄で、句会においても俳句に関する議論の場には立たなかったようである。久保田万太郎は『白水郎句集』序文の中で、白水郎の性格を「典型的な東京人の、日本橋ッ子の、陽気なくせに寂しい、強情なくせにいくぢのない絆《ほだ》され易い」と表現し、白水郎への弔辞では「怒声を揚げたこと、泣きごとを言ったことはなかった」と述べた。白水郎には、その魅力により、若い頃から少なからぬ艶聞が立ったのである。

籾山が永井荷風の生涯における脇役という扱いを受けるように、大場白水郎も、久保田万太郎を中心とする解説書の中では、万太郎の結婚に関係する人物として登場する場合がほとんどである。艶福家白水郎を想い慕っていた浅草芸者梅香に万太郎も恋していたが、白水郎と梅香との話により、最終的に万太郎は結婚相手を妹芸者今竜（本名：京）にすることとなった。今竜が妓籍を離れた際、万太郎の父が結婚に反対したこともあり、今竜に家事、作法を教えるため白水郎の母の養女としてひとまず入籍した、という話があるが、その経緯については万太郎側の一方的な話であり、真偽のほどは不明である。

参考：後藤杜三『わが久保田万太郎』青蛙房　昭和四十八年十二月）

管見の限り、籾山は久保田万太郎については言及していない。万太郎は慶應義塾に大学予科から入学し、文学専攻で専業作家志望であり、浅草っ子であったこと、籾山とは句境も異なることなどから、籾山とは肌合いの違う人物ではなかったか。

昭和二十七年雑誌『俳句』に「忘れ得ぬ人々」という題で、白水郎による五回シリーズの連載が始まった（第一巻七号から断続的に五回）。取り上げられたのは、岡本癖三酔、渡邊水巴、内藤鳴雪、増田龍雨、槇金一の五名である。心に残る五人であったのだろう。籾山はこの時点で存命であるが含まれていない。しかし籾山逝去時には、「梧本庵梓月居士」（雑誌『春燈』昭和三十三年六月号）と「梓月居士」（雑誌『俳句研究』昭和三十三年七月号）の追悼文を寄稿している（終章参照）。

白水郎の母れんは、白水郎の友人たちからも慕われており、『春泥』昭和八年四月号では、諸家がその死を悼む中、籾山自筆の追悼句も掲げられ、次号では槇金一がれんを「私の辯護士」であり導き手として思い出を綴っている。れんの死去と同時期に、後述する内田誠の父内田嘉吉（元台湾総督）が亡くなっているが、れんは巻頭に写真入りで紹介された。白水郎の追悼句は「白梅に過ぎゆく七日七日かな」

阪倉得旨（槇金一）

大場白水郎にとって「遊び仲間」であり「極道友達」であった阪倉について、その人生を包括的に捉えた論考はこれまで無かった。阪倉は籾山を慕う文章を遺し、籾山の俳書を刊行した春泥社という出版社を経営した。その遍歴を辿りつつ、遺業を書き留めることとする。

本名は阪倉金一。「坂倉」と表記される場合もある。阪倉得旨、槇金一を名乗り、別名とする。得旨は籾山が禅僧の座右銘から選んで俳号として付けた名であり、槇は木挽町にあった養家の姓「巻木」から創り出した名である。明治二十三年八月生〜昭和二十二年一月没。

大阪生まれで東京に移り、商工中学校（日本大学第三中学校の前身）卒業後、株式取引・相場商いを業とする兜町澤商店に就職、そこで大場白水郎を知る。澤商店が破綻したので、二十三歳で養家を離れ大阪へ行き、「母の知人の朝鮮の金山」での仕事に就く。この朝鮮時代から俳誌『藻の花』に俳句を投稿開始する。大正六年末朝鮮より帰ってからは一時期大場白水郎家（当時は谷中清水町に在った）に居候した。白水郎の母を「私の辯護士」として慕うほど、大場家とは親密な関係にあった。のち鉄問屋に勤め、店の主人の妹（岸さと）と結婚するが、その店も破綻したので銀座・玉屋商店に就職する。玉屋は、時計・眼鏡・貴金属・測量機械などを扱い、輸入卸と小売を業とした。阪倉の随筆「玉屋雑記」は、この屋号から採ったものである。玉屋の位置は、現在の銀座三丁目・銀座通りに面した場所であり、裏隣のブロックには籾山書店があった。玉屋の店は独特の建築様式で建造され、屋上で凧揚げもできることで評判をとった。

参考：野口孝一編『明治の銀座職人話』（青蛙房　昭和五十八年四月）

白水郎との親しい関係により、俳句に親しむ機会を与えられ、自らの作句能力にも自信をもったのであろう、籾山の創刊した『俳諧雑誌』にも関わるようになる。特にⅡ期『俳諧雑誌』（大正十五年四月発刊）は大場白水郎が実質的な編集人になったこともあり、阪倉の関与も深くなった。各地の読者から投稿された俳句を掲載する欄「風交句録」を担当したり、自作の俳句や随筆小品「玉屋雑記」も第一巻七号（大正十五年十月）から掲載されるようになる。

そして昭和四年十二月単刊本の『玉屋雑記』が、私家版として刊行される。全編阪倉のエッセイ・俳句で構成された、阪倉に捧げられた稀覯本である。阪倉の「門弟」と自称する十名が阪倉を驚かせようと内緒で編集、という趣向である。その十名とは、久保田万太郎、和氣律次郎、上川井梨葉、伊藤鷗二、長谷川春草、喜多村禄郎、大場白水郎、花柳章太郎、内田誠、三宅孤軒。新派俳優も二人入った豪華な布陣である。文芸活動に意義を見出し、ひとつの組織を維持継続させるため、事務的作業を含め諸々の雑事を厭わず尽力する阪倉は、得難い人材であった。発起人十人は、「槇金一先生に御厄介になり、一方ならぬ御世話になって」いると、はしがきに述べている。彼らにとって阪倉は魅力的な人物であり、このような試みを仕掛けるに値すると考えていた。阪倉は『玉屋雑記』に挿入した赤い色紙に「このたび門弟共かやうないたづらをいたしましたにつき、まことにおはづかしきものでございますが、お目にかけることにいたしました。今後は決してかゝることを致さざるやうかたく申つけおきましてございます。」と記す。思いも掛けなかったことで、自身嬉しかったには違いない。

赤箱入りで四六版本体の表裏に小村雪岱のデザインが入る。表は行灯、裏は江戸期の和時計の意匠となっている。百頁に満たない本文は、大正十年から昭和三年にかけて発表された、「玉屋雑記」からの抜粋など、『俳諧雑誌』に掲載された随筆・創作小品・俳句から構成されている。

籾山が登場するのは、「俳諧蒟蒻問答」で籾山から画賛を受け取る場面である。

（犬の絵に）

初春や鱈売門ににになひ入る

（朝日に波の絵に）

蓬莱や石狩昆布伊勢鮑

また「得旨句抄」として十七句紹介されている。その内の一句。

新年の句を乞はれるままに

引けごろに降り出す雪や初相場

筆者は『玉屋雑記』の写真を小村雪岱の装幀本の中に見つけ、所蔵先である掛川の資生堂企業資料館で、稀覯本『玉屋雑記』を閲覧する機会に恵まれた。

この『玉屋雑記』については、森銑三も注目している。昭和十四年十月上野松坂屋で開催された古書即売会に『玉屋雑記』が出品されていて、森は魅力を感じ購入する。森は阪倉に関する詳しい情報はもっていなかったが、その文章を高く評価している。『玉屋雑記』は「愛すべき小冊子」である、として「著者は専門の文筆家ではない。それだのにこの書の中の文章には、何れも磨きがかかつてゐる。かやうな美しい文章を書く人は、文を書いて生活してゐる人には却つて尠いであらう。その上に文章を通して見る著者の人物が、潔癖で、真正直で、思ふことがはつきりいつてあり、その中には、かなり辛辣なものも含まれてゐるのが快い。」と感想を綴っている。森が「洗雲荘」という筆名で雑誌『日本及日本人』（昭和十四年十二月号）に寄稿した文章である。

阪倉はその雑誌を知人から贈られ、森の感想文を読むことになる。阪倉は、洗雲荘が森であることを知らず、森の賛辞に恐縮している。お互い知らぬ者同士の間接的な対話である。森の手にした本は、新派俳優であった柳永二郎へ阪倉が贈った謹呈本であった。そのことに阪倉は憤慨している。

参考：森の「玉屋雑記」は、柴田宵曲との共著『古酒新酒――われらが読書の記』（成史書院　昭和十七年十月）中の「水鶏の鳴く夜」に再録されたが絶版。のち『森銑三著作集　続編第三巻』（中央公論社）に再々録されている。

阪倉の随筆は、いとう句会の随筆集『じふろくささげ　いとう句会随筆集』(黄楊書房　昭和二十三年二月)にも槇金一名で収載されている。永井荷風の愛人でもあった芸妓富松と阪倉自身との縁を綴った「〝冬の蠅〟をよむ」と、赤坂芸妓萬龍・新橋待合芸者・朝鮮鉱山酌婦の三人が身に着けていた緋縮緬を描いた「縮緬」の二作である。「縮緬」は、阪倉のイニシエーションを記した好エッセイである。阪倉は、小島政二郎『鷗外荷風万太郎』の「永井荷風」の章にも「槇金一から出た荷風伝説」として登場し、芸妓富松に関する荷風の叙述とは異なる裏話を紹介している。

雑誌『春泥』第三十・三十一・三十二号(昭和七年)に三号連続で掲載された「大場さんと私」で阪倉は自らの俳句との関係を振り返って回顧する。内容は、(一)大場を訪ねてきた久保田万太郎や和氣律次郎との付き合いから演劇人・作家とも知己を得たこと、(二)万太郎宅で増田龍雨・野村喜舟・芥川龍之介と句作した時、阪倉の句「白椿黄ばみつくして落ちにけり」を万太郎・龍之介がとってくれたこと、(三)芥川から「あなたの句は他の先生のようにうまくはないが、物をじっと見つめた所がよろしい」と言われて感激したこと、(四)『春泥』発刊の経緯・当初の評価・大場白水郎の役割・他の俳誌との関係、などが述べられている。

阪倉は、大場白水郎「忘れ得ぬ人々(五)槇金一」(雑誌『俳句』第二巻第五号・昭和二十八年五月)の中でも「誰からも愛され、金ちゃんで通っていた」と回想されている。戸板康二『句会で会った人』(富士見書房　昭和六十二年七月)には「歌舞伎役者のような輪郭の、いささか古風ではあったが、じつにいい男であった」と阪倉の人となりが紹介されており、また戸板の『回想の戦中戦後』(青蛙房　昭和五十四年六月)には巻頭の集合写真に阪倉が写っている。

久保田万太郎の初期小説群には「相場師・槇」と「学生・狭山」が登場するが、大場白水郎をモデルとする一方、阪倉からもヒントを得ていると考えられるし、岡田八千代の短編「横町の光氏《みつうじ》」（大正三年八月）は、阪倉が濱町二丁目の桶屋「桶熊」の二階に居候していた頃、葭町の芸妓と様々な関係をもったことを素材にした小説である。

第Ⅱ期『俳諧雑誌』が休刊となった昭和五年には、内田誠（本節で後述）とともに後継雑誌『春泥』の創刊を担う。『春泥』の実質的な主宰者となり、運営・編集も担当した。同時に阪倉は春泥社という出版社を興し、『春泥』の発刊以降、『春泥』に寄稿する執筆者による著書を刊行していく。春泥社の所在は当初、料亭・待合の多かった麻布網代町《あみしろちょう》の阪倉の自宅とした。玉屋商店に勤めながら出版業も営む、という「二足の草鞋」を履いた人物であり、出版業については籾山書店をモデルとしていたのであろう。

春泥社の出版書目は以下の通りである。

雑誌『春泥』昭和五年三月号〜
雪中庵龍雨『龍雨句集』昭和五年十月
『春泥研究会句抄（春泥叢書　第一）』昭和六年五月
伊籐鷗二『鷗二句集（春泥叢書　第二）』昭和十年九月（籾山の序文　小村雪岱の装幀）
大場白水郎『縷紅抄』（春泥叢書　第三）昭和十年十二月
『いとう句藻』昭和十一年七月（いとう句会第一回から第二十五回までの精選句集。美装本）

久保田万太郎『さんうてい夜話』昭和十二年五月
籾山仁三郎『冬うぐひす』昭和十二年六月
大場白水郎『早春：句集』昭和十五年五月
大場白水郎『縷紅亭雑記』昭和十五年五月

阪倉は第Ⅱ期『俳諧雑誌』で「玉屋雑記」の寄稿を開始しているが、『春泥』が発刊されると「玉屋雑記」を継続しながら、他の小文・小品も寄せるようになる。『春泥』は『春蘭』と併合し、昭和十五年六月改めて『春蘭改題　春泥第一號』として刊行される。その初号で阪倉は「槇金一」名で水上瀧太郎を追慕する「いやなやつ」を寄稿する。水上の短編小説「友情」（大正九年一月『三田文学』掲載）をめぐり、その短編に登場する人物「山本」のモデルとなった阪倉が、水上との関係に残ったわだかまりを告白している。火事で焼け出された久保田万太郎を大阪で接遇してくれ、という大場白水郎からの依頼を受けた阪倉の実際の体験も踏まえた思い出であり、阪倉による水上の描き方には、自身の不満が残っていたことが感じられる。随筆としての叙述と実体験との狭間で阪倉が遺した「いやなやつ」は、阪倉の小品の中でも記憶されるべき名文と言ってよい。

阪倉は玉屋商店で取締役まで昇進したが、会社内の紛争に巻き込まれ、とばっちりを被って警察からの取り調べを受けたこともあり、玉屋からは徐々に退いていった。玉屋役員時代は、阪倉の裁量で経費使途についても融通が利いたのであろう、雑誌『三田文学』『文明』『俳諧雑誌』に玉屋の企業広告が数多く掲載されている。籾山が関与した文芸雑誌のパトロンと成り得たのである。

阪倉は二度の結婚を経験している。大正八年十二月の初婚相手は、鉄問屋主人の妹であり清元の師匠であった岸さと（当時十八歳）であり二子に恵まれたが、昭和六年三月さとは病没する。行年三十歳。『春泥』第十五号に四頁に亘り「悼得旨夫人」の欄が設けられ、『春泥』同人十二名が追悼句を寄せた。籾山の句は「手にのこる幼き者や花の暮」。

再婚相手は、葭町の芸妓時代から付き合いのあった「小のぶ」であり、小のぶの実家は渋谷道玄坂上に土地を所有していた「伊藤家」である。阪倉は昭和八年末その土地に、玉屋商店に勤務しながら「いとう旅館」を開業した。「当時東京には一寸見当らなかつた上方風の宿屋、つまりは京の木屋町とか東山辺にある貸席式のもの」であった。この場が「いとう句会」初回の会場となる。阪倉夫人は花柳界出身、旅館の経営は夫人に任されていた。旅館は文壇・俳壇でも有名となり、昭和二十年五月二十五日の空襲で焼けるまで繁昌した。

参考：阪倉著「いとう句会列伝」（『春燈』第一巻第四号　昭和二十一年四月）

昭和九年二月いとう旅館に、大場白水郎（宮田自転車）、秦豊吉（東京宝塚劇場）、内田誠（明治製菓）、徳川夢声（内田と府立一中同期）、阪倉が集まり「いとう句会」が発会する（久保田万太郎を宗匠とするのは二回目以降である）。初回参加の会員構成をみると、夢声を除き、皆会社員であり、「会社員文化」が隆盛した時代を反映している。いとう句会で阪倉の詠んだ句「夏空を仰向けざまに虎眠る」から、阪倉の俳号は「虎眠亭」（酔虎の意も）と定まった。いとう句会の会員は会を追うごとに増え続けていき、一年後には堀内敬三（松竹蒲田撮影所音楽部長）、森岩雄（ＰＣＬ取締役）、五所平之助（松竹映

画監督)、鴨下兆湖(日本画家)、澁澤秀雄(田園都市株式会社取締役)が加入する。

いとう句会はいろいろな会場で開催されるが、澁澤秀雄の自宅「欅雨荘」とすることも多かった。また顧問格として、富安風生(逓信省官僚)、水原秋櫻子(産婦人科医)が参加することもあった。句会の幹事役は、戦災で焼け出されるまで常に阪倉であった。

戦前(昭和十一年)刊行された、いとう句会メンバーの句集に『いとう句藻』がある。句会第一回から第二十五回までの投句の中から久保田万太郎が選句し、鴨下兆湖の宮城お濠端の口絵を載せ、和装仕立てにした豪華本で、会員配布のみの非売品。阪倉は編集後記(「泥門通信」)に各会員の寄贈先をこまめに記載している。

阪倉は戦災で渋谷いとう旅館を焼け出される。家族は疎開することとなり、昭和二十一年福島・磐城から静岡・三島へと疎開先が変わっていく。阪倉は暫く東京に留まったが、三島で家族と合流する。落魄した阪倉が三島で世話になったのは、三島で活動する俳人久野木靖であり、久野木は「虎眠亭槇さんのこと」という一文を雑誌『春蘭』に寄せている。三島での阪倉の困窮状態を綴り、阪倉が三島から神奈川・葉山へ転居することを知り愕然とし、翌年阪倉が死を迎えることなど夢にも思わなかった、と述べる。

阪倉は昭和二十二年一月十日葉山で胃癌により亡くなる。阪倉の往時の姿とは異なる死の様相に言葉を失ったのか、得旨という名の名付け親である籾山の追悼文は見当たらない。

阪倉没後、「槇金一君の靈前に」という言葉を巻頭に掲げた『句集　いとう句會』(いとう書房昭和二十二年五月)が出版される。いとう句会に後年参加した高田保は、序文の中で、阪倉の句会における役割を高く評価している。同書に掲載された阪倉の句を引く。

夏空を仰向けざまに虎眠る
まゆ玉のバックミラーにうつるかな
新派また旅で打ちをり初芝居
乱れ箱春着そろへてありにけり
筍の煮つけの上の木の芽かな
百貨店ウィンドン春の日傘かな
朝市の烏賊や小鯵や五月雨
めいめいに箱膳ならべ蚊やりかな
蚊やり火や明日を初日の楽屋番
電燈にうどんげ咲くや虎が雨
月今宵別れ話を切り出せる
骨あげの戻りの月をみたりけり
はなし家の夫婦死にけり秋出水
荒壁のままの幾夜や鉦たたき
闇動くネオン広告夜寒かな
河豚鍋の薬味灯にしむ香りかな

煮凝やくせとなりたる二日酔
朝々の名もなき鳥よ花八つ手
雨となり雪の雫や鯛かぶら

『春燈』は『春泥』『春蘭』を継承し、久保田万太郎を中心に編集された、俳句中心の雑誌である。その昭和二十五年四月号に槇金一名で、阪倉の「遺稿」が掲載される。「月も宿らず」という題で疎開先三島の住まいのことを描いている。天井、襖障子無しの家屋で、鼠が今にも食卓に落ちてきそうな、住んでいて絶えず不安を感じる家であった。阪倉は、五代目市川團十郎の隠居後の住まい（「埃が硯に落ちてきそうなので屛風を吊るしてある」）と比べながら、團十郎の風雅と我が身の困窮振りとの落差を嘆く。落魄し下総に移り住む細木香以を連想させる一文である。阪倉にとって、この一文を「遺稿」とされるのは不本意であったろう。

阪倉の未亡人を招き得旨追悼会を開いた際の大場白水郎の句は「うつむきて涙を見せず墨をつぐ」である（阪倉没後、夫人は東京有楽町で「洋風雑貨店」を経営していたようであるが、未詳）。

内田誠

内田誠は明治二十六年三月生～昭和三十年八月没。台湾総督であった内田嘉吉の一人息子。明治製菓で〝生業〟である宣伝部長として広報誌『スヰート』を編集、発行する。その活動の中で多くの作家、俳人、画家との縁ができる。映画関係者との関係も緊密にし、映画の一場面に明治製菓の商品を挿入するタイアップを初めて宣伝手法として導入した。明治製菓宣伝部では、藤本真澄（東宝社長）、戸板康二（演劇評論家・エッセイスト）が内田の部下として一時期所属していた。

〝余技〟としては随筆執筆を継続し、俳句も多数詠んでいる。句会での俳号は、丈高で容貌が河馬に似ているので「水中亭」と定まる。単独執筆の随筆書十三冊、句集三冊を世に出す。また前述の雑誌『春泥』の編集・刊行を行い、出版に必要な資金援助も担っていた。昭和八年内田は、父嘉吉、長男隆を相次いで喪うが、その際追悼書として限定豪華本も出版した。

〝趣味〟としては浮世絵蒐集と小唄を続けていた。浮世絵蒐集家番付にも登場するほどであり、質量とも誇れる蒐集家であった。内田は、永井荷風とも小唄をめぐっての親交があり、荷風は内田を、小唄の通、小唄界に精通した人物として認めている。『断腸亭日乗』昭和五年七月十三日の項、午前中に内田と邦枝完二が二人して荷風を訪れた際、荷風は内田に小唄流行の原因を問うている。

「内田氏は実業家なり、小唄を善くす、曾てこの道に遊ぶものの為に貲《し》を捐《す》てて小唄集を梓行せしことあり、余この頃都下山の手の花柳界にも小唄大に流行する由聞きゐたれば果して然るや否やを問ふ、内田氏曰くもと小唄の師匠といふものは赤坂の田村と堀との二人のみなりしが、近年その門弟礼下の師匠となるもの尠からず、いづれも相応の弟子ありて生計を営み得るなり、尤かかる出来星の師匠は皆速成を旨となし半年か一年ばかりもけいこして小唄の番数二三十もならひ終るや急いで師匠の札を掲ぐるなり、其労少くして成ることの速るなるは浄瑠璃長唄などの比にあらず、小唄流行の原因は唯速成の一事に在るのみならむ、盖亦時勢の然らしむる所なるべしと」

昭和初期、あるいは戦間期の東京においては、「会社員」が文芸活動に深く関与できる環境が整っていたのだ。内田は明治製菓における「会社員」という〝生業〟を維持しながら、〝余技〟として句集、随筆集を多数遺し、〝趣味〟も継続して行っていた。「二足（あるいは三足）の草鞋」をうまく履くことができた人物である。籾山の〝生業〟〝余技〟〝趣味〟の三位一体を再現している感がある。

明治製菓は東京・京橋にオフィスがあり、内田は丸ノ内の籾山書店を徒歩で頻繁に訪れていた。また銀座三丁目にあった時計・貴金属商「玉屋」に勤める阪倉金一とも知り合い、阪倉の友であった大場白水郎につながることができた。内田と阪倉は、『俳諧雑誌』休刊後、それを継承する『春泥』創刊（昭和五年）に尽力し、「いとう句会」の結成につなげていく。

内田のエッセイの中に、籾山の句集『浅草川』（春泥社　昭和六年）『冬うぐひす』（春泥社　昭和十二年）に関する批評がある。

内田は、廣重と黙阿彌に共通するものを「おだやかな、つゝましい風流人」とし、この『浅草川』も籾山という「風流人の所産」としている。「あらゆる風流人がさうであるやうに梓月さんも、私に嫉妬に近い感情を抱かしめる程、ひとり黙々として句作を愛しつゞけてゐることをこの集のうちに示している」と評価する。

また『冬うぐひす』については、以下の感想を述べている。

籾山梓月先生の句集「冬うぐひす」を讀むでゐると、結構なお庭やお座敷を拝見してゐるやうな気がした。粗末でぞんざいな仕事は何處にも見出されないのである。（籾山の句は）現代の生活には縁遠いものであると非難する者があるかもしれないが、だれでも一応は羨ましさを感じずにはゐられないほど、先生はさういふ人々の存在に冷やかであるらしい。（中略）だれがどう論じやうとも「冬うぐひす」一巻は俳諧のお手本であることに間違ひはない。

おだやかな性格とつつましさを備えた風流人で、時には時代離れの印象をも与え、怜悧とさえ思える籾山の一側面を的確に捉えた小文である。籾山に備わっていたのは、品と格である。

付：邦枝完二

邦枝完二は、画家小村雪岱とコンビを組んで新聞連載した『おせん』『お伝地獄』が評判となり、江戸期歌舞伎役者を主人公にした小説『江戸役者』『初代團十郎』、歌麿・写楽を題材とした小説などを発表した流行作家である。

永井荷風「断腸亭日乗」大正二年八月九日の項に、「籾山書店の邦枝君三田文学九月号の原稿取纏めの為め御出有之候」と記載があり、邦枝完二が籾山書店の社員であったことがわかる。邦枝は明治二十五年生れなので、二十一歳の頃のことである。邦枝は慶應義塾予科を中退し時事新報社に就職しているため、その前後のことであろう。しかしながら籾山自身の邦枝に関する言及は、籾山が『三田文学』に寄稿した久米秀治への追悼文中、文字を小さくした括弧文で「邦枝完二は大江丸の末裔である」と記した時のみである。生業を大事にし俳諧は余技とした大江丸を籾山は追慕していたが、その大江丸とは大分異なる専業作家邦枝であった。

邦枝の祖父は旗本、父は浮世絵収集が趣味の通人で、邦枝自身は平河町に生まれ育った山の手っ子であるが、邦枝の『双竹亭随筆』で見ると、江戸っ子に対するこだわりが強い。失われつつある江戸っ子文化に対する郷愁である。籾山の嫌悪する江戸っ子振りを、ストレートに体現していたのが邦枝ではなかったか。その邦枝が籾山書店を梃子に荷風に近づくのも、籾山にとっては不本意であったろう。邦枝に句作はあるが、本格的に俳句の習作を試みたとは思えない。上述の長谷川春草、大場白水郎のように俳諧に打ち込む姿勢はみられない。その点においても籾山は、邦枝に対し積極的な評価を留保したのかもしれない。荷風と邦枝との親近、籾山と邦枝との懸隔があったのであろう。

邦枝は大正九年から帝国劇場文芸部に籍を置く。その当時の戯曲作品をまとめ刊行したのが戯曲集『異教徒の兄弟』(大正十一年五月)である。戯曲八編が収められているが、冒頭の一編「島屋飛脚店」は、明治期の飛脚問屋を舞台にした二幕物で、道楽者の嗣子と洋行帰りで耶蘇教信者の養子とを主人公にしている。籾山の生家は飛脚問屋・和泉屋であり、籾山の実兄は遊芸に秀でた吉村佐平であるので、邦枝は吉村家をモデルにしたのであろう。籾山がこの一編を知ったら、どのように思ったであろうか。

第十章　告　別

第一節　籾山の後継III〈門弟・田島柏葉〉

妻、次男、実弟を次々と亡くした籾山は、籾山を師と仰いだ〝門弟〟田島柏葉にも先立たれてしまう。柏葉は昭和三十年、交通事故で亡くなる。籾山の独吟歌仙『古反故』と句集『冬扇』は、柏葉の尽力無しには刊行し得なかった。籾山の悲しみは察するに余りある。

柏葉の経歴

雑誌『春燈』昭和三十年三月号に、略歴および柏葉を偲ぶ追悼文が掲載されている。

田島柏葉（本名：三千秋）は、明治三十三年四月七日東京京橋区明石町に生まれ、尋常小学校を五年で中退し、日本赤十字社給仕となったが程なく辞め、十二歳で中野宝仙寺に入寺、得度、僧名明賢となる。十七歳で豊山中学に入学するが、中学時代に母、父を相次いで失った。

大正十年四月　日本大学予科に入学し、下谷世尊寺に移り住む。下谷時代、俳諧に親しむ機会を得た。
大正十二年四月　日本大学法学部入学。同年暮れに東京南部多摩川に近い是政の宝性院の住職を拝命。
大正十三年晩秋　浅草千束町の増田龍雨宅を初めて訪ねる。
大正十五年一月　第二期『俳諧雑誌』が創刊され、増田龍雨が選者となった雑詠欄に活発に投吟を開始し、龍雨に師事する。同年三月大学卒業と同時に宝性院に移住。
昭和三年四月　東京府立府中農蚕学校に英語教師として就職し、教鞭を執る。
昭和五年三月　『春泥』が創刊され、久保田万太郎が選者の雑詠欄に投吟する。
昭和六年一月　柏葉の妻ノブ、急逝す（二歳長男明誠を遺す）。
昭和六年十月　編集・刊行者となって、しまき社より俳誌『しまき』創刊、昭和十年六月まで続刊。
昭和九年十一月　句集『くれたけ』（しまき社）刊行。
昭和九年十二月　増田龍雨歿。
昭和十年四月　「春泥研究会」（古句研究の会）発足、同年十月末まで続く。
昭和十年十二月　『春蘭』創刊、雑詠選者となり俳論も寄せた。十二年七月まで継続。
昭和十一年四月　増田龍雨の文章・俳句を編集し、『花もみぢ』刊行（柏葉の跋文有り）。
昭和十二年一月　俳誌『不易』を編集主幹として創刊、籾山を顧問に迎える。

昭和十七年十二月　大正期からの作品を自選し八百句、籾山の選を経た四百四十三句を編集し終える。
昭和十八年三月　選句を『多摩川』として刊行（しまき社）。
昭和二十四年一月　『春燈』への投句を始める。
昭和三十年一月七日午後　東京競馬場付近の路上で自転車走行中、スクーターに突き飛ばされ、頭蓋骨折で死去。享年満五十四歳。
昭和三十年一月二十三日　根岸世尊寺において追悼句会。
同年二月十日　宝性院において本葬。
同年二月十七日　都立農業高校にて慰霊祭（死亡時、柏葉は教頭職に就いていた）。
同年八月　遺族により『続多摩川』を刊行（宝性院刊）。

柏葉の句集は現在、公共図書館に所蔵が確認できず、閲覧が難しい。ここでは、加藤郁乎氏が著書『俳の山なみ』で引いた六句を引く。

持ち古りし念珠と秋の扇かな
　浅草花屋敷
菊人形木戸より水を打ちにけり
　増田書店懐旧

酉の夜の手ぜまの中の火鉢かな

草庵龍雨居士墓所

霜ばしら苔をうかすや墓の前

福詣宵吉原をかへりけり

はなやかに繭玉垂るゝ病間かな

柏葉追悼

籾山は追悼文「柏葉追悼号の為に」の中で、僧侶、教師、俳人として、それぞれに立派な事蹟を遺したことを讃えている。

柏葉は沙門であつたが、曾て一字の教義をも説くことをしなかつた。たゞ柏葉の日常そのものが無言の大説法であつた。それゆゑに人は彼の言行に深く打たれて彼を尊敬したのである。わたくしも亦彼の為人に敬服して彼の信徒の一人でもあつた。彼が身を以つて無常の迅速なることを示したのは、沙門としては最後の説法をして本懐を遂げたといふものであるかも知れない。かくて現身の柏葉は忽ち法身の柏葉と化したのである。

柏葉は学校の先生でもあつた。育英の事業は彼に最もふさはしい爲事であつたらう。さう思ふのは彼の為人から考へて当然のことである。多くの学生は皆彼に心服し、皆彼を畏敬し、等しく彼の思ひがけない急死に落涙した。好き教育者を失ふことは国家の一大損失である。それは只一人の人間の単なる死ではないのである。

柏葉はまた俳人であつた。彼は増田龍雨の後継者として、旧龍雨門下の人々を統率して、東京の俳壇における旗頭となつた。平常法務と学務とに忙殺されながらも、俳諧の道に精進し、先師龍雨の遺風を伝へながら、自らの作句能力を発揮した。


増田龍雨亡き後、籾山が礼遇してくれたことに柏葉は感謝し、十分役に立てなかったことを悔いている文も遺しているが、柏葉の籾山へ成した最大の貢献は、籾山の独吟歌仙『古反故』の編纂である。『古反故』の後記に、柏葉は次のように認める。


雪中庵十二世増田龍雨は、連句に於ては屈指の作者にして、その名斯壇に高かりしが、自らは常に梓月翁の高邁なる作風を敬慕し、翁をもつて元禄以来第一の作者なりとして、われら門葉にその作品の翫味を慫慂して措かざりき。

梓月翁は、夙に大正十一年の秋、鎌倉扇ヶ谷なる梧本庵に隠棲したまひ、ひそかに風雅に沈潜して、ひたすらこの一筋の道にいそしみたまへり。かくして、こゝに絶妙の歌仙積みて三十巻を算ふるに至れり。翁もとより世に名の現はるゝを好みたまはず、餘儀なく雑誌に寄稿したまへるもの纔《わずか》に數巻にして、爾餘の詠草は深く筺底《きょうてい》に秘められたるなり。

爰に於いて龍雨没後、翁に師事して教を仰ぐもの、即ちわれら不易同人、この高吟の空しく紙魚に委せられむことを歎き、翁に懇請して板にのぼせ、廣く江湖にわかちて、華嚴の醍醐味を誉むるの喜を倶にせむとはするなり。

また柏葉が籾山の鎌倉の自宅を訪れ、自身の刊行する俳誌の誌名を籾山に相談した時、籾山は床の間に掛けてあった横物にある「不易」の二字を勧めた。この横物は、鎌田竹堂（栄吉）の書である。鎌田は、籾山の慶應義塾在学時の塾長であり、籾山は鎌田を敬愛していた。籾山は後日、この横物を柏葉に与えており、籾山の柏葉に対する情愛がうかがえる。

籾山の追悼句。

年始状ならぬ涙のしらせかな
横山と枕ならぶる眠りかな
河原ゆく身は友なしの千鳥かな
蠟梅の花の香残す仏かな
悲しみの綿々として春近し

第二節　独吟歌仙『古反故』と最後の句集『冬扇』

『古反故』

本書は三十六句で構成される歌仙を、すべて独吟で詠み上げ、総数三十一巻をまとめた構成となっている。昭和八年七月から昭和二十七年二月までの作句であり、すべて独吟である。昭和の時代、戦前から戦後の二十年をかけて独吟の歌仙を巻いていく、この持続力は圧倒的であり、管見の限り他に例を見ない。籾山は、序文（小引）に次のように述べる。

一、本集収むる所の獨吟歌仙は予が獨樂の餘に成れり。閑居して獨り斯の道に遊ぶに、その樂しみや極まりなし。積みておのづから三十一巻に及べるなりき。
一、文臺引おろせば即ち反故なりといへり。一巻又一巻、運んで揚句に至る毎に、此の言に感ぜずといふことなし。集に名づけて「古反故」といふも此の故に外ならず。

上田秋成にも「古反故」と題する文はあるが、籾山は、服部土芳『三冊子』中の「文臺引おろせば即ち反故なりといへり」という言葉に納得し、「古反故」と名付けた。

歌仙は、本来複数の作り手（連衆）が寄り合うこと（座）によって、基本的には三十六句を詠む（巻く）形式であるが、独りの詠み手による（独吟）歌仙は芭蕉の頃からも行われていた。筆者未見であるが、「桃青門弟独吟二十歌仙」がある。故乾裕幸氏によれば、芭蕉の編集で、一六八〇年（延宝八年）の刊行、杉風、卜尺、卜宅、嵐蘭、嵐雪、螺舍、其角等、初期蕉門の俳人二十一名の独吟歌仙が所収されている。乾氏は「作品は玉石混淆」と評している。

『古反故』には、句仏上人（大谷光演　明治八年生～昭和十八年没　東本願寺第二十三代法主　真宗大谷派管長）、高田蝶衣、贅川他石、正岡子規の句から起こされる（脇起）四巻も含まれる。これら四名は籾山にとって忘れがたい人々であった。
ここでは戦後昭和二十二年十二月九日に詠まれた「霜」という題の歌仙一巻を掲げる。籾山の追求した「軽み」が表現された歌仙である。

霜

霜白し草の庵は寒むけれど
　冬木はるかに消ゆる朝月
滑《せ》車《み》の音船河口に荷役して
　烟管くゆらす車夫の辻待
町中にうまれて育つ雀の子
　匂流るゝ木の芽田楽
暮遅くはや縁日の植木市
　忍返しの内ぞゆかしき
小間物屋得意まはりの小風呂敷
　著物きぼしを娘ごころに
母上の殘んの色もなつかしく
　逮夜の庭の紫陽花の雨

三味線の根岸の里は夢なれや
　世に逐はれては鳥も影なし
ゆつたりと川は南へ流れつゝ
　おぼろの月に雨戸さす家
門跡の塀の裏手の花明り
　竹の子藪に蕗の姑《しゅうとめ》
鹽魚も苗代時の喰ひのばし
　差金《さしきん》させて拂ふ荷為替
此のほどは只見まはりの親旦那
　天窓《ひきまど》なほす屋根の勾配
よりかゝる柱も細き夏痩に
　氣立のよくばよしや吉原
腰入のその日の朝の睨み鯛
　皆新しき印半纏
茶にあらぬ酒を土瓶にしのばせて
　とりしきつても奥を働く
月影と月の隈との立話
　初嵐吹く納め手拭

水茶屋は秋の落葉に莨盆
するめを炙る足の黒焦げ
翌もまた浮世をわたる日和下駄
馬より馬子の濡るゝ春雨
此の春は思ひ殘さぬ花を見て
草かぐはしき千代の古道

この『古反故』は非売品として発刊されたため、現在閲読が容易ではない。復刊が望まれる佳書である。

『冬扇』『續冬扇』『續々冬扇』

籾山を師と仰ぎ、俳誌『不易』を主宰した田島柏葉（明賢）が昭和二十九年籾山の喜寿の祝（数え年七十七歳）に編纂した『冬扇』、柏葉が急逝した昭和三十年一月七日の直後一月十日を刊行日とし籾山自身（満七十七歳）が編纂・発行した『續冬扇』、俳句同好会月報に昭和三十年八月から籾山死去（昭和三十三年四月二十八日）後の三十三年八月までに発表された句を楓谷七十七が編纂し籾山の実子梓山（泰一）が発行した句集『續々冬扇』。いずれも籾山最晩年の句集三巻である。『冬扇』の序に「げにや、やつがれにありてこそ、俳諧は眞に『夏爐冬扇』の用なき餘戯なりけり。則ち此の集に題して『冬あふぎ』とはいふめり。」と書名の所以を述べている。ここでは「余技」ではなく「餘戯」の文字を使う。

『冬扇』

材木の奥に帳場や春の雪

春雨や白粉にさす傘の色

深川や女肩なる浅蜊売

浴衣縫ふや思ひやりなき人の為

冷奴つめたき人へお酌かな

女星とて男星にまさる光かな

海の水冷えゆく秋の彼岸かな

三味線を小壁に寄せて雪見かな

水仙の咲く時捕るる秋刀魚かな

短きは筆の命よ冬ごもり

ともかくもならでやの年忘かな

初春の淋しき業や墓まゐり

双六やここに泊りの夜の雨

『續冬扇』

白足袋を穿きつゝ思ふ事となく
人の世の哀れは蒲團乾しにけり
俳諧の軽みに遊ぶ火桶かな

新富町なる梓月庵人に買はれて大正十年十月十二日家わたすべき日になりければ見かへりがちに立出でつゝ

桐火桶一つ抱へて家うつり

いくさ敗れて後、物てふ物のみな得がてになりて、世上の苦しみいみじかりけるころ

日に日々に炭團一つのぬくみかな

『續々冬扇』（籾山は「築地川」と傍題を付ける）

すずしさやまだ夏ならぬ金魚売
つばくらも酒屋の暖簾くぐりけり
花人と思はれて行く墓参かな
さみだれや土管につまる蟇
蟇と我永らへて見る庭の月
まんまるの師走の月やすみだ川
鎌倉で亡くなる人や寒の内

蝶逐ふて蝶追ふ我を忘れたり

（昭和三十三年四月七日以降の句）

四月七日　午前入院。

花鳥の春半分になりにけり

新富町梓月庵旧地

跡もなし橋と柳はむかしにて

四月八日　晴、雲あり。

ちまちまと誕生仏や銀盥

四月九日　曇、昼前より小雨

二声の夜明鴉や花曇

豆腐呼ぶあとを逐ひけり浅蜊売

春げしき町中の夜は開けにけり

食道癌

竹の子のかつをのはしり思ふのみ

今日四月十四日正午手術なり。一度手術台に上れば忽ち死に直面せん。希くは再び生所を得んことを。はや午時ちかければ筆をさし擱く。

ともかくもならでや雪のかれを花　翁（芭蕉の句を籾山はここに措く）

四月十六日　ひとに筆とらせて

夜を春にねらるるはずの注射かな

「蝶逐ふて蝶追ふ我を忘れたり」は俳諧の真髄を追う精神を、「夜を春にねらるるはずの注射かな」は俗界を離れ安寧の処を見つけんとする心情を、それぞれ詠ったまさに辞世の句である。

籾山は、昭和三十三年四月二十八日築地癌研究会病院で死去した。享年八十歳。死因は胃癌となっているが、六十歳以降体調を崩す状況が続いていた。

荷風は籾山の訃報が知らされた時、断腸亭日乗に「夕刻速達郵便あり。籾山梓月氏廿八日午後六時四十分癌にて死去の由。」と記した。

終章　追悼

偲ぶ人々

籾山没後、追悼文はいくつかの雑誌に掲載された。

『春燈』昭和三十三年六月号において、大場白水郎が「悟本庵梓月居士」を寄せる。若い頃からの籾山との交流が、短文ではあるが的確に描かれている。明治期築地の籾山家に出入りしていた株式仲買である山叶商会の田中勝之助の話で始まる。その頃籾山家の当主半三郎は、兜町では「三半さん」で通っていた株取引の大手筋であった。田中家と大場家とは親戚づきあいをし、大場も田中を通して籾山家の話を聞いていた。田中は籾山家の婿養子である籾山のことを「三半さんは目が高い、実にいいお婿さんですよ」と評していた。続けて慶應義塾「三田俳句会」のこと、籾山の著書『株式売買』の改訂時に株式取引所を案内したこと、籾山書店刊行の胡蝶本に久保田万太郎の作品『浅草』を加える際その仲介をしたこと、などを述べているが、大場にとって忘れ難かったのは、母親の希望を入れて株式仲買の仕事を辞め、銀座三丁目にあった籾山書店に世話になった時のことである。籾山とは一年間ほど机を並べ、出版・編集のプロセスを基礎から教わった。千駄木の森鷗外の自宅や陸軍省医務局長の室に原稿を取りにいったこと、京都から上京した上田敏を籾山共々隅田川でもてなしたことなど、年齢でひとまわり年長の籾山を、大場は深く敬愛していた。

また雑誌『俳句研究』では、三十三年七月号に川上梨屋「藤蔭菩薩」大場白水郎「梓月居士」石川桂郎「梓月先生」と三俳人の追悼文が並び、籾山の長男籾山梓山が「父梓月」として想い出を書き起こしている。川上は増田龍雨と籾山との関係に触れ、石川は久保田万太郎からの聞き書きで籾山を描出している。梓山の文は、前述した籾山の余技・趣味について触れている。

大場の「梓月居士」は、籾山が亡くなる寸前、最後の半月間の病床日記に記された俳句から書き起こされる。前章『続々冬扇』の引用句と重なるものも含まれるが、大場の籾山を偲ぶ心が織り込まれているので、そのまま転載する。

昭和三十三年四月十一日の句
大手術を近日にして
花曇延寿記念の日と待たん
次の日四月十二日の句
万々一を慮りて詠み置く吟
求生不可得
蝶逐ふて蝶逐ふ我を忘れたり

一日置いて十四日には
今日四月十四日正午手術なり。一度手術台に上れば忽ち死に直面せん。希くは再び生所を得ん事を。はや午時ちかければ筆をさし擱く。

ともかくもならでや雪の枯尾花　翁

籾山の愛誦した、この芭蕉の句で自筆の日記は終わっている。
その後十六日に長男梓山の代筆で誌されたのが、次の句である。

人に筆をとらせて
夜を春にねらるるはずの注射かな

大場は蝶の句を「覚悟の吟」とする。
妻、次男、実弟、門弟に先立たれる悲しみを味わい、時事新報社では会社員として十全の働きを成し得なかった籾山を支えたのは、生涯にわたっての余技、俳諧であった。

伊藤鷗二「籾山梓月論——或は籾山梓月と私——」
昭和二十六年四月『俳句研究』に発表された伊藤鷗二の評論で、以下の七章で構成されている。

籾山の文芸活動を総括し、その姿を活写する文章である。
（一）先ず結論的に　本書序文でも触れたように籾山の句風を「一見他奇なき平凡な古調でありながら含蓄の深きこそ蕉風の真諦と感ぜられる」と評価し、正岡子規、高浜虚子に劣らぬ功績がある、と讃えている。
（二）流麗暢達の文章　最初は雑誌『文明』（第三号）に掲載された「断腸亭記」を「行文の巧緻さに品のいゝ洒落気を加へて綺意妙想、後世に遺る名文」であり、文章には彫琢の跡が偲ばれるとしている。増田龍雨の遺稿『遠神楽』の序文も引用し、「達意の名文」と評価する。
（三）大自在尺牘文　籾山の「普通の文章もうまいが候文体にかけては詩句の駆使が自由で行文流麗、谷川が流れるやうに滉々淙々《とくとくそうそう》の響きがある」と絶賛し、巻紙に墨書してある鷗二宛に来簡した手紙を引用する。手蹟は「肉細の文字で変体仮名を織り交ぜて葦手（筆者注：絵画的な変形文字）よりは強くお家流よりは雅致が」あり、「文、書竝び備つて彼れの書翰を精彩あらしめる」と絶賛する。
（四）梓月俳諧の艶冶色　梓月俳諧の特色である連句の評価である。梓月の広い視野と語彙の豊富さを挙げ、併せて「色っぽさ」を鷗二は指摘し、「艶冶色」が表現された代表例として「草庵（花あかり）」と題された独吟連句を紹介する。「洵に粋な俳境で、ぼくねんじんには云へぬ詩句が随所に出て居る。これは梓月の都会人的教養によるからである。」短所として鷗二が指摘するのは、「景容の移変りに余り飛躍の無いこと」である。
（五）単彩清雅の句境　籾山の句集『冬鶯』と『俳諧雑誌』所載句を句評する。「彼れは生来閑寂の境地を好むやうに句も亦閑寂幽雅である。それは彼れが茶道の心得による一の悟道境とも思へる。」句を「作ると云ふより詠むと云った方が適切であるやうに吟ずる。即ち日常の生活、挙措、印象、感銘等立ち所になる。」「どんな詰らぬ現象でも技巧によってそれを秀句化するといふ手品は彼れには関はりのない済度である。」など的確な批評文が並んでいる。

第Ⅱ期『俳諧雑誌』刊行の頃の籾山の句を鷗二は秀句として引いている。

にはたづみ松は花粉を流しけり

草庵小景

朝顔やそぼふる日なる狂ひ花

としの夜や日本橋川靄こめて

芽仕度の枝青みくる槭《かえで》かな

こすみれや葉になる梅の鉢の中

山茶花やまろく刈られて花さかり

（六）梓月の為人《ひととなり》　籾山の履歴を概説する章。籾山と鷗二が初めて会ったのは、銀座に籾山書店があった頃で、籾山は渋い和服を着、角帯の間に象牙の根付が粋に見えた。その時籾山は三十歳台で折花の道も心得ていて、芝居の桟敷に芸妓数人を従えた籾山の「高貴な白い顔」を見かけたこともあった、と記述。

（七）「古俳句講義」の思出　本書でも触れている輪講の思い出を綴る。鷗二がこの「籾山梓月論」を執筆した時点で籾山の実弟上川井梨葉も亡くなり、参加したメンバーのほとんどが鬼籍に入っていた。鷗二は籾山ひとりが天寿を全うしているのは、「風塵を避けて隠棲多年『仁者が寿《いのちなが》し』の格か」と結ぶ。

＊

籾山仁三郎、梓月の事績を、実業と文芸、あるいは生業と余技という視点で辿ってきたが、掉尾を飾るには、籾山がその著作二書にも序文を寄せている大場白水郎、伊藤鷗二による籾山梓月論を掲げることが、ふさわしいと思量した次第である。籾山仁三郎、梓月の名が永遠に残らんことを願いつつ、擱筆する。

跋

籾山仁三郎。いい人にめぐり合ったと思っている。

明治中期に品格の素地を形づくる教育を享けることができ、出版社社主としてビジネスを成功させ、文豪との付き合いも熟《こな》し、余技である俳諧に名吟を遺した。実業家ではなく、むしろ日本橋町方の店主というような印象である。生業と余技とのバランスを図る生き方は、籾山独特のものである。ただ時事新報社に役員として入社したのは、業種選択を誤り、社内環境・時期も悪く、籾山にとって不運であった。しかし八十年という生涯を生き抜いた魂は、遺した俳諧とともに永遠に生き続けるのである。

本書は籾山仁三郎、梓月の人生を振り返る試みであり、文献を頼りによろよろと手探りしながらようやくここに辿りついた。つくづく思うのは、籾山の人生と我が身との懸隔である。筆者が漢詩に触れたのは高校授業の漢文までで、以後籾山のように漢籍には親しんでこなかったこと、花柳界が衰退した後の高度経済成長期に会社員となり、籾山、大場白水郎、阪倉得旨のように〝折花攀《せっかはん》柳《りゅう》〟の世界には近づけなかったこと、小学生時代ラジオで「小唄の時間」を聴いていても籾山のようには邦楽の世界に足を踏み入れてこなかったこと、生来の悪筆で籾山のように筆硯に親しむことがなかったこと、等々籾山と引き比べ、当然ではあるが、己の至り無さに思い至っているところである。執筆中実体験、実感とは離れたところで評伝を綴ることの難しさを常に感じていた。その難行の中、筆者が籾山への関心をもち続ける動力となったのは、籾山が生業を持ちつつ余技として俳諧・随筆・小説など文芸を試みる、「二足の草鞋」を履くディレッタントであったことである。

会社員として三十四年、大学教員として十四年、駄句一句をも吐かず、冗漫な詩一行も物せず、余技も無く唯趣味として謡・仕舞を齧るだけ（それも今は休眠中）で、生業の周りをうろうろする生活を続けたやつがれ、俳人としての籾山梓月を評価し評伝を著すなど無謀なこととは先刻承知。敢えてこの難業に乗り出すきっかけは、筆者会社員時代にある。京都出張帰りの新幹線車中で読む本を探しに京都四條の古書店に行き当たり、そこで買い求めた戸板康二著『久保田万太郎』（文春文庫一九八三年）が、そもそもの始まりである。戸板の著書とはその時が初めての出会いであったが、柔らかな文体で一気に読ませる好著であった。その中に久保田万太郎を宗匠とする「いとう句会」に言及している箇所があった。句会に参加しているメンバーの多くが会社員で、句作を余技としていたことに興味をもったのである。句会の発案者である内田誠は明治製菓、阪倉得旨は銀座三丁目にあった玉屋商店、主要メンバーである大場白水郎は宮田自転車、秦豊吉と森茂雄は東宝系企業と、それぞれに勤務していた。内田と阪倉は、籾山が創刊した『俳諧雑誌』が休刊すると、それを継承しつつ、俳諧だけでなく随筆の寄稿も多く掲載した雑誌『春泥』を創刊する。会社員でありながら、余技として文芸に関わっていた人物群。会社員というポジションを維持しつつ、文芸の発展に寄与し文化形成の一角を担った人々が存在したのである。それが可能になったのは、第一次世界大戦と第二次世界大戦との戦間期、日本経済に余剰が生み出されたことと、会社経営内部での弾力的な経費運用とおおらかな職業倫理という企業内の条件とが相乗的に働いたことによるのであろう。

内田誠は、筆者にとって強い関心をもつ対象であり、彼の幅広い活動を「〃会社員〃内田誠のスキート——生業、余技、そして趣味」という一文におさめ略伝とする機会があった。（共著『東京府のマボロシ　失われた文化、味わい、価値観の再発見　ほろよいブックス』社会評論社、二〇一四年十二月）今回特に阪倉得旨について、内田誠に続き、その全貌を捉えることができ、これまで欠落していた部分を新たに補完し得たと考えている。

籾山が生涯関わる経済・経営という生業、それと俳諧という余技（文事）については、本書で不十分ながらも触れることができたが、籾山の句作にも影響を与えたであろう絵画鑑賞（絵事）と邦楽（音事）についてはほとんど触れていない。特に西洋音楽を認めない籾山に、三味線音楽、邦楽がどのような影響を与えたか、というテーマについては、引き続き考察を進めたいと考えている。

故加藤郁乎氏の未完に終わった小説「春しぐれ」は、俗事を離れ鎌倉に隠棲した梓月、というイメージで語り始められていて、町方にあり生業と余技とのはざまで実業と文芸とを熟《こな》していた籾山の姿が、朧になってしまう恐れがあるのでは、と拝察する。本稿は、加藤氏の捉え方とは異なる視点で描いた籾山仁三郎の外伝であるので、加藤氏の企図した小説とは全く別の様相を呈している。

天空に飛翔する加藤郁乎氏の御魂に、憤怒無きよう祈るばかりである。

「叙」の項で触れた相磯凌霜著『荷風余話』の編者である小出昌洋氏は、〃あとがき〃にあたる「編者贅言」の中で、次のように述べている。

森先生（著者注：森銑三のこと）がまだお元気で、外出も厭われないころのこと、先生から、相磯さんは籾山梓月さんをもご存じだから、その聞き書きをしたい、ついては同道して、原稿を作るようにといわれたことがあった。それで決められた日に出掛けたのであるが、先生と相磯さんとの話は、つぎからつぎへと話柄が飛んで、纏らない、それでも何とか整えて見たら、それは今回本書に収録した「余話」に書かれる梓月さんを出るものではなく、新味に乏しく、ものにならなかった。それでまた日を改めて何とかしようといっているうちに、先生の外出がままならなくなり、そのことはついに頓挫した。

小出氏と先師森銑三との間で果たせなかった籾山に関する「聞き書き」、本稿で補うことができれば望外の幸せである。

また神奈川近代文学館に籾山の令孫お二人から寄贈された籾山関連の資料などを探索すれば、新たなことに出会えるとも思うのだが、本書は既存刊行資料を手繰ってまとめたもの、筆者にとっての「なかじきり」である。

本稿をまとめるに際し、以下の方々の研究業績を参考とさせていただいた。

（一）俳諧・俳句の実作を成さない筆者にとって、以下の研究者の方々の論考は、俳諧・俳句を理解するに大きな助けとなった。ここに感謝申し上げる次第である。

（敬称略）井田太郎・乾裕幸・今泉準一・上野洋三・越後敬子・尾形仂・雲英末雄・栗山理一・櫻井武次郎・白石悌三・田中善信・藤田真一・堀切実・山下一海

（二）戸板康二を探索し続けインターネット上で「日用帳」というページを展開している藤田加奈子氏、現代では忘れ去られてしまった増田龍雨を蘇えらせた金丸文夫氏に対しては、そのご努力に敬意を表する。

籾山伝を著わそうと思いついた時、背中を押してくださった川崎勝氏、籾山に関する小文を掲載してくださった福沢諭吉協会に感謝申し上げる。

本書執筆にあたっては、国会図書館・東京都立図書館の希少資料が大いに役に立ったが、特に東京都中央区立京橋図書館の地域資料、東京都江東区立深川図書館の蔵書、および神奈川近代文学館の文学関連資料と蔵書雑誌からは貴重な情報に恵まれた。

拙い原稿を掬いとり、一書にまとめてくださった幻戯書房社主・田尻勉氏に深謝申し上げる。

吉村家（和泉屋）・籾山家（三浦屋）人物関係図

〈飛脚問屋　和泉屋〉

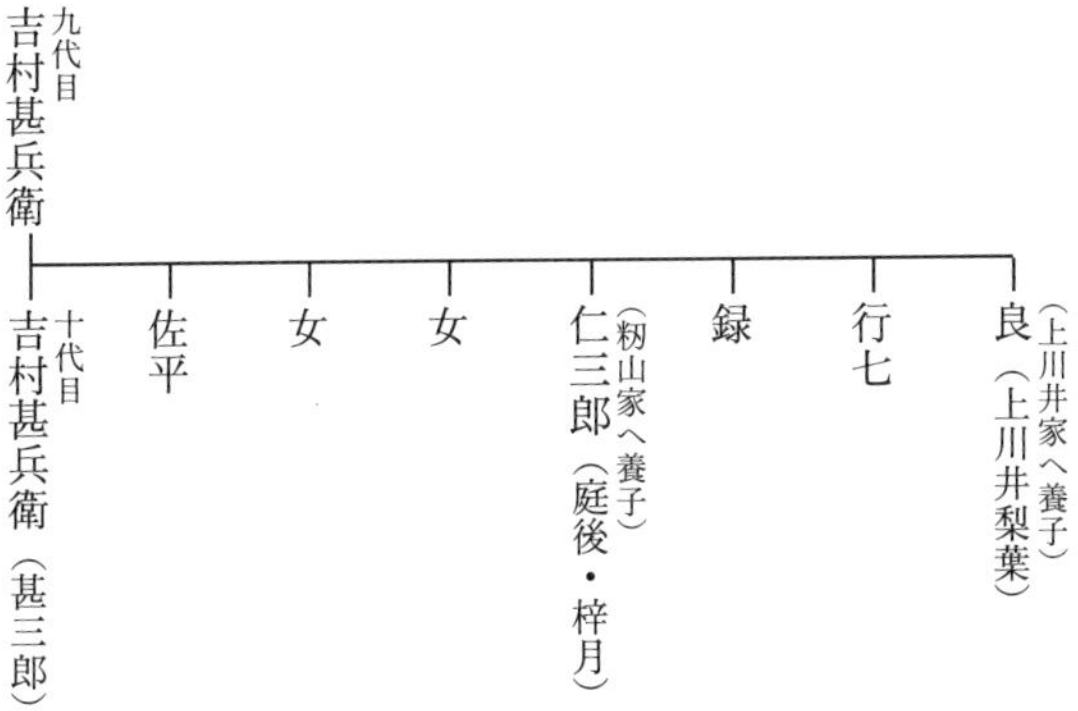

〈海産物問屋　三浦屋〉

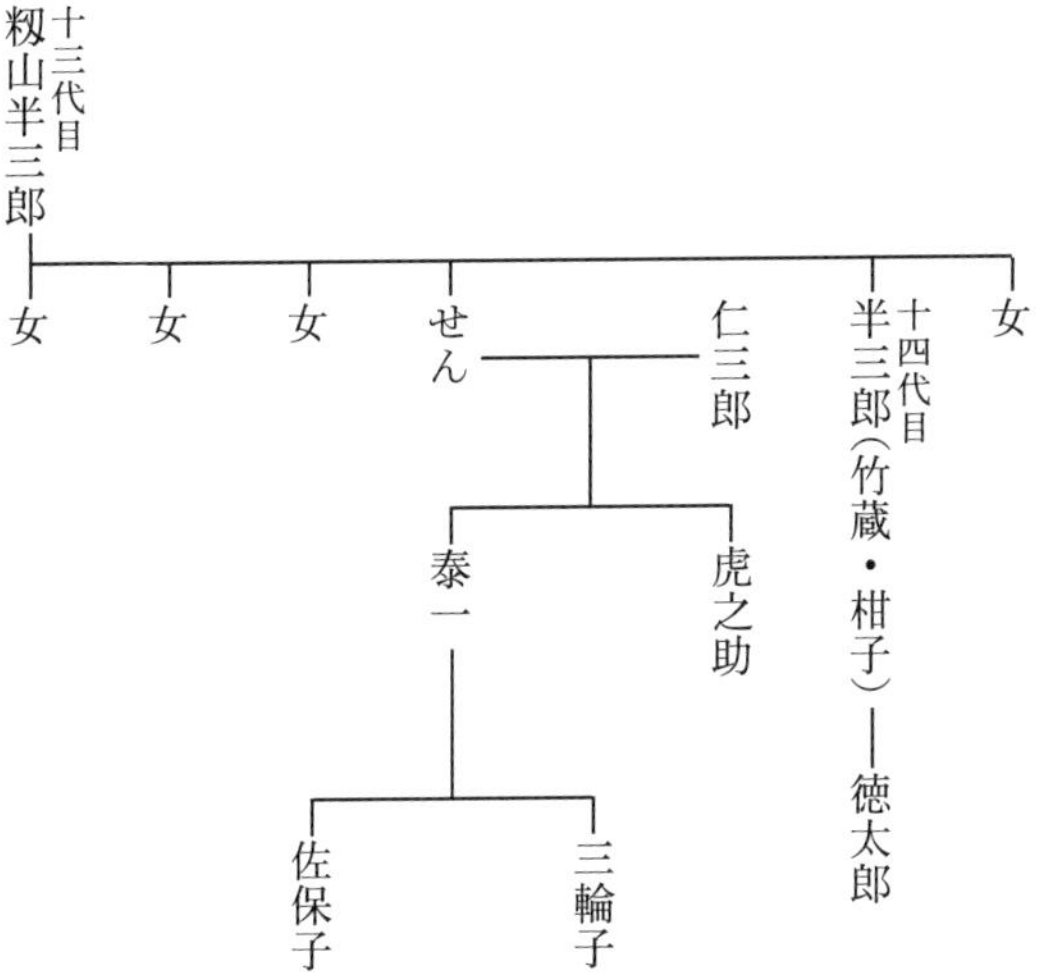

現在の地図に見る籾山書店周辺図

籾山仁三郎　年譜

（各時点で「月」が記載されていない場合は、その月を特定できず未詳となる。また雑誌『三田文学』『文明』『俳諧雑誌』『春泥』などに籾山の作品は多数掲載されているが、ここでは一部を記載するに留めた。）

明治十一年

一月十日　江戸時代からの飛脚問屋である和泉屋・吉村家に生まれる。本籍は東京市日本橋区浪花町。吉村家は両替商も営む。実父は「江戸の町人」（籾山記述の「自伝」中の語）和泉屋九代目吉村甚兵衛。幼少期は日本橋界隈の浪花町、元大工町、呉服町などに住む。

明治十八年

実父死去。

明治二十二年〜二十四年

藤沢羽鳥村の耕余塾に二年半就学。その後明治二十九年の慶應義塾入学まで早稲田専門学校予科、日本中学校、第二高等学校に学ぶ。

明治二十五年

十四歳で又照庵布川（作家名は南新二）に俳諧を学び、湟東を俳号とする。

明治二十六年

南新二の勧めにより、八世其角堂機一に入門。翌年宗匠より寶窓機文の号を与えられる。

明治二十八年

江戸庵を初めて名乗る。明治二十九年から三十年にかけて旧派俳諧の「非を悟る」。
明治二十九年
二月　慶應義塾大学理財科入学。
明治三十一年
大谷繞石の紹介により高浜虚子を識り、正岡子規の知己を得る。
明治三十四年
四月　慶應義塾大学理財科卒業。
明治三十六年
吉村家は日本橋呉服町から牛込砂土原町に移転。
明治三十六年
三月　海産物鰹節問屋の老舗三浦屋・籾山半三郎の婿養子となり、四女せんと縁組、築地庭後庵（籾山家所有別邸内、京橋区築地二丁目十五番地）に移り住む。
明治三十七年
一月十一日　長男泰一（のち俳号梓山）生まれる。
明治三十八年
次男虎之助（のち俳号梓風）生まれる。
明治三十八年
八月　高浜虚子より俳書堂を譲り受ける。明治三十二年より刊行されていた『俳諧叢書』を大正四年まで続刊し引き継ぐ。
明治三十八年
十一月『俳諧手帳』を俳書堂より刊行。その後数年にわたり、版を重ねる。同月二十七日　川崎安が制作した石膏製掛額「子規居士半身像」を夏目漱石に送る。
明治四十年
七月『俳句の研究』を俳書堂号籾山書店より刊行。
十一月『南新二軽妙集』を俳書堂号籾山書店より刊行。
明治四十一年
「俳書堂文庫」として、『連句入門』（一月）『連句作例』（六月）『俳人名簿』（八月）『玉珂冥々句集』（十一月）を俳書堂より編集・刊行。
明治四十二年
二月『三田学会雑誌』を籾山書店より販売。
明治四十三年
四月『株式売買』刊行。

明治四十三年
五月　『三田文学』を籾山書店から発行。
明治四十四年
　この年一月から大正二年五月まで、「胡蝶本」装幀によるシリーズ本、全二十三冊を刊行。
明治四十四年
一月十八日　上野精養軒で合同雑誌刊行企画打ち合わせ開催。「スバル」「三田文学」「新思潮」「白樺」合同雑誌発行月は各雑誌を休刊、という籾山の提案に武者小路実篤が大声で反対し企画は実現せず。
明治四十四年
二月　丹羽後之助撰『イソップ唱歌』刊行。本文八ページの楽譜付き小冊子。
明治四十四年
四月　『長編お伽噺　子供の夢』十二月『お正月お伽噺』刊行。
明治四十四年
十二月　雑誌『三田文学』への寄稿始まる。
明治四十五年四月〜大正元年十月
　この期間に、籾山が『三田文学』に発表した小品「渡邊」「耳食」「カステラ」に関する短評（無署名）が、雑誌『劇と詩』『ホトトギス』『早稲田文学』『近代思想』新聞『やまと新聞』『時事新報』に掲載される。
大正元年
九月　籾山書店、銀座三丁目へ移転。
大正二年
二月　『遅日』刊行。
四月　島崎藤村より机を贈られる。
大正三年
十月　籾山書店、丸ノ内三菱二十一号館へ移転。
大正四年
一月　『俳句のすゝめ』刊行（俳書堂）。
九月　永井荷風、『三田文学』に「樅山庭後」を寄稿。
大正五年
一月　『株式売買』第十二版刊行（籾山書店）。『俳句のすゝめ　増補改訂版』刊行（俳書堂）。
二月　『江戸庵句集』刊行。巻頭に永井荷風の序、巻末に籾山の跋。
三月　『文藝の話』（籾山書店で刊行した作家の紹介と

推奨文）発行（米刄堂）。
四月　雑誌『文明』刊行と同時に寄稿を開始する。
大正六年
一月　月刊『俳諧雑誌』刊行と同時に寄稿を開始（第一期　大正十二年六月号まで）。
十一月　先代吉村甚兵衛の収集した美術品の一部を売立。
大正七年
九月　養父死去。
大正八年
八月　梓月庵（東京市京橋区新富町七丁目七番地　五代目尾上菊五郎の旧邸）に移り住む。
大正十年
十月　松泉亭（東京市赤坂区仲の町二九番地）に移り住む。
大正十一年
三月　妻せん死去（享年三十七歳）
九月　梧本庵（神奈川県鎌倉町扇ケ谷今小路一六五番地　寿福寺内）に移り住む。
大正十三年
六月　築地籾山別邸の跡地に築地小劇場が開設される。
九月　島崎藤村から譲られた机を久保田万太郎に譲る。
大正十四年
俳書堂を実弟上川井梨葉に譲り、監査役に就任。
大正十五年
四月　第二期『俳諧雑誌』刊行（昭和五年二月号まで月刊）。
十月　『連句入門』再版刊行（友善堂。関東大震災で『連句入門』の原版は焼失）。
十二月　上川井梨葉の編集による『古俳句講義（一）』を友善堂より刊行。
昭和二年
三月　『梓雪句集』を友善堂より刊行。
五月　『古俳句講義（二）』を友善堂より刊行。
昭和三年
四月　時事新報社常務取締役に就任。同月、交詢社常議員に選出（死去する昭和三十三年まで継続）。
六月　句文集『鎌倉日記・伊香保日記』を俳書堂より刊行。
昭和四年

十二月　阪倉金一、『玉屋雑記』（私家版）中の「俳諧蒟蒻問答」（初出は大正十一年三月）において籾山に言及。
昭和五年
三月『名士趣味談』を編者（時事新報社政治部）代表者として編集（大阪屋号書店刊）。
五月三十日　荷風、断腸亭日乗に「梓月久しく眼疾に罹り、失明の虞れあり」と記述。
六月『株式相場全集　第一四巻』（春陽堂刊）に「株式売買」が転載される。
十二月　雑誌『春泥』への寄稿始まる。
この年十月下旬から翌六年三月中旬まで、胃腸疾患により日本橋中州病院に断続的入院。
昭和六年
四月　句集『浅草川』を俳書堂より刊行。
昭和七年
三月　時事新報社役員退任。
昭和八年
二月　交詢社俳句研究会会員の句集『紅潤集』を編集・発刊。五月に『續紅潤集』も刊行。
四月　昭和化学監査役就任。
六月八日　田島柏葉から初めての書簡。
昭和十二年
三月　次男虎之助死去（享年三十二歳）。
六月　句集『冬うぐひす』を春泥社から刊行（籾山書店販売）。
昭和十三年
一月　若林潮雨『潮雨句集』（私家版）を編集し、叙および後書きを寄せる。
七月『龍雨遺稿　遠神楽』（不易発行所刊）を編集し、叙および後記を載せる。
戦中期における著作活動は、雑誌『春泥』『しまき』『不易』に小文、俳句を投稿するのみ。
昭和二十一年
七月五日　実弟上川井梨葉死去（享年六十歳）。
八月　雑誌『春燈』に半歌仙を発表。この八月号より昭和二十九年八月号まで、『春燈』へ断続的に半歌仙、独吟、小文を発表。

昭和二十四年
三月　中央公論社版『荷風全集第八巻』附録第六号に「ゐん女」を寄稿。
六月　中央公論社版『荷風全集第九巻』附録第八号に『夏すがた』の初版について」を寄稿。
昭和二十五年
八月『句作の道』第一巻に「歌仙講話」を寄稿（目黒書店刊）。
昭和二十六年
四月　伊藤鷗二、『俳句研究』に「籾山梓月論」を発表。
昭和二十七年
四月　独吟歌仙『古反故』を不易発行所より刊行（田島柏葉の後記）。
昭和二十九年
四月七日　俳句同好会発起人より喜寿祝賀の記念品が贈呈される。
昭和二十九年
十一月『冬扇』を不易発行所より刊行。同月二十三日、『冬扇』刊行記念雅会が中根岸世尊寺にて開催。
十二月　田島柏葉、雑誌『春燈』に「『冬扇』について」を寄稿。
昭和三十年
一月　田島柏葉交通事故で死去。『續冬扇』を不易発行所より刊行。
昭和三十三年
四月二十八日　築地癌研究会病院にて死去（主たる病因は胃癌）、享年八十歳。
（雑誌に掲載された籾山への追悼文）
『俳句研究』昭和三十三年五月号：川上梨屋「藤蔭菩薩」、大場白水郎「梓月居士」、籾山梓山「父梓月」、石川桂郎「梓月先生」
『春燈』昭和三十三年六月号：大場白水郎「悟本庵梓月居士」
（没後）
昭和三十四年
四月『続々冬扇』（限定版）が俳句同好会より刊行される。
昭和三十九年

十二月　富安風生『大正秀句』中、籾山の句「土庇に梓の月のくらさかな」を解説。

昭和五十六年

四月「冬鶯」が『現代俳句体系　第二巻　昭和十年～昭和十二年』（角川書店）に再録される（巻末に草間時彦による解説文）。

平成十二年

十一月　籾山の長男籾山泰一の息女である籾山佐保子氏、三輪子氏より、神奈川近代文学館に「籾山梓月資料」が一括寄贈される。

著者略歴

昭和21年(1946年)東京生まれ。東京外国語大学卒。34年間の会社員経験を経て、15年間大学教員として教壇に立つ。現在名古屋外国語大学名誉教授。「戦間期会社員による文化形成」「日本におけるディレッタンティズム」をテーマに研究を継続。

図　版

62、103頁＝国会図書館デジタルコレクションより

籾山《もみやま》仁《に》三郎《さぶろう》〈梓月《しげつ》〉伝《でん》

——実業《じつぎょう》と文芸《ぶんげい》——

二〇二三年四月十五日　第一刷発行

著　者　広瀬 徹

発行者　田尻 勉

発行所　幻戯書房

〒一〇一－〇〇五二
東京都千代田区神田小川町三－一二
岩崎ビル二階
TEL　〇三（五二八三）三九三四
FAX　〇三（五二八三）三九三五
URL　http://www.genki-shobou.co.jp/

印刷・製本　中央精版印刷

ISBN978-4-86488-270-5　C0095